山神庙下狐狸尾

（上）

这碗粥 著

四川文艺出版社

目录

第一章
白月光
001

第二章
黑影
033

第五章
往事
129

第六章
告白
161

contents

第三章
山羊假面与
九尾狐
065

第四章
珍珠耳环
097

第七章
倪倪
195

第八章
坦白
227

第九章
误会
259

第一章

白月光

"油画系，大一，倪燕归。"

说话的这个人声音很洪亮。他当学院主任有几年了，训学生的时候压不下嗓门，一句话讲得一顿一顿的，声色俱厉。他托起金属镜框，抬头看向面前的女孩。

女孩正值青春，哪怕做出忏悔状，也挡不住鲜艳的眉目。黄白衣裙亮如秋水，与朝阳争色。她点点头："我是。"

"是什么是！"院主任拍了拍桌子，"检讨书呢？"

"在这儿。"倪燕归双手恭敬地递了过去。

院主任接过那一张微皱的 A4 纸。

黑体加粗的"检讨书"三个字，足有正文字体的三倍大。

他扫了几眼，说："校长下了通知，不仅要书面检讨，你还要在全校师生面前当众朗读这份检讨书。"

"啊？"她抬头，这时才降低音量，"老师——"

"你有意见？"院主任板着脸，撇起了八字胡。

"没有。"倪燕归退后一步，该屍就屍。

"因为你，你们系，甚至整个学院，都丢掉了第一名。"院主任又狠狠拍了几下桌子。

不怪他气急。

嘉北大学是美术院校。这个月正是学院、学系的评审期，各学院老师都加强学生管理，力争高分。校方对同学恋爱采取了不赞成、不反对的中立态度。不过，适逢非常时期，老师特别交代：谈恋爱要朴素，抽烟、喝酒等陋习更要敛声匿迹。

不知是由哪位董事带起的风气，每年评审巡查时，老师们必须要去建校日种植的那棵槐树下走一走。

夏季，树的枝头开满了花，生机勃勃。大槐树往南，一片郁葱绿荫，万木争荣。往常这儿是情侣们的好去处，卿卿我我，柔情蜜意，有无数花草见证。

到了学院评审期，这里就人迹罕至了。

此时这里只有倪燕归一个人，她身上一件灰白横纹短衣裹着纤薄的细腰，一件孔雀绿的短裙盖不住她的大腿，左手正扶住介绍植物的木牌。

校长再一低头。

好样的！女孩七厘米高的鞋跟旁，有一堆烟蒂围成一圈，都能凑一出篝火晚会了。

校长上前细细一数，足足十二支。每一支都没有抽到最后，余下白白一截。十二支烟蒂齐齐指向某个圆心，向外展开扇形，围成一圈。

倪燕归也是倒霉。前面的几个当事人走得无影无踪，她恰好在这儿，校长厚重的镜片里，只照出了她的身影。她指指地上，垂死挣扎："校长，这些不是我抽的。"

校长问："你信？"

谁也不信。

倪燕归交完了检讨书，大步回到画室。

美术课已经上了十分钟。她无须请假——老师知道，这位同学挨训去了。

讲台上立起几个正方体及圆柱体，这就是今天的美术课作业。

画室门上贴了班级的名称。对油画系的同学来说，理论课可能一会儿往东教学楼，一会儿去西综合楼，只有美术画室是大学几年的归宿。角落里放着一个长条纸箱，写有"折叠床"三个大字。大概是哪位同学觉得自己无法按时完成作业，考虑到了通宵达旦的可能性。

以正方体和圆柱体为中心，同学们各自寻找角度，摆开了画架。

倪燕归的画架靠在第二个窗边。

窗边坐着的那个穿着校服的女生，打扮朴素，身上没有饰品，头发只以简单的黑绳子绕几圈，扎了条马尾辫。这人是倪燕归的室友，名叫柳木晞。

柳木晞向窗台努努嘴:"请你的。"

倪燕归搬过画架,见到窗台放了一杯超大杯奶盖茶,杯身有一个"加油"的手绘图。

倪燕归:"谢谢。"

柳木晞:"胖三斤。"

减肥肯定是明天的事。倪燕归戳着吸管,吸了一口甜奶茶。

迎着阳光,窗边多少有些刺眼,但这里是她的瞭望台,谁来抢,她就跟谁急。

油画系的画室在美术楼一侧。隔空相望的对面画室,有一个和她一样喜欢坐在窗边的男生。

他眉清目秀,鼻子高挺,嘴唇很薄,一双眼睛实诚又憨直。假如他只是长得帅,不足以迷倒倪燕归。陈戎直击她的,是一股温和敦厚的书生气。

倪燕归欣赏老实人。"男人不坏,女人不爱"这一名言,她向来嗤之以鼻。她已经很坏了,再拉一个坏蛋,岂不祸害了下一代。

正当倪燕归沉浸于对面男生的俊脸时,柳木晞的声音响起:"擦擦口水,倪燕归。"

"又被你知道了。"倪燕归放下望远镜,接过纸巾,往自己嘴上一抹,什么都没有。

柳木晞面无表情地说:"你一上课就站这儿举望远镜,谁不知道你喜欢陈戎?"

这个望远镜是倪燕归高中时买的迷你镜,小巧方便,没想到上大学了,玩具变工具。她问:"除了你,还有人知道吗?"

"知道。"靠近她的一排同学回答。

倪燕归矜持地向同学们微笑,没有否认。

这时,对面的老师走到陈戎面前。接着,陈戎起身离开了。窗口只剩下他的画架。

倪燕归移开望远镜,不经意间见到那一棵大槐树。

十二支烟到底是谁的杰作?害得她又被通报批评,上黑名单的次数快赶上陈戎上光荣榜的次数了。她猛然一拍窗框。

柳木晞回过头问:"怎么了?"

"我太冤了。"槐树和密林没有监控,倪燕归被逮了个正着,百口莫辩。

柳木晞问:"你为什么那天跑那里去?"

"那天气温三十六摄氏度,我到树下乘个凉不是很正常吗?本来我因为好奇正准备给整齐的烟头拍照,手机还没拿出来,校长一行人就到了。"倪燕归望着大槐树,"可恶的'十二支烟'。"

嘉北大学的校会,学生发言这一环节往年是学霸的专场。今年有了倪燕归这一例外。

例外,自然受人关注。倪燕归觉得自己的长相比较招眼。美是美,灵魂也有。就是这个灵魂……也许不大清澈。

镜中的这张脸,太妖了。

校会这天,倪燕归早上起床,第一件事就是把自己伪装起来。从妆容、饰品,到衣服,全方位的。

对面的柳木晞从床上探头。她没戴眼镜,只见到倪燕归模糊的轮廓。她说:"早安,大美人。"

"轻浮,不正经。"倪燕归拿出一缕假刘海,夹在额头的头发上,对着镜子照了又照,调整刘海的高度。直到快要盖住眼睛了,她才满意。

柳木晞躺回床上,说:"对了,发言名单有陈戎的名字。"

假刘海挡住了向上的视线,倪燕归拨开,把黑发撒成一个"人"字,抬头问:"他也有?"

柳木晞打了个哈欠:"他的入学成绩名列前茅,但他居然没去公立名校。"

倪燕归按捺不住迫切的心,这次的校会她不但准时,而且提前到了。

油画系的同学们鼓掌欢送倪燕归。自己班上的人当众检讨,他们似乎十分开心。

发言学生的座位在第三排。倪燕归去找座位,见到陈戎左右两边都空着,赶紧过去在他的右边坐下。

今天是晴天，天窗玻璃中洒下一片明净的日光。视线微动，隐约可见陈戎白衬衫里的身姿挺拔如竹，能看到短袖下的手臂线条利落。倪燕归甚至闻到了些许芬芳。

芬芳？她一转头，原来芬芳来自另一边美女学霸的香水味。

倪燕归学起陈戎的姿势，挺直腰板，再把检讨纸反面盖住，搁在大腿上。她轻轻眨眼，再侧脸。

他被惊艳了吗？

她以为他会注意到她。然而余光一扫，却见陈戎的脸微朝上看着舞台上的主持人。

上一次学校活动，台上也是这位主持人，当时介绍说叫什么来着？

哦，李筠。版画系的系花，大二，天生的美人坯子。尤其是眉到唇的走势，多了一分则成熟，少了一分则怯弱。

倪燕归则不同，她眉目较深。如果说李筠是一幅意境悠远的水墨画，倪燕归就是厚重夺目的油彩画。倪燕归坚信，《聊斋》中的老实书生最终会被妖姬勾走。

校会开始了。校长面向学生，用麦克风喊话："我简单说几句。"

同学们做足了消磨时间的准备。

果然，过了半个小时，校长的发言才悠悠结束："以上就是今天我要说的几点，谢谢大家。"

观众席上响起了真挚的掌声。

主持人上台，微微一笑，若有似无地在第三排扫了一圈，说："接下来，有请油画系倪燕归同学，给同学们分享学习心得。"

台下掌声雷动，可把校长给比下去了。比起学霸的心得，学生们更期待检讨书的内容。最热烈的喝彩声来自油画系，损友不是吹的，柳木晞连鼓掌道具都用上了。

那一瞬间，倪燕归真以为自己分享的是学习心得。她起身时，撞见了陈戎的眼睛。她这时发现，他是内双，眼角仿佛飞出了细长凤羽。

倪燕归拿起检讨书，忽然挡住自己面向他的半边脸，希望陈戎别将她的公开检讨放在心上。人生在世，孰能无过。而且，她是被"十二支烟"陷害的。下一次见面，她一定是俏丽的，雅致的。

第一章 白月光

今天过后她可能要出名,她准备了大黑框眼镜,遮住半张脸,尽量模糊别人对她的印象。

上了台,倪燕归调了调话筒高度,晃晃手里的白纸,语气尽量平直又不失诚恳地读:"尊敬的老师们,友爱的同学们,大家好。在英明的校长的管理下,本校校风严谨求实,学习氛围热烈……"

陈戎的另一侧,坐的是赵钦书。他听了几句就笑了起来:"这马屁拍的。"

比起杨柳般的身材,台上女孩的五官更为夺目。她的眉眼藏在长刘海下,大眼镜不时滑下她的鼻梁,樱桃红唇上下开合。

陈戎忽然摘下了眼镜。

"我公然逃课去吉祥树下抽烟,所幸没有造成林火。我非常羞愧,对不起校长,对不起老师,对不起同学……"倪燕归时不时往陈戎的方向扫。

他低了头,应该没认真听。

她巴不得他一个字都没听见,甚至不知道台上的人姓甚名谁。

检讨书读完,台下又爆出震耳欲聋的掌声,还伴随几句:"安可,安可!"

倪燕归向校长鞠躬,向老师鞠躬。

陈戎终于望了她一眼。

她四指向下梳着刘海,试图藏起自己的脸。可若五官过分艳丽,也就徒劳无功了。

"建筑学,大一,陈戎。"主持人说,"有请。"

没想到下一个就轮到陈戎。

倪燕归站在过道边,给他让路。她用食指骨节抬抬眼镜。这副眼镜的黑框又宽又大,甚至有些土气,她正好借此遮掩,打量走来的他。

近距离的陈戎比望远镜里的更加乖顺,头发自然地落在额头和两鬓,仿佛刚洗过头,干净又清爽。

陈戎没有稿子,可在台上说得比念检讨书的倪燕归更流畅。

倪燕归热烈鼓掌,拍得手心通红,笑眼里满满的都是崇拜和爱慕。

发言完毕。

陈戎要回座位，一定会经过她。

她稍稍拉起自己的裙摆。

他越走越近，到了她的面前，眼睛在她白到发光的大腿上顿了一秒。

或许……不止一秒。

她继续往上掀着。

他惶然别开眼睛，连忙坐下，干净的脸上泛了红。他用右手的食指按住镜框，像要遮住投向她大腿的余光，继而向左转过头同赵钦书说话。

倪燕归侧眼看去，却对上了赵钦书探究的眼神。她勾勾嘴角，手上一拂，卷起的裙摆立刻顺到了膝盖之下。

凡夫俗子才会见色起意。

陈戎就不会，他刚才闪过的一抹局促可爱极了。

一个上午过去，最轰动的发言居然是倪燕归的。她真怕院主任要她多写几封检讨书，再现辉煌。

接下来，校会变得冗长又枯燥。

陈戎在那之后，便没有向她望过一眼。

倪燕归忽然想起，她高中班上有一个学霸，记忆力异于常人，甚至可以说过目不忘。万一她来不及把自己装扮成一个岁月静好的女子，陈戎就把她的检讨书倒背如流了……

算了，择日再战。

好不容易散会，倪燕归立即走人。

直到听见一个温柔婉转、如黄莺出谷般的女声："陈戎。"

李筠居然过来了，正笑吟吟地看着这里。

倪燕归没有听见陈戎的回答，但李筠脸上的笑意更深了。

倪燕归猜测，莫非陈戎是以笑代答？走了一段路，她忍不住回头。

陈戎和李筠肩并着肩。他高了一个头，说话时会稍稍低下去。李筠侧头倾听，边听边说。

第一章　白月光

　　两人去的方向是舞台侧门。

　　陈戎很礼貌，扶门让李筠先进。门一关，两人便一同消失了。

　　美术生讲究构图和光线，同时欣赏人物的五官，这一对才子佳人非常养眼。

　　但倪燕归别扭极了，扭来扭去，扭成了麻花。她有些莫名的猜想，但因为证据不足，现下也只能称之为胡思乱想。

　　揣测不如行动，她跟去了后台。

　　这里是候场区，校会已经结束，候场区关了大部分的灯，只开了两个光管。

　　倪燕归推推眼镜，继续向前走去。

　　化妆室敞亮无比，同学们三三两两地谈天说地。

　　倪燕归无处躲藏，见旁边有一个高背的沙发椅，便上前隐藏自己，暗中观察。

　　李筠在镜子前坐了下来，一边摘耳环，一边仰头望着陈戎。

　　陈戎拿起一本什么书，翻了几页，抬头面向镜中。

　　无论动态或者静态，两人都美得像是从画里出来的一样。

　　倪燕归对陈戎一见倾心，满腔欢喜，但她和他连认识都算不上。她直觉以为，陈戎没有女朋友。万一有呢？

　　"倪燕归。"一个"大嗓门"突然出现在一旁。

　　倪燕归听到这个声音，又把眼镜推了上去。

　　"你今天的检讨很诚恳。"来的"大嗓门"正是院主任。

　　倪燕归站直身子回答："谢谢老师。自从那天听了您的教诲，我已经意识到错误，我会继续反省，以后决不再犯！"她的话术和检讨书一样，管他谁对谁错，总之拍马屁就对了。

　　院主任的精神面貌和吹胡子瞪眼的那天大不一样。他今天也有上台发言，头发梳得贼亮，此刻穿着白衬衫和深蓝色西装，打着蓝格子领带，腰板儿挺直，气势十足。他刚才和校长交谈得愉快，学院经费又添了一笔，他也就不计较名次的事了，笑容里满是长辈的慈祥："来得正好，到这儿聊聊学习。"

　　倪燕归立即说："老师，我赶着去复印检讨书。学校一份，班级一

009

份，我自己再留一份，我要贴到床头时刻反省。"

"不差这点儿时间，知错能改已经是进步了。"院主任说，"这里有各学院的尖子人才，对你的成绩很有帮助。"

确实很巧，正好旁边站着一个油画系的大三男生。

院主任给他介绍："这是大一的小师妹，学习方面多多交流。"

男生满口答应。

倪燕归连连道谢。

"陈戎。"院主任打断了镜前两人的聊天，问，"刚才你和倪燕归坐一起吧？"

"……"真是哪壶不开提哪壶。倪燕归很想脚下抹油开溜。

陈戎合上书本，扶了扶眼镜："可能吧，没留意。"

这话岂不是说明，她的外表或者发言对他而言没有丝毫记忆点？倪燕归不服气。但她又不能提醒他，她就是今天校会上最风光的检讨人。

李筠这时换上另一副耳环，仰头跟陈戎说话，两人仿佛有讲不完的话题。

之后院主任被另一位老师叫去聊天，倪燕归趁机走了。

手机振动了好几次，都是来自柳木晞的消息。

柳木晞和几个同学早早便在烧烤店坐下了，美其名曰：倪燕归的庆功宴。

一群损友。她抓抓头发，把整个头抓得乱蓬蓬的。

等待的时间有些久，柳木晞性急地又来问："燕何时归？"

倪燕归一只手掏着眼影盒，一只手正打字回复，身后突然传来了陈戎的声音："同学。"

突如其来的声音吓得倪燕归一个趔趄，来不及细想为什么陈戎会出现，倪燕归的身体已经做出最迅速的反应。她向前错步，用最快的速度稳住了身形。

可惜眼影盒脱手掉在了地上，金棕色的眼影裂成无数碎块，这盒眼影就此毁了。

"同学，小心。"陈戎又补充了一句。

倪燕归大口大口地向外吹气，直到把气息稳定下来才回过头。

陈戎抱了一个箱子。箱子太大了,把他的上身完全盖住,他不得不从旁边探头说:"我看不见台阶,担心会撞到你。"

"没事,没事。"说着,她简单收拾了下眼影,靠在扶手旁给他让路。

箱子或许只是大,并不重。陈戎站在台阶上,先是悬空试探,再慢慢踩上去。一步一步,小心翼翼。

倪燕归喜欢他这样的憨态。

她歪了歪头。论起歪门邪道的手段,她是游刃有余,但正儿八经的追求就是她的知识盲区了。

快到她的跟前时,陈戎的脚突然崴了一下,手里失了衡,箱子倾斜向一边,眼看着就要掉落。仓促间,他顾得了手却顾不上脚,踏出去的一步已经空了。

倪燕归连忙扶住他。她一只手抓紧他的左臂,另一只手按在他的背上。陈戎的衬衫底下也有结实的质感。

"谢谢。"陈戎从慌张里恢复过来,有些不好意思。

"不客气。"她放开了他,背过手去。手心有点痒,心上跟着想挠。

嘉北大学的东南门在城市主干道上。人行天桥太长,对面商店比较冷清。

西北门外的那条路,则被学生称为"美食街"。这条路上,十间餐馆有七间是火锅或烧烤店,其余则必定是奶茶或甜品店。只要保证食材底料的品质,半快餐餐饮基本都过得去,通过酱料包揽了五湖四海的口味,省时省力。

路很窄,机动车道仅能容得下两辆车。要是有一辆宽型车进去,迎面再来一辆,肯定会堵上半天。但是人行道特别宽,到了高峰期,餐馆会把人行道占一半当用餐区。

烧烤店的几个同学已经吃过一轮了。

吃饭的六个人中,和倪燕归关系密切的有两个,一个是柳木晞,另一个是男生,名叫林修。他是倪燕归的青梅竹马。

照倪燕归的话来说,她小时候见过林修的屁股蛋,白得发亮,一巴掌拍上去,像果冻一样又弹又滑。

其余三个是林修的室友——卢炜、黄元亮、董维运。

林修一行人就坐在室外，大雨棚两米多高，他们正围着一张大圆桌。

靠外的三个座位留给了抽烟的同学，风一吹，烟雾立即散了。

柳木晞："你去哪儿了？校会早就结束了。"

倪燕归："被院主任拉去交流学习心得。"

林修："之前烤的都凉了，你自己再加。"

倪燕归："饿了，我要吃肉。"

林修："吃吃吃，随便吃。"

黄元亮的面前摆了几个空酒瓶，看来已是酒足饭饱了。他涨着通红的脸，调侃说："我还是头一回见到真正的青梅竹马，以后毕业了会不会有你俩的喜酒啊？"

倪燕归和林修这种从小到大的交情，上大学了还能当同班同学，相当罕见。黄元亮觉得，这叫"姻缘天注定"。

林修的脸也涨红了，但他是被烟呛的，连连猛咳。

倪燕归拿起一串牛肉顺着话头说下去："我要是嫁不出去，只能委屈林修娶我了。"

"咳！咳！咳！"林修挥挥手驱散烟雾，"那世上又多了一桩婚姻悲剧。"

黄元亮笑嘻嘻地撮合说："十八年的青梅竹马都过来了，还有什么不能忍的。"

"我是渣男。"林修一本正经。

柳木晞顿时笑了："你是不是渣过谁？不然为什么有这么彻底的自我认知？"

"网上有测评，我的测试结果，"林修叹气，"一个比一个残忍。"

"你把这些东西当真？"柳木晞才不信。

林修："万一呢？我就不祸害燕归了。"

董维运："燕归不是在追建筑学系的谁谁吗？"

卢炜："他叫陈戎。"

林修："进度如何？"

第一章　白月光

"进行时,谢谢关心。"说话间,倪燕归吃完了牛肉串,喊,"老板,加菜。"

黄元亮:"说起来,我以为陈戎是傻大个,今天在校会上才看清,他长相不错啊。"

没什么菜,倪燕归只能咬土豆片。黄元亮的话提醒她了,今天风光的不仅是她,陈戎这个帅帅的书呆子也暴露了。

下了单,没一会儿,服务员上了两串羊腰子,另一只手捏着一个小碟子。羊腰子烤得再焦,都会有股味儿。碟子装的秘制酱料就是去腥膻的。

突然,服务员踩中一个不知谁丢下的啤酒罐,脚下一滑,趔趄着撞到了倪燕归。同时,手里的酱料碟子洒了出来。

倪燕归闪得飞快,但袖口还是被溅到了。

服务员吓了一跳:"对不起,对不起。"

"没事,我去洗洗。"

到了池子边,倪燕归沾着水,用手搓洗衣袖。搓不干净,浅色布料不耐脏,而且越搓越皱了。

今天不是黄道吉日。

洗完回来,倪燕归见到柳木晞和邻桌男人在吵什么。

那几个男的是社会青年,座位上放了十几个啤酒罐。

站在最前面指着柳木晞鼻子的男人甲,满脸酒气地吼着:"你喊什么喊?"

柳木晞后退一步问:"你想怎样?"

男人乙拍拍男人甲的手臂,说:"别闹了。"

男人甲不听,逼近柳木晞,扬起了手。

林修几个见状站了起来。

黄元亮掰掰手腕,架势摆得很足。

男人乙看着这些半大不小的学生,说:"都是黄毛小子啊。"

双方都有四个男性。但那边不一样,男人甲的手臂鼓起一坨肌肉,纯棉上衣绷得很紧,胸前隐约透出坚实的肌肉线条。除了他,另外三个男人的块头也不小。

而这边，除了黄元亮比较壮，其他都太弱。

一时间气氛剑拔弩张，无人说话。

老板开门做生意，不敢得罪谁，怕遭报复。

"怎么样？"倪燕归到了战区范围。

柳木晞揉揉肩膀，说："他撞到人不道歉，还恶人先告状。"

"报警。"倪燕归就两个字。

男人甲嗤笑："说你们年轻就是年轻，警察难道会因为我撞了她的肩膀，就拉我去坐牢？"

"当然不，但是在警察来之前。"倪燕归嘴角弯出个笑，"我可以跟你打一场啊。"

男人乙皱起眉头："小妹妹，打架斗殴是要拘留的。"

倪燕归坐回自己的座位："信不信，我能把你打趴下，但够不上轻伤。"

当然不信。这就是一个柔弱小女孩，逞什么能？男人乙说："口出狂言。"

倪燕归说："不是有一身腱子肉，就叫强大。"

老板生怕自己的店被砸了，上前赔笑："以和为贵。今天给各位打折，不要起冲突，好不好？"

男人乙也顺坡下驴地附和："算了，不要和小孩子一般见识。"

怒气、酒气直冲脑门，男人甲冲着倪燕归竖起了中指，粗俗地喊："打你。"

倪燕归没有发火，而是说："你没这个本事。连我的一米距离都进不来，你凭什么？"

全场就数她最嚣张。

"他要是真的打过来，怎么办？"林修的嘴皮子似乎没有动，话是从牙缝里挤出来的，很模糊，乍听就跟"咿咿哦哦"没有区别。

倪燕归凭着两人多年的默契，才猜出他讲什么。她说："那就上啊。"

林修继续"咿咿哦哦"地说："你说得轻松。真闹到警察局，看你爸怎么收拾你。"

从吵架开始，外面已经慢慢聚集了一群围观路人，全在看热闹，没有一个人过来劝架。

场上真心劝架的人只有店老板。

那几个男人都长得五大三粗，其中一个更是长相凶神恶煞。老板使劲给他们赔笑脸。他哪里料到，那几个学生也不是善茬。一方挑衅，一方火上浇油，眼看就要把这间店当战场了。老板这时向服务员比了个打电话的手势。

服务员立即喊："报警了，我要报警了。"说完就进去了后厨。

男人甲瞪向倪燕归，嚣张的女孩刺中了他的男性自尊。他没有练过真正的格斗，但基本常识谁都懂——男女力量悬殊，在绝对优势面前，技巧只是幌子。他一个拳头下去，就能打得她头晕眼花。

男人甲这样想着，脚下立刻往前跨了一步，想给倪燕归一个教训。

男人乙及时拖住人，劝他说："小屁孩不知天高地厚，你快三十的人，跟他们计较什么？"男人乙向另外两个同伴使眼色。

那两个人这时才有所行动，一起去拖男人甲。

男人乙趁机凑到男人甲的耳边："警察来了不好收场。反正老板说了打折，我们也不吃亏。"他自己算了折扣价，留下一张百元票子，架着男人甲向外走了。

老板不是没遇过闹事的，砸椅子、砸桌子、砸窗户，有什么砸什么。对生意人来说，多一事不如少一事。不到万不得已，他也不想报警。他向着其他顾客喊："没事了，没事了。大家放心吃饭吧，今天中午不好意思了，我给大家赔罪。"

林修不磨牙了，说："跟你说多少次，别冲动。"

"这种人不能惯着。撞人道歉是礼貌，他不但没礼貌，还冲女孩子耍威风。他以为他有胸肌就了不起啊。"

围观人群里，有几个穿着嘉北大学校服的男生，他们站在这里有一阵子了。冲突当事人双方互相对峙，没人留意围观者的来去。

赵钦书盯着倪燕归的背影，轻轻一笑："这是校会上的检讨书朗读者吧。"

"对、对、对、对！"男同学甲的头点了又点，可能太过惊讶，他接连用了几个叠音，然后说，"太猛了，难怪要写检讨书。"

赵钦书转头向陈戎:"就是坐你旁边的那个。"

"是吗?"陈戎说,"没注意。"

男同学甲:"长得很漂亮。"

"漂亮是漂亮,但这种性格……"赵钦书摇摇头。

"这才带劲、够味。"男同学乙突然插嘴,用粗糙的嗓子发出笑声。他站在陈戎的斜后方,见到陈戎侧头瞥了一眼过来。

男同学乙愣住了。他忽然觉得,陈戎的细边镜框,金属光很凌厉。

一行人走进烤肉店,就在倪燕归的眼前经过。

她顿时僵住,整个人石化,眼珠子跟着陈戎的身影移动。她说:"完了。"

林修没有听清,低头问:"什么?"

倪燕归喃喃地说:"爱情,完了。"

回到宿舍,倪燕归立即躺下,睡了一个多小时还一动不动的。

柳木晞打完一局游戏,看离上课还有半个小时,便抬头向对面床头喊:"燕归。"

倪燕归仍然没有动静。

"燕归。"柳木晞提高音量,"倪燕归。"

"佳人已逝,有事烧纸。"床上传来了有气无力的声音。

"你干吗?"

倪燕归抬起身子,把下巴顶在床头栏杆,说:"陈戎当时也在烧烤店。"而且目睹了她和男人甲的冲突。她回想自己说的话做的事,粗蛮无礼,哪有半点女人味。

柳木晞安慰说:"你今天早上特地做了伪装。陈戎是个直男,你换一件衣服换一个发型,他认不出来的。"

"他是直男,又不是傻子。"伪装就是换了一缕假刘海、一副大黑框眼镜,瞎子才会认不出来。倪燕归说:"要不……我假装有个双胞胎姐姐,坏事全是我姐姐干的,和我无关。"

"如果陈戎是个傻子,这个方法可能行得通。"

倪燕归重重地叹气:"出师未捷身先死,长使英雄泪满襟。"

"别沮丧嘛。"柳木晞想了半天,想到一个可能,"说不定陈戎就喜欢勇气可嘉的女孩。"

这种说法,连倪燕归自己都不信。不说陈戎这种规规矩矩的男生,就连林修这种时常逃课早退,做的坏事数不过来的人都说她冲动行事。

归根结底,没有"十二支烟",就没有检讨大会,自然没有后续的烧烤事件。倪燕归大喊:"我要痛揍'十二支烟'!"

柳木晞打了一个响指:"我有一样东西,也许可以弥补你破碎的心灵。"

"什么?"

柳木晞晃了晃手机:"我录了陈戎在校会发言的片段。"

倪燕归瞬间坐起。她是在陈戎发言完毕才想起这回事,还遗憾没把他拍下来做个留念。

倪燕归的精气神瞬间恢复。

柳木晞笑着说:"这个换一顿大餐,绰绰有余了吧。"

"行。"

两个人的秀发迎风摇曳,倪燕归盯了一会儿柳木晞,"啪"地拍了一下阳台护栏。

柳木晞懒洋洋地转眼:"怎么?"

倪燕归语气有些愤懑:"想起'十二支烟'也坐在台下听我的检讨书,我就不甘心。"

柳木晞问:"你真的没见到对方?"

倪燕归摇头:"没有。我见到满地烟蒂,还在好奇地研究,校董们就过来了。"

"十二支……"柳木晞想了想,"可能不是一个人抽的。"

"是一个人。一堆烟蒂抽剩的长度全是三分之一,跟尺子量过的一样。"美术生对比例形准的敏感度高于常人,但在抽烟这事上也这么较真,倪燕归补了句,"这人肯定有强迫症。"

"病友。"柳木晞也有强迫症。"晞"字不是木字旁,令她觉得自己的名字少了些味道。她的家长却不同意给她改名成"柳木桸"。

"被我抓到谁是'十二支烟',我扒他一层皮。"倪燕归说着向柳木晞摊开手。

柳木晞宕机了，茫然地问她："要什么？"

"你录的陈戎。"

"哦。"柳木晞发送了视频，"我发现啊，陈戎挺上镜的，再刷几层柔光，就跟校园偶像剧男主一样了。"

倪燕归笑了："当然，我看上的哪会差。"

另一个室友乔娜，这时端了个盆子过来。

见她要晾晒，柳木晞回了屋子，倪燕归继续靠在阳台角落回看陈戎的视频。

乔娜晾上一件黑色连衣长裙，旁边的是倪燕归的孔雀绿超短裙。这么一比，长裙的布料够裁三条短裙了。

倪燕归忽然问："追你的男生之中，是不是内向性格的更多？"

乔娜有一双不是很灵动的眼睛，是美术老师讲解瞳孔绘画时错误示范的那种。但理论是死的，人是动态且鲜活的。这双幽怨的双眸极具辨识度，搭配厚厚的齐刘海，让她看起来有几分漫画人物富江的影子，在学校里追求者众多。

"为什么这么问？"乔娜的眼里如一潭死水。

倪燕归笑笑，因为某人见到她的大腿，腼腆得不敢多看。凭他的胆子，只能追求保守的女生了。

书上说，狐妖喜欢勾引书生。憨直的男生实在惹人怜爱。

倪燕归在日历上画了一个圈。

用的大红色马克笔，图个吉利。因为那是她重出江湖之日。

半个月的时间，足够陈戎忘掉一个无关紧要的女同学了吧。

卢炜的一个朋友和陈戎在一个系，据他的消息说，陈戎应该没有女朋友。倪燕归就当陈戎是单身。至于李筠，可能是竞争对手。

九月下旬，学校的社团招募陆续展开，各社团都在湖心广场立起了方格棚。

红的，蓝的，黄的，绿的，从楼上望去，像是平铺的魔方。

第一章 白月光

　　高中时,柳木晞利用课余时间画过漫画,没想到作品火了,便连载至今。高考填写志愿时,她不知抽什么风,选了油画系。入学了才后悔,她其实不爱油画风格。

　　从收集素材的角度出发,柳木晞是哪儿人多就往哪儿跑。湖心广场的热闹,当然不能少了她的份。

　　柳木晞问:"社团活动开始了,周末去溜达溜达?"

　　"好。"倪燕归正是休养生息的阶段,懒洋洋地答应了。

　　湖心广场立了各式各样的宣传海报。有个二次元社团更是把高达模型都摆出来了。各社团使出浑身解数,拉拢大一的新生。

　　一路走去,耳边听到许多:"同学,来这里啊。"但究竟是哪个社团发出的呼唤,已经无法分辨了。

　　柳木晞拿了一沓宣传单,选项越多,人越迷茫。

　　倪燕归问:"你想去哪个?"

　　"什么能够激发创作灵感?话剧?电影?音乐?"柳木晞抬头见到前面的格子棚,立了四张大海报。画不一样,字很整齐——拳击社。

　　距离最近的海报上,印了一个男生的脸。不过他低了头,从照片看不到完整的表情。柳木晞莫名感觉,他不高兴。她说:"原来打拳的男生很有味道啊。"

　　拳击社的棚子里站着的不只男生,这时有两个女同学也在。

　　"倪燕归?你是倪燕归?"招募处的一人大呼小叫。

　　倪燕归扯扯嘴角。她果然出名了,只希望陈戎别记住她的光辉事迹。

　　一个女同学也朝倪燕归看过来。

　　"何思鹂,你来不来拳击社?"另一个女同学问。

　　倪燕归立即转头过去,和何思鹂的目光撞到了一起。

　　两人没有说话,只是互相打量。

　　何思鹂留着波波头,斜眉杏眼,长着一张水嫩的娃娃脸。

　　何思鹂收回目光,说:"我考虑考虑。"说完她就离开了。

　　柳木晞撞了下倪燕归:"怎么?你认识她?"

　　倪燕归笑笑:"不认识。"

019

迎面走来的林修手上也有一沓厚厚的宣传单，他没有折，而是卷成了圆筒。他来问："你俩准备去什么社团？"

柳木晞说："考虑中。"

林修注意到斜后方的拳击社海报："燕归去那个？"

倪燕归摇头："不去，不去。"

于是三人就这么漫无目的地结伴乱逛。

到了另一个社团的棚子时，倪燕归又见到了何思鹏。

何思鹏可能是已经了解完毕，转身便走。

倪燕归望过去，又是格斗社团，这次是散打社。

林修也有在散打社领取申请表，他不是格斗爱好者，刚才本想转一圈就走，但是招募的男生好说歹说，林修就当日行一善，拿了一张。

男生以为林修是回来交表的，热情地招手："怎么样？怎么样？来吧。"

林修婉拒说："我可能更适合安静的社团。"

与此同时，柳木晞东张西望，四处观察。

散打社的招募很简陋，方格棚连装饰都没有，只有一张长条桌，一张椅子，一个男生。

拳击社的海报罗列了成员的各项奖项，这里连海报也省了。

柳木晞问："拳击和散打有什么区别？"

倪燕归答："简单来说，拳击，只用拳头。散打，拳脚并用。"

林修问："燕归，你有没有兴趣练习散打？你有踢腿功夫，光练拳太浪费了。"

"散打？格斗？"倪燕归轻摇扇子，"女孩子打打杀杀的，可怕，太可怕了。"

林修："……"

林修接了个电话："哦，嗯，好。"五秒钟，挂断。

"约了朋友打球，我先走了。"临走前，他想要把手里的宣传单圆筒塞给倪燕归。

倪燕归不接："给我干吗？"一路走来，她说得最多的就是"不去"。

第一章　白月光

　　林修赶时间，没问她为什么这也不去那也不去。他转而把圆筒给了柳木晞。

　　宣传单多了一倍，这让柳木晞更加没有头绪。她说："算了，回去再慢慢挑。去咖啡馆里坐一坐吧，我现在又渴又热。"

　　路上，柳木晞问："燕归，你对社团没想法？"

　　"有啊。"倪燕归早想好了，"陈戎去哪儿，我就去哪儿。"

　　柳木晞拍拍额头："我早该猜到的。"

　　"爱情要经历相识、相知、相守三个阶段。"倪燕归竖起三只手指，再一个接一个地掰下，"我和他不在一个班，不是一个系，公共课都撞不到一起，至今连第一步还没迈出。"

　　"第一步还没迈出，你就情根深种了？"柳木晞使劲扇扇子，"知人知面不知心。"

　　"我正在制造机会去'知'他。"

　　"长得帅，又有头脑，人还老实，绝对的抢手货啊，怎么会单身到现在？"柳木晞分析说，"我觉得吧，陈戎要么眼光高，要么有人了。"

　　"没人。"倪燕归迅速反驳，"探子回报，陈戎亲口说他没女朋友。"

　　两个人慢慢前行，周围温度渐渐降低，这才发现不知不觉到了大槐树下。

　　绿荫掩映，柳木晞抹了一把汗，长叹说："我知道你为什么那一天要在这里乘凉了。"

　　外面的空气似被火球烫过，两人便躲在密林里。

　　那天以后，再没有学生敢来这里抽烟，可见倪燕归的检讨书起了警示作用。

　　柳木晞开玩笑说："你这算不算重回案发现场？"

　　倪燕归站到当时的位置，拍了两下粗壮树干："可惜我不是福尔摩斯。"

　　柳木晞问："抽烟的人，对抽什么烟有什么习惯、口味的讲究吗？"

　　"当然，每个人对香烟的喜好不同。听说烟叶品种、卷烟配料、加工工艺，都是影响香烟味道的因素。"

　　"'十二支烟'除了强迫症，有没有其他特别之处？"

021

"最特别的是,他的烟是细支烟。"说起这个,倪燕归更加迷惑。细支烟比较冷门,对老烟枪来说,跟白开水差不多。会抽十二支烟的人,估计上了烟瘾。有烟瘾,口味却很淡,不仅倪燕归,连林修都觉得很费解。他都想不明白,倪燕归更加没有线索了。

柳木晞去了另一侧拍照,说要搜集素材。

倪燕归四处踱步,突然在某棵树下停住。从这里向东南方向望,正好是陈戎所在的画室。

窗前似乎有人影。她从包包里拿出小小的望远镜,向着画室望过去。

两秒后,她迅速放下望远镜。

她从望远镜中见到,画室窗前确实站了一个人。但那人也在望着她。

他是赵钦书。

对赵钦书而言,今天是一个特殊的纪念日——他和女友分手了。心里难受,却不愿诉说。

他到哪儿也坐不住。一大早醒了,就在床上翻来覆去,翻得太快,和滚动差不多。和他相邻床的同学以为地震了。

因为调课,美术作业的截止日期提前了一天。赵钦书的画还差一半,今天必须去画室赶工。

他坐起来,屈着左腿,一手搭在膝盖上面,软软地靠着墙。

对面是陈戎的床。男生基本是大剌剌的,不注意保护隐私,只有陈戎,说是畏光,装了厚实的床帘,三面包得非常严实。

赵钦书发了一会儿呆,直到对面的帘子掀开。

陈戎见到他没有说话,径自去了洗手间。

赵钦书见状清醒了过来,下床换衣服,坐在转椅上慢慢转圈,一圈又一圈。

等陈戎洗漱完毕,他把转椅滑到陈戎跟前,像八爪鱼一样,扒住陈戎的腰:"戎戎,跟我去画画吧。"

陈戎低头,见赵钦书的头就要贴上他的腰了,说:"先放手。"

"戎戎，戎戎。"赵钦书纯粹就是想恶心人，"一起去画室吧，我寂寞。"

"好，快放手。"

赵钦书撒手前，在陈戎的腰上捻了一下："早就想问了，这么结实，怎样练的？"

"勤做家务。"

"撒谎。"但赵钦书也不再细问了。

两人到画室后，赵钦书依然坐不住，两三分钟就要走动一下。画里乱七八糟，明显是心不在焉。

分不在高，及格就行。

"算了，不画了。"赵钦书搁下画笔。

光照进来，画室的窗前亮得刺眼。

陈戎常常坐在那里。哦，不，赵钦书回忆一下，应该说，陈戎总是坐在那里。

他一个人占据了窗前的位置，窗框成了他个人画像的画框。

他长相很俊，但是性格太安静，女同学来撩，却撩不动。同班的赵钦书帅气迷人，偶觉风流，嘴又甜，三言两语就能把女生哄开心。

对比之下，陈戎沦为了赵钦书的陪衬。一个女同学戏谑说，陈戎的胆子估计不大。

赵钦书听了，只是笑笑。胆小和安静之间并不是等号的关系。

一个女同学满头大汗地过来："湖心广场太热了。"她放下了一沓宣传单。

这话提醒了赵钦书，他拿起一张宣传单："美女，借一下啊。"

女同学微笑着说："送你都行。"她歇了歇，又去别处发宣传单了。

赵钦书走到窗前，问："有想进的社团吗？"

陈戎："没有。"

"跟我一起进散打社，怎样？"赵钦书说，"我和散打教练有交情，他开口邀请我，我不好意思拒绝。要不你也来吧？凭我俩的美色，看能不能招些可爱的女同学。"

陈戎向窗外看了一眼:"随意。"

赵钦书玩心大起,把宣传单卷成了一个圆筒,向外张望。

世界万物定格在了纸筒的圆圈里。云朵走不动了,静静停在天上。

他不经意见到那棵大槐树:"槐树属阴,木中之鬼。校长为什么喜欢这棵槐树?"

诡异的是,树下有一个女生,也在用望远镜向着他。

女生今天没了刘海,也摘掉了大眼镜,扎了个圆圆的丸子头。但赵钦书还是认出来了,这是倪燕归。他自言自语地说:"不会是我的迷妹吧?"

混沌的一天过去大半,到晚上了,赵钦书还是没劲。百无聊赖的时刻,他半躺在床上,从手机里找消遣。

一个多星期前,班上有个女同学遇到相机的问题,找他帮忙。问题解决了,赵钦书用修好的相机胡乱拍了几张照片,其中就有窗边的陈戎。

赵钦书很满意这几张作品,把照片传到了自己的手机相册里。

这时,他赞叹不已:"陈戎,你在我的镜头下完美无瑕。"

等等——

对面的那间画室,窗前站了一个人?而且,是不是举着望远镜?

两间画室隔着长长的距离,照片上对方的五官不是太清晰,但赵钦书记得这个人的轮廓和身形,不就是倪燕归吗?她在眺望这里?

回想起来,今天她也是拿望远镜望向画室。

除了中午短暂的停留,其余时间,赵钦书不在窗前。

常在窗边的人是……赵钦书猛然坐起来,眼中的懒散一扫而光。他坐在床沿,一脚吊下,晃向对面书桌前的人:"陈戎。"

陈戎没有抬头:"嗯?"

"你在窗边画画的时候,有没有感觉到诡异的视线?"

"没有。"陈戎右手握刀,左手推刀,正斜削着笔杆子的木皮。

"你可能被一个坏人盯上了。"赵钦书语出惊人。

陈戎继续削着,削落的木皮微翘,接着掉落下去。

赵钦书把自己的发现解释了一遍,说:"不如,我跟你换个位置?"

"没必要。"

"校会上的检讨书朗读者,和烧烤店里的大姐头是同一个人。你要是落入她的手掌心,就没翻身的机会了。"

"你别惦记检讨书和烧烤店了。她是女孩子,肯定不想自己总和不光彩的事挂钩。"

赵钦书挑了下眉:"你记起她了?"

陈戎没说话。

赵钦书问:"校会那天,她有没有跟你搭讪?"

"没有。"

"我有个猜想。"赵钦书暧昧一笑,"她对你有意思。"

陈戎不再回答。

倪燕归的大名早已闻名全校。

过了一会儿,宿舍的另一个男生蔡阳突然喊:"这个人叫倪燕归吧?念检讨书那个。"

陈戎闻言,抬起头看了过去。

赵钦书比了个缝嘴巴的手势:"不是我提的啊。"

蔡阳翻转手机,色彩鲜明的手机屏幕上,是一张艳丽的脸。他问:"是她吧?"

照片非常清晰,正是在校会上发言时的倪燕归。就算有长刘海和大黑框眼镜,也盖不住她的美艳绝伦。

"你迷她?"赵钦书问,"这是长炮拍的吧。"

"不是我。"蔡阳神秘兮兮,"网上有人出售她的高清照。"

赵钦书来了兴致:"怎么出售的?"

蔡阳:"五十元打包,估计有近百张。"

赵钦书:"网上大把女明星的照片,何必花这个钱。"

"不一样。女明星有距离啊,这是我们学校的同学,肯定有人蠢蠢欲动想去追求。"蔡阳顿了一下,"再说了,有些拍摄角度,很令人想入非非。"

赵钦书跳下了床:"哪些?"

蔡阳直接把手机给赵钦书。

赵钦书："你买的？"

蔡阳："不是，我一朋友买的。他很有分享精神，发给我了。"

赵钦书的手指左右滑动，屏幕上全是倪燕归的照片。有局部的，有全身照，某些角度，称得上不怀好意了。

她那天穿的裙子长至小腿，上台发言时，也没有过分的举动。这些照片却故意往她的某些部位拍，哪怕她的衣服穿得好好的。

她的上衣颜色比较浅，幸亏够厚实，高清镜头下也没透出什么。

赵钦书又问："有没有其他人的？"

蔡阳答："我朋友只买了她的。哦，听说李筠的也有。"

"是谁拍的？"

赵钦书抬起头。

问话的人是陈戎。他扶起眼镜，望向手机里的倪燕归。

刚才翻到的这张，是从胸到腰的放大图。上衣较宽，但是腰带系得紧，细腰盈盈一握。

赵钦书调侃："螳螂捕蝉，黄雀在后。没想到，她用望远镜偷窥的时候，别人也在拿相机拍她。"

"蔡阳。"陈戎转头问，"你能联系上拍摄者吗？"

"我朋友大概能吧。你……"蔡阳咳两下，"有兴趣？"

陈戎："不是说，也有李筠的吗？"

开学第一天，蔡阳就见到李筠到男生宿舍楼下约陈戎吃饭。

蔡阳说："我问问我朋友。"

赵钦书正在欣赏倪燕归的高清美照，忽然手里一空，手机到了陈戎的手里。他说："明知是缺德人干的缺德事，你就别掺和了。"陈戎边说边他把照片删掉了。

蔡阳："……"

喂，那是他的手机啊。

蔡阳说的朋友，其实是网友。

三年前，两人在一个讨论美术的帖子里认识，越谈越投机，相互加了微信。关于三教九流的消息，这个网友特别灵通。

蔡阳开了语音聊天，挂上免提，询问拍摄者的联系方式。

网友说："这人啊，我们联系不上的。照片从国外邮箱发送过来，留的手机号是云号码，一个号一天有上千个人在用。汇款走境外平台。"

蔡阳愣住了："完全不留痕迹？"

网友："擦边球生意嘛，谨慎为好。"

蔡阳："高清生活照而已，这么戒备啊？"

网友压低嗓子，说："我猜，他不只做一单生意，有其他路子。"

蔡阳："什么路子？"

网友："这就不知道了，我只交易过一次。倪燕归，嘿，我喜欢她这样的，网上有个形容词，叫什么来着……哦，纯欲！"

陈戎抬起食指，将眼镜推上高高的鼻梁。

蔡阳看看陈戎，又问："李筠的，这一次有吗？"

网友："名单上看见了，谁买去了不知道。对了，这事我只泄露给你了，你别传出去。"

蔡阳："哦，我就是……想要李筠的。"

网友："这次只有校会上的，个个包得严实，纽扣都没少系一颗，我觉得我这钱是白花了。以后有其他机会，我再给你牵线。"

网友关了语音。

"听他的意思，这人还有更猥琐的东西。"赵钦书站起来，一副为民除害的架势，"明天我汇报给老师，由学校出面查一查。"

"对了，蔡阳。"陈戎说，"下次这个人再联系你的时候，由我来做交易。"

蔡阳："行。"

今晚有一场球赛。

同宿舍的一个同学回家了，剩下赵钦书、陈戎、蔡阳。班上其他宿舍的三个同学甲乙丙来到赵钦书的宿舍，说球赛讲究气氛，人多才热闹。六人一齐凑在赵钦书的书桌周围。原因无他，赵钦书的显示器最大。

关上门，打开空调，这就是最佳的观赛场地。六个同学分成两个阵营，各自鼓掌，各自喝彩。大概网络有延迟，阳台对面的那间宿舍，吆喝声总是比他们慢几秒。

比赛结束，人多的那一方输掉了，人少的这边是赵钦书和蔡阳。

蔡阳"哈哈"了几下，收到警告的目光，他捂了捂嘴巴，藏不住笑意，说："今天是周末，聚一场，不醉不归。"

酒是好东西，赢的人可以庆祝，输的可以获得安慰。赵钦书这个一整天心不在焉的人，更需要借酒消愁。

众人把两张椅子拼在一起，放上绘图板，铺一张牛皮纸，酒桌就成了。

陈戎没有倒酒，握了个保温杯，杯子里装的是温开水。他坐在靠阳台那边，静听众人胡扯。

赵钦书的话比较少，时间已到了第二天的凌晨，但他的情绪还停留在昨天。

同学甲冲着赵钦书发起牢骚："怎么了？脸上全是伤春悲秋，你喜欢的球队今天晚上赢了。"同学甲向赵钦书竖起大拇指。

赵钦书抬起头笑笑："我这次的美术作业比较糟糕，老师会不会给不及格啊？"

"切。"甲乙丙同时发出嘘声。作业不是考试，而且美术老师特别仁慈，经常踩着及格线给分。

赵钦书的理由实在蹩脚，但他没心情解释，直接端起酒杯，大笑："干杯，干杯。"

"干杯，干杯。"同学们不再逼问了。

赵钦书倒上一杯酒，递到陈戎的面前，说："没想到，球赛也没有令你激动啊。"

比赛过程中，同学们有的狂抓头发、猛拍大腿，把自己打得"啪啪"响。有的鬼哭狼嚎，喊到一半被另外的同学盖住了嘴。

而陈戎，无论比分落后还是追平，除了鼓掌，还是鼓掌。

陈戎接过酒杯，直接搁在桌上："我酒精过敏。"

宿舍里的把酒言欢，从入学的第二天就开始了。当时陈戎就谢绝了劝酒，可赵钦书每次依然倒酒过来。

第一章 白月光

赵钦书向陈戎举杯，一口灌了半杯酒。他并非狂热的球迷，不在意球队的输赢。压在他心里的，始终是另外的东西。

同学乙的面前空了三个酒瓶子，他满脸通红，突然站起来，踉踉跄跄要走，人却没有站稳，扑通一下跌坐在地。他索性盘腿坐地上，说："我记得，我失恋的那一天，和今天一样，我支持的球队输球了，这本就够让我气愤的，结果我暗恋的女生发了一条官宣恋情的朋友圈。那天我气炸了，买了白酒回来，喝了个昏天暗地。我不但气愤，我更难过。难过什么？每回我支持的球队输了，我就会想起她。"他在班上经常嘻嘻哈哈的，这个时候明显是醉了。

"难过，难过。"同学丙背靠床梯，半闭上眼，"我难过。"

借酒消愁的作用失效，反而把气氛推进伤心回忆里。

赵钦书叹了口气，冷不防来一句："是啊，球赛输了，女孩也离开了。"

众人在那一刻安静了数秒。

蔡阳第一个回神："你也会分手？我以为你招招手就行了，你是万人迷啊。"

赵钦书："什么招招手，又不是拦的士。"

赵钦书今天的反常似乎有了端倪，同学们竖起耳朵，以为他要讲一场风花雪月的故事。谁知道他说："过去了，过去了。"

在场的六个人之中，三个有恋爱史，剩下的一片空白。

自始至终，陈戎置身事外。

赵钦书硬是把他拽进来，回头说："陈戎，不如说说你的故事。"

蔡阳打趣地说："乖乖学生可能连初恋都没有吧？"

同学甲："瞧不起谁呢，凭陈戎的长相，他要啥恋没有。"

陈戎保持沉默。

赵钦书："长这么大，你总该遇见过喜欢的女孩吧。"

"我单身。"陈戎答非所问。

不意外的答案，赵钦书笑了笑。他和陈戎上了大学才认识。陈戎脾气不坏，就是太安静了。不谈自己，不问他人，少了些烟火气。

"话说，单恋也是初恋的一种。"蔡阳说，"是吧，是吧，我也有故事讲的。"

啤酒不够喝,赵钦书端出了自己新买的低酒精饮料。他开了一瓶给陈戎,苦口婆心地说:"你是个青春期的少年人,不要跟中老年似的,天天捧个保温杯。"

陈戎:"白开水健康。"

赵钦书:"尝尝,这才是年轻人的口味。"

陈戎:"我酒精过敏。"

赵钦书:"无酒精鸡尾酒。"

"无酒精,不是酒。"蔡阳插话说。

听着心酸的单相思,凄惨的表白无果,刚才埋怨赵钦书伤春悲秋的同学甲,第一个抹起了眼泪。

陈戎端起"无酒精鸡尾酒",尝了一口。味道和果饮类似,也许有生姜,口味比较辣。半杯过去,他觉得不对了。他没有撒谎,他对酒精非常敏感,酒量低得不能再低了。

他听到赵钦书说:"我是渣男。"

之后,他便不省人事了。

这一觉又沉又香。陈戎醒来时,空气里的酒气已经散了。

有人把他扛上了床,但懒得拉帘子。阳台门关上了,窗帘大敞,外面投进来一束银色月光。

坐起以后,陈戎一手按住了额头。他的"醉"可能不是醉,没有头疼脑热,只觉得额头像是磕到了。他按了揉,揉了按,确定这是皮外伤。

对面,被子堆到床尾,床上空无一人。

陈戎向下望。赵钦书仰坐在凳子上,闭着眼,也紧闭着嘴,不知道是不是睡着了。

蔡阳鼾声如雷,末了还上扬出了调子。

陈戎轻手轻脚地下去,发出的声响肯定比不过蔡阳的鼾声。但赵钦书忽然睁开眼睛,黑漆漆的眼珠子在月光里亮得惊人。见到陈戎下床,他说:"你们都醉糊涂了。"

第一章　白月光

陈戎问："你一夜没睡？"

赵钦书用左手托住脖子，转了两圈："忙着照顾你嘛。"

"你说那杯是无酒精的。"

"我哪知道你一丁点儿酒精都沾不得。"

"你去睡吧，我没事了。"

赵钦书把头仰在椅背上，向后靠了三下，又坐正回来："别人是醉酒，你是直接昏过去，我那时差点打120了。"

"以后凡是有'酒'的东西，我都拒绝。"

"你对你醉酒有没有记忆？"

"假如我记得，我现在可以把你的渣男故事倒背如流。可惜没听见。"

赵钦书笑了笑："过时不候，我在那一刻才有倾诉的欲望。"

陈戎也不是非要知道不可。

"其实，他们一个个醉了，听不清我说过什么吧。"赵钦书站起来，活动一下肩膀，"你啊，平时不闹不折腾，醉酒了就不一样。"

陈戎问："难道我会发酒疯？"

"你说胡话。"赵钦书顿一下，又说，"可能不是胡话。"

"我说了什么话？"

赵钦书掀起眼，向蔡阳那边看一眼："只有我一个人听见。没事，情伤不丢人，倾诉是痊愈的前兆。好比，我今天把故事讲了三分之一，我的希望之门，就开了三分之一。"

陈戎不动声色："情伤？"

赵钦书扬了扬眉："想听？"

陈戎点头："愿闻其详。"

赵钦书搭上陈戎的肩膀，望向窗外。

挂在晾衣竿上两件校服之间的，恰是上弦月。

赵钦书说："你有一个白月光。"

第二章

黑影

拳击社的宣传单，四个版本，四种设计，四个男生。其中三个男生都穿比赛服装，摆出出拳的架势。

第四个穿的是校服，连肌肉线条也没露。他没有看镜头，可能随意拍的。

比较这些宣传单，柳木晞发现，第四张格外有氛围。她拿订书机，把纸张订起来，独独抽出了第四张。

倪燕归洗了把脸，几滴水珠挂在脸颊。她去拿纸巾，见到那一沓宣传单上写了小字，问："你做社团笔记？"

"这是收集素材的一种方式。"柳木晞把第四张夹进了大书里。

幸亏林修当时把宣传单卷了起来，要是对折的话，男生的脸上多一道折痕，表情就更臭了。

柳木晞说："拳击社好风光啊。每年都有奖项，区里的、市里的，连省级的也有，而且拉来了外面企业的赞助，活动经费从来不需要学校操心。今年又有新生力量加入，听说是一名大将。"

"嗯。"倪燕归擦干脸。

距离日历上的红色大圈还剩四天。

要是可以凭美色攻陷陈戎……

不行，他是高素质的男生，肯定重视女孩的内在修养。她居然妄想靠脸吃饭，肤浅。

柳木晞突然问："陈戎去哪个社团啊？"

倪燕归爬上了床："没消息。"

柳木晞继续翻宣传单。

拳击社的下一张也是格斗社团——散打，纸上只备注了两个字。

再下一张是话剧社。那里充满了戏剧冲突。社长和副社长有暧昧，副社长和某某成员是情侣，剪不断理还乱。

接下去，是围棋社。

柳木晞说："围棋社是学霸的天堂，里面全是脑力比拼。"

倪燕归趴在床上，下巴抵住枕头，说话时脑袋一上一下的："想象一下，陈戎坐在棋盘前运筹帷幄。我跟着去，没几天就被淘汰了。"

手机振了起来——来自倪景山的视频聊天。

倪燕归膝盖后弯，跷起小腿晃了晃，按下接通："爸。"

倪景山瞄到了枕头："才几点啊？就上床躺着了？"

"早睡早起嘛。"倪燕归抱紧枕头，挡住下半边脸。

视频只能见到女儿的眼睛，倪景山说："我和你妈要出差十来天，你照顾好自己。"

倪景山是生意人，和妻子章之颖共同经营贸易公司。他叮嘱女儿，要听老师的话，好好学习，天天向上。

这些话是从小听到大的，倪燕归连连点头："知道了。"

之后，倪景山说到了关键的内容："不要打架。打赢了蹲局子，打输了躺病床。"

倪燕归反驳说："我怎么会打架？那是野蛮人干的事。"

倪景山："你知道就好。"

和父亲聊完了，倪燕归收到一条消息。

卢炜：情报，陈戎的社团是散打社。

倪燕归猛然坐起，问："散打社有没有八卦？"

"散打？"柳木晞扬起宣传单，"喏，这个。"

倪燕归见到，宣传单上备注了大大的两个字——惨淡。

她问卢炜：消息可靠吗？

卢炜：我，江湖人称"情报小王子"。

倪燕归立即下床，拿起散打社的宣传单。

社团介绍言简意赅，不错，没有废话。但这种白开水一般的介绍，还想不想招募新生了？

她放下宣传单："陈戎进散打社了。"

"哈？"柳木晞惊讶地问，"他不是很内向吗？转性子了？"

"其实，陈戎的身体吧，"倪燕归说，"摸上去不会很松。"

柳木晞更加震惊:"你摸过?"

"摸过了。"倪燕归晃了晃手。

"倪燕归,你行啊。这么快上手了。"柳木晞没说出口的是,陈戎的清白快保不住了。

"他走到我面前的时候,正好崴了脚。我这么乐于助人的同学,肯定要扶住他啊。"倪燕归得意一笑,"手感很棒。"

"陈戎对你印象怎么样?"

"不知道。他真的很内向。"倪燕归用手在大腿中间比了个长度,"我把裙子掀到这儿,他看一眼就脸红了,他后来不敢转头过来了。"

"一定是你色眯眯的样子,逼得他不得不退避三舍。"

"将来到了社团,我跟他有的是机会。"倪燕归笑靥如花,"爱情,来了。"

素描课上,倪燕归照例在窗边窥望陈戎。

"燕归。"林修推了画架过来,"我有一个哥们儿,在校会上对你一见钟情了。"他有许多的哥们儿,很多对倪燕归有意思。他当月老当了这么多年,业绩为零。

"一见钟情?"倪燕归放下望远镜,"以貌取人要不得啊。"

"你对陈戎不就是一见钟情?"

"我喜欢有深度的男朋友,跟我互补。"倪燕归回到座位,随便扎了个长马尾。右手拿起美工刀,在指间转了几圈。

林修避开刺眼的利光:"他有深度,真的。学生会的高干,成绩也在光荣榜上。你没报社团,想不想去学生会?"

倪燕归没有抬头,美工刀停在她的中指和无名指的指缝间:"我报社团了。"

"哪个?"

"散打。"

"⋯⋯"林修叹气,"女孩子打打杀杀的,可怕,太可怕了。"

"这事你得帮我瞒着我爸。"倪燕归竖起美工刀,"说漏嘴,有你好看。"

第二章 黑影

林修在画纸上起了稿，忽然想起，卢炜说某人进了散打社。

弱不禁风的书呆子，还能练散打？

林修下了结论："陈戎才是狐狸精。"把倪燕归的魂给勾走了。

倪燕归认真地填写社团的入会申请。

有无相关经验……有吧，她打过架，赢了不少。年少气盛时，她是嚣张过那么些日子。

散打社的社长请了假，新一轮的招募，全部由赵钦书这个空降的副社长负责。

赵钦书声名赫赫，风趣幽默，在女生中的人气远远胜过陈戎。女生因为他申请散打社，不是新鲜事，他已经拉了一群可爱的女同学进来了。

但冲陈戎而来的人，少之又少。

赵钦书打量着面前的倪燕归。

油画系的系花之争处于白热化阶段。校会上，倪燕归鲜明的五官获得了众人关注，投票给她的男生却不多。纵观多年评选结果，系花都是亲和大气的女生。男生喜欢美女，更喜欢容易驾驭的美女。

倪燕归避开赵钦书的目光，望向窗外。窗框框住了那一棵校园吉祥树的粗大树干。

这里是旧实验楼，离吉祥树不远。那天，或许临近的教室有谁见过"十二支烟"？又多了一个留在散打社的理由。

她转向赵钦书，扬起了笑。赵钦书顿觉惊艳。他知道她眉目勾人，却不知道，她笑起来时，留有这个年纪的青春，有一种半天真、半性感的独特风情。

赵钦书正要开口，门开了。

陈戎走进来，手里抱着一沓资料。他见到里面站了一个外人，停下脚步。

"陈戎。"赵钦书拍拍自己旁边的座位，"你来得巧，过来面试个新人。"

陈戎放下资料，抬抬眼镜，看了倪燕归一眼，表情困惑，似乎不

037

认识她。

倪燕归的笑容更大了,露出上排洁白的八颗牙。

赵钦书招呼陈戎:"坐,这里坐。"说完,他向倪燕归做了一个手势,"你也坐。"

她抚抚裙子,矜持地坐下。笑得亲切,坐得端庄。

赵钦书的眼睛先是定在她的裙摆,接着被另一个玩意儿引开了。

她白皙的手背上,一个印记一闪而过。

赵钦书把申请书递给陈戎。

陈戎粗粗略过:"招的女生太多了。"

赵钦书:"场上训练的少之又少。"大多是站旁边当观众的。

赵钦书勾住陈戎的肩,悄声耳语:"倪燕归完全就是大姐大的派头。说实话,社团一个能打的女生都没有,女子组比赛年年吃灰,总是站别人屁股后面。是时候展开新局面吧。"

陈戎没意见了,说:"你是副社长,你定吧。"

赵钦书垂涎倪燕归的美色,就这么定了。

倪燕归垂涎陈戎的美色,坐了好半晌也不起来。

赵钦书和陈戎两人正好在窗框之中,侧颜无敌。

"好吧。"陈戎转向了倪燕归。

陈戎镜片下的眼睛,清澈得和深山涧溪一样。她心潮如漩涡,急需平复一下。

"欢迎你,倪燕归同学。"赵钦书介绍说,"这位是陈戎,普通成员,偶尔帮忙打杂。以后大家会常见面的。"

倪燕归笑了。

相识的第一步,终于迈出去了。

关上办公室的门,赵钦书和陈戎结伴去洗手间。

两人一左一右。

赵钦书先解拉链:"这女的如果不是性格太诡异,就是我中意的类型了。"

陈戎没有回话。

第二章 黑影

赵钦书又说:"你觉得她漂亮不?"

"还好。"陈戎这时才有了动作。

"女人在你眼里永远只是'还好'。"解决完毕,赵钦书提上拉链,"你的女神呢,有没有照片给我开开眼界?"

"我不会以貌取人。"

"别让倪燕归知道你心里有人。我怕她受不住打击,明天就退社了。"赵钦书笑笑,"散打社女子组比赛要是有了名次,明年社团经费大概能多一笔吧。"

"你如果不说,没人会知道白月光。"

林修说,直男喜欢有亲和力的女孩。

倪燕归双手托腮,看着自己在镜中的那张脸。坏就坏在,她的眼睛极具攻击性。

忽然,镜中出现了另一张少女的脸,是柳木晞。眼睛清纯无辜,水汪汪的,像森林里迷路的小鹿。她从镜中问:"发什么呆呢?"

"我想当一个乖乖女。"早知会遇上陈戎,倪燕归肯定在暑假时就报名琴棋书画班,有了底子,就有了伪装的基础。如今抱佛脚都来不及了。

柳木晞问:"难道陈戎不记得你在校会上的事吗?"

"不知道。"去社团报名的那天,陈戎态度很温和。不像某些人,只会大呼小叫,上来就问是不是倪燕归,是不是校会上读检讨书的倪燕归。

念检讨书和烧烤打架,这两件事都非常人所为。柳木晞觉得,除非陈戎彻底失忆了,否则怎么可能记不住大名鼎鼎的倪燕归。

倪燕归又说:"万一他记得,我就说我改过自新了。检讨书上有写,我决不再犯。"

柳木晞只能给好友鼓励:"加油。"

这天中午,倪燕归约了林修吃饭,顺便请教直男斩的技巧。

烈日当空,女同学们撑着阳伞走过。

倪燕归不喜欢打伞，也不爱暴晒。她和林修一直顺着绿荫走，路程比在校道上多一倍。

两人边走边聊。

倪燕归说："下午的艺术课，我要翘课了。老师点名的话，你帮我请个假。"

林修问："去哪儿啊？"

绿树揽着阳光，投在她满面春风的脸上："休息。"晚上散打社有活动，她无心上课了，满脑子充盈着攻略陈戎的斗志。

"哦。"走过林子，林修拿出了一支烟，竟然是薄荷味的细支烟。

"你怎么抽这种烟？"

"换换口味。"林修经常更换香烟品牌，他悠悠地吸了一口，"你真的进散打社了？"

"对。"

"你的志向只剩下陈戎了，悲哀。"林修损她。

倪燕归邪笑说："这是爱情。"

她的长相过分浓烈，这样轻浮一笑，妖里妖气的。林修就纳闷了，故事里的女妖，为什么喜欢上的都是手无缚鸡之力的书生？陈戎太干净了，像抬头可见的那片晴天，倪燕归和野马一样，两人八竿子打不到一块儿去。

"我给你介绍这么多男的，哪一个不比陈戎可靠？"

"得了吧，你介绍的好几个是花花公子。"

"他们只是嘴上花，其实初恋都还没有，看人别看表面。"吐烟圈时，林修补充了一句，"跟你一样。"

"我的初恋即将来临了，我对陈戎势在必得。"倪燕归躲着太阳走，跟着树影拐来拐去。

转上另一条路，林修走几步，忽然停下了。倪燕归被拦住了去路。

林修说："我请你去吃烧烤吧。"

烧烤店在学校西北门，一来一回，加上撸串的时间，肯定赶不上去下午的课。她挑起眉："干吗？下午的课你也不上了？"

"嗯。艺术课嘛，老师点名也很艺术。"他拽起她就要走。

第二章 黑影

她差点儿没站稳:"请客请得这么迫切,你中暑了呀。"

林修说:"有得吃你还慢吞吞的。"

倪燕归走了几步,上衣的宽袖被一根横枝给勾住了。太兜风的衣服就是比较麻烦,她回身拂袖子,一抬头见到树下的陈戎。他的白衬衫解了一颗纽扣,只露出颈下几厘米的皮肤,其余扣子系得紧紧的,这在她眼里已经是风景,她顿时乐了。

之后才见,几个男生围着坐在树墩上的陈戎。

为首的男生烫了一头金毛狮王的爆炸头,一看就不是善类。

这里是校园东侧的景观区,距离教学楼和食堂比较远,上课的日子里,同学们几乎不会走远路来这里。在场的只有那几人,以及她和林修。

倪燕归甩起袖子说:"林修,我们过去看看。"

"少女,不要打打杀杀。"

"少女的意中人遇到恶龙了。"

林修认得金毛狮王,正是拳击社一张海报上的男生,奖项列了好几行。林修提醒说:"燕归,那人不好对付。"

话还没说完,她已经跑过去了。

"……"林修唯有跟过去。

金毛狮王弯着腰,正和陈戎说话。风吹过来,到处乱窜的金发像一个滚动的圆球。

陈戎的黑发随风轻扬,低头时,眼镜滑下了鼻梁。

倪燕归怎么看,都觉得陈戎像极了被不良分子欺负的乖巧学生。见到金毛狮王拍了拍陈戎的肩,她大喝一声:"住手!"

金毛狮王的眉头皱了皱,手还搭在陈戎的肩上。

"放开你的手!"倪燕归冷冷地盯着金毛狮王。

金毛狮王的手收回了,改为插在裤袋里,他歪头打量她。他认出了这是当着全校师生的面朗读检讨书的人。

她上衣的大袖子张着风,飘扬如一双大翅膀。腿上穿了条蓝色牛仔裤,膝盖破了一个大洞,补了一块浅粉的正方形牛仔布。

她手握成拳,大声质问:"你们在这里做什么?"

旁边站了一个橘色小圆头,身材是金毛狮王的一倍半。他凶狠地说:"关你什么事。"

倪燕归从白眼里瞟他:"我问你话了吗?多嘴多舌。"

林修站在边上,低声问:"你是想干架啊?"

"嗯哼。"倪燕归回了这么两个字,看向陈戎。他无辜的脸在那群人中格格不入。

她再喊:"你们围着他做什么!走远点!"

橘色小圆头噎住了:"他?谁?"

金毛狮王回头看着陈戎。陈戎推了推眼镜,没有说话。

橘色小圆头咋舌:"老大……"

金毛狮王的食指在大腿上敲了敲,再看陈戎一眼,说:"走了。"

橘色小圆头胡乱地揉了揉自己的圆头:"就走了?这女的是谁?她怎么回事?简直莫名其妙啊。"

金毛狮王朝他比了一个手势:"闭嘴,走了。"

紧接着,几个人扬长而去。

还没开打,对方就跑了。倪燕归走到陈戎面前,关心地问:"你没事吧?"

"我没事。"他的眼睛澄净得像一片湖,湖中闪烁着细碎的光芒。

她觉得自己能溺毙在这片湖水里:"他们有没有威胁你?"

"没有。"他顿了一下,"你来了。"

呼,幸好她来了。她跟着笑:"以后见到这些人记得离远点。"

"谢谢你。"陈戎低下了眼。

"不客气。"倪燕归再走近一步,"你记得我吧?我也是散打社团的。"

"嗯,倪燕归。"

"对,对。"在他清越的声音里,她的名字格外动听,"对了,你为什么会进散打社呀?"

"我……"陈戎说,"赵钦书在社团,我顺便进去了,帮帮文秘方面的事。"

也是,斯文腼腆的他怎么会崇尚武力。见他目光在她手上掠过,

第二章　黑影

她立即松开了握拳的手,解释说:"刚才见到那群'洗剪吹'凶神恶煞地围着你,我情急之下想以毒攻毒。没想到,真的把对方吓跑了。"和刚才冲金毛狮王喊的那几嗓子不一样,她这时的声音轻柔又可亲。

陈戎抬起脸,满是温和,好像相信了她的理由,说:"你是女孩子,不要和他们起冲突,万一遇上记仇的,吃亏的还是你。"

她点头:"我知道了。"她记住了,不可以在他面前暴露本性。

见她重色轻友,林修就不留在这里当电灯泡了。

陈戎拿起英文书,继续阅读。

她一会儿盯着书上的字,一会儿看着陈戎的脸。过了两三分钟,陈戎的手指捻着书页,久久没有翻过去。也许,他没经历过被女孩子盯梢的场面,特别容易害羞。倪燕归在心底暗笑,问:"你吃了午饭没?"

"已经吃过了。"他还是低着头,"你呢?"

倪燕归才想起自己还有约,转头看去,哪里还有林修的身影?她回答说:"我也吃过了。"

见她没有离开的意思,陈戎推了推镜框,指指旁边的一个树墩:"你要是累的话……就过来坐吧。"

"谢谢。"倪燕归在画室里偷窥他无数次,终于等到了明目张胆打量的时刻。他五官柔和,眉宇温顺,这么一个好欺负的人,真真长到了她的审美中。

红云慢慢爬上了陈戎的耳朵,他翻页翻得有些急。

树墩离陈戎不远。倪燕归问:"你平时都在这里看书吗?"

"不是。"陈戎向另一边稍稍侧了身子,"下午的课比较紧,没去图书馆,才来这里。"

书中夹着一片树叶书签,不是化学处理过的叶脉书签,这一片镂空叶子更像是手工雕刻出来的。她问:"这是你自己做的吗?"

"是的。"他说,"拿美工刀刻的,再自己刷了层色。"

"哇,你好厉害啊!"倪燕归满眼星星,趁机再靠近他。

"没有……过程很简单——"他一回头,对上她放大的笑颜,之前的话停在了半截,最终轻声说,"谢谢。"

见到他腼腆的模样,倪燕归心里痒痒,直想去揪他的脸。她格外

043

怜爱听话的孩子，幼儿园时经常逮住同班的乖巧男生捏几把。她问："晚上的社团活动，你会参加吗？"

"嗯，今天是第一次正式活动。我是新来的，进社团比你早是蹭了赵钦书的面子。他和教练是朋友。"

"你除了散打社，还有参加其他社团吗？"

"没有。学生还是以上课为主，别的忙不过来。"

"我也喜欢读书，但以前找不到这么好的林荫啊，想去图书馆，又占不到位子。"倪燕归睁着眼说瞎话。

大概是聊到了陈戎的领域，他主动问："你喜欢读什么书？"

"艺术类的。"小说、漫画也属于这范畴。

陈戎把玩着树叶书签，再翻了翻书，翻到书页里夹着的另一片书签。他先是拿在手里转了两下，然后鼓起勇气递给她："既然是书友……彼此共勉吧。"

倪燕归又惊又喜，伸手去接。手背上的火红狐尾在白皙的手上尤其招眼。她连忙收回来，换另一只伸向他："谢谢，我一定会好好珍藏的。"

他把叶子放在她的手上，不小心见到她外衣里面的灰色V领衫。领口有些低，隐约可见有一抹暗影。他礼貌地避开眼。

倪燕归捕捉到这一瞬间，抿唇笑了。

热辣的太阳悬在天空。

夏天还没走，春天却仿佛已经到了。

夏夜，不清不凉。

一间宿舍的空调坏了，发出连续的噪声。

有同学喊："修一修啦。"

上面传来了回答："师傅今晚不上门。"

柳木晞坐在电脑前画画，忽然站起身，把开了一半的窗户关上。"轰轰"声变成了"突突"声，她走回来，又戴上了耳机。

交稿日之前，她总是六亲不认的样子。

倪燕归哼着欢快的曲子，外面究竟是"轰轰"或者"突突"，无损她的好心情。

她半躺在床上,跷起腿一晃一晃,手里拿着那一片叶子书签。偶尔克制不住上扬的嘴角,她不得不把脸埋进枕头里,偷偷地笑。

今晚的社团活动,她又能看见陈戎了。

七点多,宿舍的另外两个同学还没有回来。

倪燕归把几盒遮瑕膏拿出来。她容易出汗,买的多是轻透的彩妆,试了试,这几个遮瑕效果很一般。她发消息问另一个室友于芮:什么时候回?

过了十几秒,于芮在门外喊话:"我回来了。"

于芮进来,一把扯下包包丢到桌上,问:"找我什么事?"

倪燕归说:"你有一个效果超群的遮瑕膏吧?借我用用。"

"你要遮什么?"宿舍的四个人之中,底妆比较厚重的是于芮。倪燕归和乔娜的很轻薄。至于柳木晞,则从来不化妆。

倪燕归抬起手,亮出了一片火红:"我怕这个吓坏了陈戎。"

柳木晞忽然转过头来:"他应该见过这个吧。"

倪燕归说:"我要改邪归正了。"

于芮笑了,把遮瑕膏递过去:"你上次不是说,想再文点儿别的印记吗?"

"为了做个女友,还是算了。"倪燕归慢慢涂抹,直至盖住手上的狐狸尾。

"怕什么?陈戎以后一定被你吃得死死的。"于芮坐下,"他为人老实,要是被你攻下了,肯定是个听话的人。"

"借你吉言。"倪燕归像是在手背画画,遮得严实的同时还要让肤色自然过渡。

于芮:"他这种男人,没亲近过几个女的,最容易上钩了。"

说得也有道理。倪燕归说:"我脱单的时候请你们吃饭。"印记盖住了,她开始对着镜子上妆。

柳木晞摘下耳机:"你上散打课还化妆?"

"当然。"倪燕归描了几笔眼线,弱化自己的媚艳。

眼尾不能太翘,往下垂才清纯甜美。唇色不用大红,改为豆粉的。

要漂亮，又不能让陈戎发现其中的小心机。

赵钦书和陈戎才刚刚下课。

看见对面的油画系画室，赵钦书笑着说："晚上社团活动你一定要来，我听说倪燕归对你很着迷，进社团是为了你。"

陈戎说："同学间的传言，未必是真的。"

"面试那天，她盯着你不放，正眼都不瞟我一下。"赵钦书还是第一次遇见眼里只装得下陈戎的女同学，"我上网查过，你这样长相的，很受中年富婆的欢迎。"

陈戎收起画架。

赵钦书嘴上还在说："人一旦不再追求金钱，只能找其他东西满足征服欲。你有学历，有长相，易推倒，但是自尊自爱。啊，你为了金钱屈服的样子一定特别迷人。"

"赵钦书。"陈戎从斜阳中回头，"倪燕归不是中年富婆。"

"对嘛，她有脸蛋有身材，对你一片痴心，你就从了她吧。"

"社团很缺女同学吗？"

"你真不知道还是假不知道，就算招了女学员也没几个能打的。倪燕归那大姐头的架势，是社团唯一的希望。"赵钦书笑，"反正对象是倪燕归，你也不吃亏啊。系花争霸赛她落了下风是因为男人制不住她。制不住是一回事，人家长得真漂亮。"

"不要总是说女同学的是非。"陈戎径自下了楼。

散打社教练留着短短的寸头，脸上肤色比手脚还黑，身上穿了深蓝T恤配运动短裤。他放下了手里的拳套，转向学员，目光炯炯有神："我叫毛成鸿，担任散打社的教练。我留校工作，平时比较忙，有什么急事你们可以联系社长。"

他拿起名册，见到上面多出来一串女生的名字，说："这次报名的女同学有不少啊。"

"赵钦书的功劳。"说话的这个人是社长，有个很尔雅的名字——温文。他是雕塑系大三的学生，接手社团两年。散打社在学校没什么吸引力，来的多是肌肉壮汉，很多女生连名都不敢报就跑了。今年全靠赵

第二章 黑影

钦书带了几个秀气的男同学过来，社团从抠脚窝变成了花样美男集结号，连带着，异性缘也刷新了纪录。

短暂的自我介绍结束，毛成鸿粗声大喊："新学员，听着。"

一群围着赵钦书嬉笑的女同学，霎时停止了聊天。

对比赵钦书的万人迷架势，陈戎则是无人问津。女生都围着赵钦书，陈戎身边的空缺自然就留给倪燕归了。

一到教室，她到处搜寻陈戎的身影。没看见意中人，反而有几个男生直勾勾地打量她。她今天的妆容全是为了陈戎，他要是不来，她就白忙活了。

可是中午明明说好的，他说一定会来。

她时不时向门口打望。到了不耐烦的一刻，她的眼睛忽然亮了起来。

陈戎背对着她，正埋头看手机呢。他穿了一套和她同色系的运动服，不是纯白，有些偏米色，乍看之下很像情侣装。

他和之前一样，拉链拉到了颈下，多一分都不肯露。倪燕归就大方多了，运动裤比较短，一双大长腿招着男生们的目光。

陈戎走到毛成鸿的面前："抱歉，我迟到了。"

毛成鸿说："没事，还有好几个没来的。"除了学生会那种威风凛凛的社团，其他社团没有什么震慑力，来不来都是自愿的。

听见声音，陈戎转头，朝倪燕归笑了笑。

她回了他一个大大的笑容。刚才还在郁闷他怎么不来，这时已经心花怒放了。

赵钦书很惊艳于倪燕归的笑颜，他摩挲着下巴感叹，陈戎真是艳福不浅。

毛成鸿继续说："今年来了很多可爱的女同学。不过，我把话说在前头，虽然搏击术这个名字听着很厉害，但女生学了搏击术，在遇到来自男性的威胁时，由于男女力量悬殊，最好的方法还是走为上策。"

好几个女生听了以后都笑起来。

毛成鸿没有笑："为了贯彻这一个理论，新学员的第一堂课就是跑步。"

下一秒，学员里就发出几声哀叹。

毛成鸿当没听见，说："想练的跟过来。格斗的训练是非常辛苦的。如果连跑步都过不了关，散打肯定叫苦连天，还是别练了。"

温文目瞪口呆："喂，这个和训练男同学没什么区别啊。"

赵钦书扶额："毛教练单身这么多年不是没有理由的。不出两天，女生就会被他折磨得自动退出。"也许根本不需要两天，这一堂课就足够了。

他们几个男的站在教室左边，倪燕归排在中间的队列里。

赵钦书撞了一下陈戎："大姐头在盯着你。你过去排队，就算出卖色相也要把她留下来。"

陈戎没有说话，扶扶眼镜，真的走过去排在中间的队列后面。

温文莫名涌出一股悲壮，他觉得陈戎像是被推入了火坑，他说："别强人所难了，你这是逼迫啊。"

"我也想被逼，无奈人家看不上我啊。"赵钦书望着陈戎，"我担心，他经不经得起大姐头的折腾。"

"他的背影很挺拔。你说他是运动白痴，其实我觉得，他的身材一点也不输给别人。"温文说，"我第一眼见到陈戎，想的就是，多利落的身材呀，可你说他是个不运动的书呆子。"

赵钦书拍了拍自己的肩膀："有东西叫垫肩神器，腹肌道具。"

温文的眼珠子瞪得几乎要脱眶，说话磕磕绊绊："他……陈戎……用那种东西？"

"当然，我给他的购买链接。"赵钦书似笑非笑，"所以陈戎不能露，他一露就穿帮。"

赵钦书的话说得半真半假，温文听得将信将疑。

哪些是真？哪些是假？赵钦书没有解释。

这里是学校以前的实验楼，距离体育场很近。走过湖东走廊，就是操场。毛成鸿交待完注意事项，带着大家往体育场走去。

毛成鸿特别喜欢跑步，尤其面对女学员，他更是强调"打不过就跑"这一理论。他拉长嗓子喊："快快快！跟上队伍！今晚的任务是三公里。"

他伸出三个手指头,"不多,就三公里!"

几个学生在湖东走廊上越走越慢,越走越慢,接着拐了个弯,从校道那边溜走了。跟着的一群人跟拍鬼片似的,走几步消失一个。

毛成鸿自顾自喊话,对离队的学生视而不见,他招着手:"后面的走快点。"

"陈戎。"倪燕归不知什么时候跳到了陈戎的面前。

走过一盏路灯,光线暗淡。可他见到她的眼睛扑闪扑闪的,跟星河一样。

光里映出的人,是他。只有他。

她问:"真的要跑三公里呀?"

陈戎点头:"毛教练的教学比较严格,你别介意他的话。要是跑不下去,他不会不近人情的。"

她矮他半个头,抬眼看他:"没事。"她恨不得这一段路走到半夜,走到凌晨,一直走到明天也行,"我既然报了名,就不会半途而废,再说了,今天见到那群'洗剪吹',我更加有危险意识了。"

"他们……去报复你了吗?"

"没有,你别担心。"

两人已经进了操场。

毛成鸿向着学员们喊:"大家开始跑步!赶紧跑,跑完了再上散打的理论课。"

人群中的叹息被吹散在宽阔的操场里。

陈戎慢慢地向前跑,脚步很轻,但真的很慢。倪燕归追上去,两三秒就超过了他,她又停了下来,回头才知道,原来他半蹲下,正在绑鞋带。她又回到他的面前。

陈戎用两手打着结,但是动作慢了下来,甚至有些停顿。他的面前有一双腿,穿着可爱的粉白运动鞋,小腿细长笔直。要是他这时候抬头,对女孩子来说很不礼貌。他把目光定在她的脚踝,突出的那一块骨头,线条柔和又流畅。

倪燕归站了一会儿,见他左右两手扯住鞋带的两端,定住不动了。她唤:"陈戎?"

陈戎站起来，低头看她一眼，又闪开了："我跑得很慢，要不你先跑。"

"我跑得也很慢啊。"她向后跷了跷小腿，左一下右一下，接着跳了两下，"跑快了容易崴脚，我们一起慢慢跑吧。"

"嗯。"他还是不看她，摸了一下耳后。

她顺着他的手望过去。这里的灯比湖东走廊的亮，她见到他的耳朵微微发红，也许是害羞的红晕？她窃喜在心。

跑了一圈，他有些喘。她静静地陪着，没和他聊天。

又一圈过去，陈戎上气不接下气，跟她的距离一步一步地拉远了。倪燕归索性不跑了，跟在他旁边散步。

他的脸色和灯柱一样白。她早发现了，他跑步时步子特别沉，像脚下绑了千斤重。

两圈半的时候，陈戎咳了两下，不得不停下喘气，弯下腰时，汗水一滴一滴落在跑道上。

倪燕归关切地问："你还好吗？"

他抹了一把脸，没有说话。

她连忙说："先休息吧，我去跟毛教练说。"

陈戎的呼吸慢慢顺了过来，直起身子："没事。"他从裤兜里掏出了一颗果糖，"我跑步的时候需要吃一点东西，让你见笑了。"

"没有，我跑得也很辛苦啊，都跑不动了。"倪燕归假装喘了几口气，脸颊红润得像水蜜桃。

他又掏出了另一颗果糖："要不要？这是医生推荐的，运动补充。"

"谢谢！"她把糖攥在手里。要是可以，她会把这颗糖和中午收到的书签，一起锁进小宝盒。

他吃了糖，她也跟着剥了糖纸。舌头还没有尝到糖的甜味，她的心里已经溢出了蜜。

跑道上的学生越来越多，另一个社团的学生也到了，他们冲锋一样地跑过来，逼得路中的两人靠得更近。

倪燕归两手扯着糖纸。糖已经吃了，糖纸一定要留下来，当一个纪念。她没有发现，有一个男生的眼睛锁在她身上，直直地冲着她跑来。

快要接近她的时候，他的步子加快，整个人就要撞到她。

陈戎手疾眼快，拉住她向自己这边拽过来。他的力气不大，见她避开了男生就想松开她。

倪燕归只感觉，自己在某一个瞬间忽然被拽过去，同时她闻到了他身上淡淡的清香。

他是沐浴了才过来的吗？机不可失，她顺势扑到他的怀里。

毛成鸿站在观众席的台阶上。

俊美少年站在灯下，肩上伏着一个长发女孩，在跑动的人潮里，两人一动不动，成了风景。

毛成鸿向那边喊话，可无人听见。他左右转头，见到一个绑在栏杆上的喇叭。他右脚踩上一级台阶，拿起喇叭放在嘴边，喊："同学！不要站在跑道中间谈恋爱！"

去的时候是呼啦啦一群人。

回来之后，倪燕归数数剩下的人头，赵钦书的色相没能留住多少女同学，只剩四个了。

难怪社长自言自语地说："再这样下去又要变成和尚社团了。"

倪燕归一手捏着糖纸玩，塑料的糖纸已经皱了，发出细碎的声响。

陈戎被赵钦书拉了过去，不知两人在嘀咕什么。大多时候，赵钦书在说，陈戎只是听。倪燕归看着那两人。赵钦书这人口花花的，估计陈戎不知道拒绝，才会被赵钦书勾肩搭背。

"咳咳。"毛成鸿清了清嗓子。

倪燕归看向场中央。

教室陷入一片安静。学员们个个满头大汗，等教练发话。

毛成鸿说："今天第一天上课，大家跑了几圈，状态欠佳，理论课就先免了，休息吧。下堂课再说。"

"啊？教练……"能跑下来的学员，自然是有心坚持，突然被告知荒废了一堂课，很是失望。

"毛教练。"赵钦书扬起笑，说，"大家辛苦来上课，就算不讲理论，也要领同学们入点门吧。"

学员们:"是啊,是啊。"
赵钦书向毛成鸿打眼色:"要不,让有资历的学员给新来的露两手?"
几个男生起哄:"对对,露两手,电视上的散打王,拳腿组合老帅了。"
毛成鸿为人严肃,却是心软的个性。学员提出请求,他没有反对:"既然大家想看……那社长来一个?"
"来一个,来一个。"刚才蔫了吧唧的学员们,鼓掌的劲头非常热烈。
"我随便打两下吧。"温文,人如其名,说话凶不起来。他人高马大,往场中一站,宽敞的教室顿时有了紧迫感。
墙角堆了几块泡沫砖。毛成鸿捡起来,说:"表演一个蒙眼踢砖,怎么样?"
"好。"温文笑了笑。
表演有杂技的性质,适合给外行人看热闹。
毛成鸿双手握住泡沫砖的两端:"危险动作,切勿模仿。"
众人笑了。
温文戴上黑色眼罩,深呼一口气,吼一声:"哈!"
虽然眼前一片漆黑,但在社团两年了,温文和毛成鸿的配合十分的默契。他直接用正蹬,抬脚向前方,狠狠地一踢。泡沫砖飞上半空,翻了几圈,再跌落下来。
有一个男生,一边鼓掌一边问:"以后是不是还有胸口碎大石啊?"
毛成鸿说:"那是拳击社的表演项目。"他不是胡诌。几年前,拳击社办了场杂技表演,除了碎大石,还有轻功踩鸡蛋。要不是学校禁止玩火,跳火圈都有可能。
毛成鸿觉得,杂耍项目侮辱了格斗的信念。但观众很吃那一套。他和温文商量,也整了一出"盲踢"。
温文扯下眼罩,和毛成鸿击了一掌,回到原位置坐下了。
毛成鸿甩了甩双臂:"新学员中,有没有练过散打的?"
无人回应。
倪燕归伸直了腿,大咧咧地靠在墙上。

刚才她趁机抱住陈戎，抱了好几秒。他的腰是真细，而且硬邦邦的。摸上去不像皮肤的质感，反而像……金属？总之，古怪。

她摊开掌心，上面的塑料糖纸被她揉得更皱了。

陈戎坐在地板上，屈起左脚，右脚直直地向前。

赵钦书忽然拍了一下陈戎的左膝盖，两手从他的左膝盖向下滑，问："你这腿，今天晚上抬不起来吧？"

陈戎没有回答。

赵钦书把陈戎的左腿摸了三遍，从上到下，摸呀摸呀，嘴里发出"嗯"的长叹。不经意一转头，他对上倪燕归的眼睛。他收回手，摸了下鼻子。

这时，倪燕归突然举起了手："老师，我也会踢腿。"

"哦？"毛成鸿很意外，"是学过吗？"

"没学过。"倪燕归说，"但踢腿动作以前有做。"

"好！"毛成鸿这时才有了当教练的喜悦，"想不想试试？"

"嗯。"倪燕归一手撑住膝盖，慢慢站起来，走到场中。

毛成鸿见她穿的是短裤，踢腿不方便，说："穿这样怎么练散打？有长裤吗？"

倪燕归摇头："今天没有。"

毛成鸿看一眼陈戎："你的裤子给她换上吧。"他以为陈戎和倪燕归是一对，情侣嘛，穿同一条裤子也没关系。

"穿你的裤子？"赵钦书悄声说，"这不是——"

陈戎转头过去。

"我什么也没说。"赵钦书又仰头看天花板。

陈戎的眼睛上抬，撞进温文的目光。

"我脑海里什么画面也没有。"温文也仰头看天花板，"没有，没有……"

教室的天花板真白啊。

社团设了男更衣室、女更衣室。

男的那边挤得不行，大热天时，臭汗淋漓的味道，男生自己都受不了。

近几年,女学员从罕见到没有。渐渐地,女更衣室锁了门。后来的某天,那一个"女"字,被人用一张打印出来的白纸粘住,纸上是马克笔写下的"男"字。

和尚社团,有两间男更衣室很正常。

今年不一样,和尚也有春天。温文在拿到新生名册的时候,决定重新启用女更衣室。

前天,他推开女更衣室的门,见到一双曾经是白色的袜子挂在窗框上。袜子上的灰尘已经和窗框上的融为一体,估计暑假前就晾在那里了。

他问了一圈,却无人认领。或者袜子主人忘记了,或者没有勇气认领。

温文把一张倒扣在地的椅子扶正,大喊:"打扫打扫!"

一行人,擦的擦,扫的扫。都是练家子,真要干活,手脚非常利索。不一会儿清出了一个还过得去的房间。

柜子很旧,转轴松了,关上去,门自动弹开,同时响起"吱吱"的声音。温文只好拿透明胶布把柜门封住。他正想着要置办新柜子了,结果又发现,房门的锁也坏了。他握住门锁,还没用力,锁头就忽然脱落了。

温文当天就向学校申请新的女更衣室。申请表递了上去,暂时还没批复。

他拿走了锁头,没有换新锁,门上露出一个圆圆的小洞。

今晚本来是理论课,女学员不需要更换衣服。谁知,倪燕归第一天就要上场。

没办法,只能将就用了。男更衣室里全是男生的东西,没有打扫清理。女同学当然去干净的那间更好。

"这样吧。"温文说,"你把里面的椅子拉过来,挡住门,遮住这个锁洞就行了。"

这幢实验楼早就弃用,除了社团活动,没有其他同学。

温文又说:"如果遇到问题,只要你喊一声,我们马上过来。放心,这里是散打社的地盘,绝对安全。"

倪燕归满口答应:"好啊。"

陈戎拿了一条运动裤,不好意思地说:"裤子是旧的,但洗过了,在大太阳的时候晾晒了。"

倪燕归笑了:"知道。"她接过运动裤。纯棉的,布料柔软,色泽很新,估计穿的次数不多。

更衣室外的走廊里,三盏灯,灭两盏,光线和窗外如纱的月光一样浅。

倪燕归抬头问:"灯也坏了?"

这个"也"字用得相当微妙,仿佛这个社团到处是"坏"的。

陈戎略有尴尬:"学校关了部分的灯。"

"噢。"柳木晞的备注没有错,这个社团是很惨淡。

"你去换吧。"陈戎说,"记得把椅子推过来挡门。"

倪燕归侧头望他,望了好一会儿。

四周的光时明时暗,照出她媚色撩人的双眼,陈戎低了低头。

"难道——"她故意逗他,"你会偷窥?"

他立即抬头,澄清说:"我不会。"

倪燕归笑笑。其实,她才是偷窥他的坏蛋。

进去以后,她搬过椅子,推到门边,椅背正好挡住了锁头上的空洞。

温文检查的时候,终究不够细心,有疏漏。

真正起歪心又熟悉这一间更衣室的人就会知道,偷窥这种事不是非得走正门,窗户才是最佳位置。

更衣室的东西坏的可太多了,例如窗帘的卡槽扣子坏了两个,就算拉到墙边,也会因为少了两个卡扣而靠不到墙。

以前在这里换衣服的全是男生,没人会站外面从墙角的窗帘缝隙向里面张望。

今天晚上,在里面更衣的人是在校会上惊艳四方的倪燕归。对于偷窥男来说,倪燕归的照片销量最高,他赚了一笔。他谢谢她,他关注她。这样一个活生生的大美人,他不会错过机会。

窗外，暗影浮动。

偷窥男今天没有高大上的摄影设备，只拿了夜视功能强悍的手机。

嘉北大学的教学区建在湖心，大广场通往东南校门、西南生活区。教学区外，围有一个大湖，以湖东、湖西走廊相连体育场馆和图书阅览室。除了湖心广场和东西走廊，教学区都被湖水围绕。更衣室外，草丛和湖边相连，很少有人会过来。

偷窥男半伏着身子，慢慢走近。房间亮起了灯，他心中暗喜，立即打开手机的拍摄模式。快到窗前，他像是在品尝美食，先咽了咽口水，然后伸手，想要把手机挪到窗帘缝里。

下一秒，他的头歪掉了。有一个黑影狠狠地揍了他一拳，把他的脸打歪了。

偷窥男的脖子瞬间扭过去，紧接着被压在草丛里。左脸贴实地面，磨到土里尖锐的沙砾。

他是练过的，但这个时候，他发现自己无法挣扎。

黑影的力道非常可怕，紧紧按住他的下颌骨。

偷窥男被迫张开嘴，骨头遭到外力挤压，之后嘴巴就合不上了。他从疼痛中回神，发出的声音很细，动了动嘴巴，想要有更响亮的声音，脱臼的骨头却令他求救无门。

他的双手保留撑地的姿势，如何挣扎都起不来。他握紧了手机。

视频按键已经开启，就算他打不过黑影，也要知道这个黑影是谁。他拼住最后的一股劲，手肘向上一折，向黑影举起手机。

屏幕里晃过一张脸。男人甲看不见，只觉自己的下颌骨越发僵硬疼痛。下巴仿佛被人掐断，骨头卡在那里，动弹不得。

这时，黑影探向他的脖子。拇指和食指、中指，各扣一边。黑影的手指很温热，偷窥男的颈项却沁满了凉意。黑影想干什么？偷窥男双目圆睁，见到实验楼外墙融在夜色里，暗成了一片黑。

黑影的手指停在男人甲的脖子上，三只手指向里面用力。

"哦，哦，哦。"偷窥男脱臼的下巴只能说出微弱的单音节。

可能是求饶，可能是救命。

这一刻，偷窥男以为自己真的会死在这里。当他的喉咙难受到想要干呕的时候，黑影放开了他。偷窥男瘫倒在地，脖子一直维持歪着的动作，已经僵硬了，一时转不过来。

他庆幸，至少捡回了一条命。

下一秒，更衣室的窗户"唰"的一下被拉开了。

倪燕归站在窗前。她在明，他在暗。她一开始没有看到底下的男人甲，后来眯了眯眼睛，才发现草丛里躺了一个人，脸上身上模糊不清。

"什么人？"倪燕归大喝一声。

那人以一个非常别扭的姿势爬起来，慌张地向外跑了。

她想要追，然而，窗户的锁扣有锈迹。她按了好几下都按不动。她冲出更衣室，大喊："有人在窗户外面。"

教室那个方向静了有一两秒，然后响起杂乱的脚步声，向外而去。

同时，一个人向她跑过来，是温文。他问："小倪同学，你有没有事？"刚才他把话说得太满，现在被打脸，面色变得白了。

倪燕归迟疑："我见到他的时候，他已经趴在地上了。"

"趴在地上？"温文皱起眉头，"摔倒了吗？"

"毛教练已经出去追了，把人抓回来就知道。"赵钦书跟在后面，"倪燕归，没事吧？"

"我没事。"她朝走廊张望，不见陈戎的身影。

他没有第一时间赶来……她忽然心里不是滋味。

回到教室时，毛成鸿已逮了人，他揪住那个人的衣领，丢到地上。

温文直接叫出那个人的名字："吴天鑫。"

吴天鑫的模样狼狈不堪。他合不上嘴，口水沿着他的下唇直流。

毛成鸿捏住他的下巴，说："忍着。"

吴天鑫点头，同时"啊啊"地叫。

毛成鸿左右晃了晃吴天鑫的下巴，猛然一用力。"咔嚓"的响动，只有吴天鑫自己听见。下巴归位了，他大口喘了气，眼睛滴溜溜地转，他在搜寻。他自始至终没有见到黑影人。

黑影人一定穿黑衣服吗？未必。在场的人都有可能是那个黑影。

他祈祷自己挣扎的那一下,手机里有拍到那人的样子。

"吴天鑫。"毛成鸿严肃地问,"你为什么会在更衣室的窗外?"

吴天鑫是散打社的老学员,还是很少缺课的那一个。社团经费很便宜,五十元,管大学四年。吴天鑫上课很勤快,今年大四了,功夫学得不错。

他正在脑海里编造理由。

"倪燕归。"陈戎出现了,跑得急,微微喘气,"窗外有人偷窥吗?"

倪燕归大喊的时候,众人的脑海里第一时间产生了"有人偷窥"的联想,但没有直接证据。毛成鸿觉得不能妄自揣测,想让吴天鑫自己先交代,陈戎却突然直接地说了出来。

吴天鑫冷汗直流,脱臼除了疼痛,留给他的还有下颌肌肉的疲惫。他开口时,嘴巴不停地抖动:"我不是偷窥。"

"那你去那里做什么?"倪燕归抱起手,"不会是去跳湖自杀吧?"

众人不好意思开口的话,被陈戎和倪燕归给捅破了。

"是啊。"温文跟着问,"你去那里做什么呢?"

"啊。"一个男学员忽然说,"对了,我想起来,那房间的窗帘也坏了。"

情急之下,吴天鑫说:"有人!我发现有人去了那里,我担心出事,跟过去的。"

毛成鸿:"那人在哪儿?"

吴天鑫:"他把我打到脱臼,跑了。"

毛成鸿:"是什么人?"

吴天鑫:"没有看清楚。"

毛成鸿:"什么衣服?"

吴天鑫:"也没看清。"

倪燕归冷笑:"什么也没看清,你怎么发现他的?莫非两人在黑漆漆的草丛里偶遇了?"

吴天鑫愣住了。

倪燕归不耐烦了:"回到刚才的问题,你俩偶遇之前,你去那里做什么?"

第二章 黑影

吴天鑫哑口无言,他将黑影作为疑犯抛了出来以后,发现自己还是没有摆脱嫌疑。

陈戎转头跟赵钦书耳语了几句。

"报给学校处理吧。"赵钦书站出来,向吴天鑫笑了笑,"对了,吴师兄,你把手机抓得很紧啊。"

吴天鑫的嘴唇抖得厉害。手机不是最重要的,格式化就行。关键是,他的电脑留有大量"证据",需要赶回去清理。

毛成鸿却没有给他时间处理,说:"我现在就去找老师。"

"毛教练。"吴天鑫抹了抹下巴上的口水,"我衣服上留了很多脏东西,我先回去洗澡,再跟你过去,行吗?"

毛成鸿冷厉地说:"不行。"

第一堂课闹出了事,社团活动就此结束。

陈戎走到倪燕归面前,问:"你没事吧?"

这句话,温文问过,赵钦书问过。倪燕归计较的是,陈戎不是第一个问出这话的人。

其实她没事,因为她没换运动裤。推椅子到门边以后,她在找镜子,想检查一下自己的妆容,虽然用的是防水彩妆,但万一花了呢。谁料,女更衣室竟然连镜子也没有。她正要脱下短裤,就听到窗外"呜呜咽咽"的声音,这才去拉窗帘察看的。

倪燕归不回答,反问他:"你刚才去哪儿了?"

"我去了卫生间。"陈戎推了推眼镜,"一楼卫生间的灯坏了,我上了二楼,听不到这里的动静。"

"你们社团就没有不坏的东西吗?"她似乎忘了,这不仅是他们的社团,她自己也在其中。

陈戎轻声说:"你是好好的。"

她确实好好的。但转念一想,今晚的事件不正是示弱的好机会吗?她又说:"我哪有好好的。我吓坏了,好害怕!"

"你别怕。这件事交给学校,交给警察,会还你一个公道的。"陈戎满脸愧色,"是我的错,我刚才应该守在门口的。"

"我不怪你。他是从窗边来的，你守在门口也挡不住。"

陈戎低了低眼："你还没换衣服吧？"

她摇头："还没有。我听到外面有什么声响，动都不敢动，躲在里面害怕极了，差点以为他要推开窗户向我扑过来。"

"对不起，真的很抱歉。"

"我担心会不会传出什么谣言，说我被怎样怎样了，那我还怎么见人啊。"她的头低得不能再低了。

"有我在。"陈戎安抚说，"如果有流言蜚语，我一定会给你澄清的。"

"谢谢你。"

他苦笑一下："谢我什么。说到底也是我的疏忽，你要怎样的赔偿都可以提。"

既然他递了杆子，她顺着往上爬："什么都可以提吗？"

"当然，你说。"

她抬起头："我觉得饿了。"

"出去吃夜宵吗？我请你，吃完我送你回去。会送你到宿舍楼下，别担心。"

倪燕归嫣然一笑："好呀！"

赵钦书正在安抚另一个女同学，说今晚的事是例外，社团其实很安全，等等。

陈戎过去说："倪燕归今晚受了惊吓，我陪她出去散散心。"

"惊……吓？"赵钦书觉得自己才受了惊吓。

大姐头哪有半点受惊吓的样子，她那张笑脸叫作窃喜。

倪燕归以前没有留意，今晚深浓的夜色下，她发现美食街里到处可见手牵手的男女。青春洋溢的脸上满是甜蜜欢笑。偶然见到闹别扭冷战的两人，各自扭过头去，一个东，一个西，但是手还牢牢地牵在一起。

倪燕归躲着迎面而来的路人，趁机向陈戎靠过去。两人的肩膀撞到了一起。

陈戎问："想吃什么？"

她指指前方："甜品行不行？"

"你喜欢就行。"

无须甜品，倪燕归现在心里就甜滋滋的。陈戎怎么会没有女朋友呢？莫非，他身边的女生全部是瞎子，只有她相中了他这一块璞玉？

甜品店搬迁，闸门上贴了一张新地址。

倪燕归说："我们换一家吧。"

"你不是喜欢这一家吗？"

"甜品嘛，味道差不多的。"

陈戎看着那张纸："新地址不远。我们过去吧。你喜欢吃的，一定有特别的味道。"

两人肩并着肩。倪燕归望向商铺玻璃上的影子，他和她走在一起也很般配，不比他和李筠站在一起时差。

到了甜品店，两人出色的外貌招来不少顾客的打量。

陈戎挑了角落的位置，下单了一杯芝麻糊，一桶豆腐花。

倪燕归问："对了，你家是哪里的？"

"S市，半个月回一次。"

"哦，我在本市，不过不是经常回去，我爸妈老是不在家。"先透露一个信息出去，她周末很有空，为两人将来的约会打下基础。

这边的顾客大多是学生，有几个人认出了倪燕归。说来奇怪，倪燕归和陈戎都是校会上的发言人，但倪燕归的知名度远胜陈戎。别人讲起校会，总是冲她而来。

男生甲："哎，倪燕归啊？"

倪燕归低着头。什么人？大惊小怪，跟没见过世面似的。

终于，有人认出陈戎了。

女生乙："陈戎，是陈戎？入学成绩第一名。"

男生丙："他和她……嗯，这个组合别出心裁啊。"

倪燕归把双手放在腿上，握起拳头。她深深呼吸，告诉自己要当一个乖乖女。

陈戎问："你在校会上台发言了？"

听这话的意思……

"你不记得我？"

他尴尬地道:"抱歉。那天我也要上台,特别紧张,全神贯注在默背发言稿,生怕讲错半个字,无法兼顾其他。"

倪燕归心中瞬间高呼"天助我也"!

"没关系,没关系。"

"校会上发言的同学,我全忘了。"

她绽开笑颜:"我们今天认识就好了。"

男生甲:"可惜,不良少女!"

倪燕归轻飘飘地瞥了一眼。她想一拳一个,把这些多嘴的揍得哭爹喊娘。

陈戎又说:"你能在校会发言,肯定是非常出色的同学。"

她只能沉默。

"来咯。"老板娘吆喝说,"小女朋友的芝麻糊,小男朋友的豆腐花。"

陈戎愣了愣:"不是,不是。"或许是腼腆,他半天也没讲出"不是"的后半句。

老板娘忙得很,没空再听他的"不是",转身就走。

他把芝麻糊推过去,说:"不好意思,老板娘误会了……"

倪燕归暗自偷笑。老板娘的嘴真甜。

"这是世代传承的老店。"倪燕归指指碗里的芝麻糊,"招牌是这个。"

陈戎静静地听她吹嘘。

"传统的纯手磨芝麻糊。"她指了指里面的一个男人。

那男人用一根粗大的木桩磨打石臼。木桩十多厘米宽,一米多长。

"他手上那根木杖,听说是一种果树的树枝。光用这一个东西磨打芝麻就是力气活。"接下来,倪燕归对照店铺的宣传单讲了一通,什么大分子结构、分子联系等等,说完了,她把芝麻糊送进嘴里,"香浓嫩滑。"

陈戎的豆花桶一直晾在旁边。

一桶豆花,一碟蜜糖。桶上的木纹颜色很深,接近褐色,陶瓷小碟破了两个小口。

她问:"你是不是觉得不卫生?"

"我听得入神,忘了。"陈戎把蜜糖倒进桶里,见她吃完了半碗,问,"要不再来一碗?"

哪有男生一口没吃,自己吃个碗底朝天的?倪燕归打住了,擦擦嘴说:"我饱了。"

他没有勉强。

她又问:"你除了看书,还有什么爱好?"

"画画。"陈戎舀了一口豆腐花,"小时候喜欢画,所以才来报美术学校。"

本以为男生的爱好都会和球类运动扯上关系,没想到他的兴趣这般文静。多好,她就想找一个文质彬彬的如意郎君。她继续问:"在宿舍里画吗?"

"有时候会去校园里写生。"陈戎问,"你呢?"

她?总不能说因为她爸觉得艺术是陶冶性情的行当,特意让她来熏陶熏陶。学校是她爸选的,当时她来的时候不情不愿。没想到在这里遇上了陈戎,现在既来之则安之了。

"我有时候也会认真画一画。"她的这个"有时候"就是要交作业的时候。

第三章

山羊假面与九尾狐

宿舍楼下。

对两人行注目礼的同学比在甜品店的更多，有个女生站在三楼走廊，一边打电话，一边张望楼下的一双璧人。

倪燕归折起手肘，左右晃动，挥手的动作很僵硬。

陈戎笑了："上去吧，快到门禁时间了。"

"谢谢你的甜品。"甜到她的心里去了。

"不客气，早点休息。不要把今晚的事情放在心上。"

倪燕归点点头，转身往里走，走几步又回头。

宿管阿姨在这里不是一年两年了，见多了小情侣依依不舍的场面。凭这对小情侣的神态，她就知道正是暧昧阶段。她望一眼墙上的钟，敲敲大门："关门了，关门了。又不是明天见不着了。"

明天还真的见不着——因为没有社团活动。倪燕归又说了一遍："再见。"才走进宿舍楼。

陈戎一直站在原地，直到她从楼上走廊向他招手。她张开双臂，以肩为轴，大幅度地摇动，笑容比夜空星辰更灿烂。他微微笑了。

今天晚上，倪燕归的脸蛋很漂亮，不一样的是，水盈盈的眼睛，乍看之下单纯又无辜。然而，望向他时，眉目闪烁，时刻对他发出邀请。犹如一个天真的妖精。

门一关，倪燕归说："啊，春天来了！"

柳木晞赶完稿了，捧着手机半躺在床上追漫画。她转过头吐槽："今天你中邪了？哦，不，你从见到陈戎的那一天就中邪了。"

倪燕归脚步轻快，仿佛是飘过来的。她仰头，拽住柳木晞的床杆："告诉你一个好消息。"

柳木晞放下漫画书，趴过来："拿下陈戎了？"

"哪有那么快,今天前进了一小步。他请我吃了芝麻糊,特别甜。"倪燕归特别强调了"甜"字。

柳木晞大叫:"你的步子迈得很大了好吧。"

倪燕归坐在椅子上,转了好几圈,终于还是忍不住,哈哈大笑。

柳木晞调侃说:"你在他面前有没有注意形象?"

"当然有。"倪燕归跷起了腿,随意拢了拢头发,"俨然一个端庄淑女,话都不敢大声讲。"

乔娜摘下一只耳机:"将来陈戎知道你的真面目,该怎么办?"

倪燕归没想到那么远,说:"先把人骗到再说。"

于芮洗完澡,出来说:"如果陈戎爱你爱得死去活来,肯定会包容你的缺点。"

乔娜把耳机塞回去:"我信不过倪燕归的伪装术。"她担心倪燕归大概率会在不经意的瞬间暴露本性。

智能通信的时代,没有不透风的墙。周末,吴天鑫偷拍事件在校友圈发酵,传到了其他学校。

星期一,学校发布声明,对吴天鑫做出了开除的决定。由于涉及偷摄贩售,学校报了警。

林修偶尔会接触三教九流,但没有搭上吴天鑫的那条线,他对此事一无所知。直到见到了公告,又听倪燕归绘声绘色地描述那天晚上的经过,他脸色渐渐发白,把她从上到下打量了好几遍,问:"你真的没事?"

倪燕归笑着说:"没事。"

"燕归……"林修还要说什么。

门外,班长敲了敲门:"倪燕归,去一下朱校长的办公室。"

朱校长是副校长。嘉北大学有五六个副校长,就数朱校长最喜欢和同学谈心。学习好的谈,成绩差的也谈。

倪燕归反省,这段时间她没干坏事呀,怎么面谈对象由院主任升级到副校长了?

她去到综合楼,敲了朱校长办公室的门。

"进来。"比起院主任的大嗓门，朱校长的声音温厚有磁性。

倪燕归发现，办公室还有其他人，毛成鸿和温文正襟危坐。

她走上前："朱校长好。"

"坐吧。"朱校长很和气，"吴天鑫的问题，学校已经调查完毕，已经联系了警方。学生们遇上这种事，作为老师，我感到非常抱歉。幸好这一次没有造成大的伤害。"

"谢谢朱校长。"倪燕归坐下，挺直了腰。

朱校长："倪燕归同学，关于那天的详细情况，你从你的角度说一说。"

倪燕归言简意赅地讲了一遍。

朱校长转向温文："吴天鑫的问题属于私德败坏，不会牵扯到社团。你们及时抓人，非常果断。"

"朱校长，这是我们的分内事。事情发生在我们社团，我们也有不可推卸的责任。"温文说，"我们愿意领罚。"

温文和毛成鸿是钢铁直男，不懂拐弯。倪燕归在散打社遇到意外，他们觉得自己作为负责人当然要跟着受罚。

朱校长笑起来："今天叫你们过来不是领罚，相反，还有表扬。奖罚分明是嘉北的规矩。比如倪燕归同学吧……"

倪燕归觉得这话不妙，不会又要提上次检讨的事吧？

果然，朱校长说："知错能改，善莫大焉。"

倪燕归庆幸自己心如铁铸。

"今天叫你们过来，是有另一件事。"朱校长打开了电脑上的一个翻录视频，"吴天鑫拍到了另一个人。说起来，其实是这个人阻止了吴天鑫，否则吴天鑫就得逞了。"

温文和毛成鸿互望了一眼。

那天晚上，吴天鑫脸上带伤，下巴脱臼。他的说法应该是真的——他确实被打了。

可毛成鸿追过去，只发现了吴天鑫。倪燕归在现场见到的也没有第二个人。

毛成鸿："朱校长，吴天鑫有交代这人是谁吗？"

第三章　山羊假面与九尾狐

"他没有看清，这个人无声无息地消失了。我想问问你们，有没有印象。"朱校长把电脑屏幕转过来。

温文和毛成鸿倾身去看。视频比较黑，晃动得厉害。

朱校长："吴天鑫说，他刚到窗边就被揍了，后来这个人跑得飞快，不见了。"

视频继续播放。先是夜空，再是草地，之后有较长时间的黑暗。忽然，闪过什么，很快，就一秒。朱校长把视频倒了回去，按了几次定格，定在某个时间点。

倪燕归也探头去看。这是……山羊面具？羊脸是画出来的，眼洞上的色块有手绘时的变形。面具的鼻子比较窄，用红彩往下坠，两边以黑墨向上弯。

朱校长问："你们有没有见过这个面具？"

温文想了想："没有。"

毛成鸿没有说话。

朱校长："关于这个人，线索只有这半截面具。对了，你们社团的学生，当时有没有谁不在现场？"

"很多学员不在。"因为倪燕归要去换衣服，毛成鸿顺便让学员各自休息。

朱校长："行吧，校方会继续调查。这个人出现的原因暂时不清楚。吴天鑫说，这人也是去偷拍的。经过老师讨论，这种说法不一定对。人站到窗边才能偷拍，从这人攻击吴天鑫的角度分析，他当时站在湖边树下，离更衣室有一段距离。"

倪燕归暗想，不会是有人躲在那里，等待半夜投湖吧？

温文："朱校长，实验楼没有监控吗？"

"二楼以上的弃用了。一楼有，但是湖边没有。"朱校长说，"我们会联系保安调取其他监控。"

三人走出办公室，温文问："小倪同学，你对这事有什么想法？"

倪燕归："感觉我们学校的坏人有点多。"

"毛教练呢？"温文注意到，毛成鸿比较沉默。

毛成鸿突然问："你们觉不觉得，曾经见过这个面具？"

069

倪燕归:"没见过这么怪里怪气的山羊。"

温文也摇头。

毛成鸿:"我有似曾相识的感觉,但想不起来了。"

快到电梯厅时,另一边来了一对男女。嘉北大学不知有多少这样的情侣,倪燕归不觉得稀奇,但毛成鸿和温文慢下了脚步。那对男女也停下来了。

空气像是被安上了开关,不得不弹出静止的按键。

倪燕归往侧面一步,看清了那对男女。男的生得比较高大,肩膀很宽,手臂肌肉有几道束状的肌理。这种光滑和结实,不是吃蛋白粉长来的。他牵着的女生娇小玲珑,肤色很白。最白的是脸蛋,和脖子有明显的分层。

男的嘴角向右扯起:"毛教练。"

倪燕归发现,毛成鸿突然绷紧手臂,小山一样的块状肌肉慢慢鼓起。但很快,又松了回去。温文似乎在这个时候也进入了戒备状态。

"马政。"毛成鸿打了声招呼。

那个叫马政的,嘴角向右扬起:"今年你们社团招新如何了?"

"很好。"毛成鸿简单地回答。

马政抬起自己和女朋友相牵的手:"我们今年也有种子选手进来。"

毛成鸿点头,同时低下了眼。

马政:"英雄出少年啊,小小年纪就网罗各大奖项了。"

毛成鸿笑笑:"我还有事,先走了啊。"

马政:"对了,我们拳击社啊——"

倪燕归想起来了,马政就是拳击海报上的其中一人。

马政:"今年拉了 500 强企业当赞助。"

毛成鸿的笑容僵了僵。

马政越发得意:"散打社如果维持不下去,欢迎毛教练来我们拳击社。"

可能是他的女朋友看不过去他斜嘴的笑容,拉住他,转头向毛成鸿说:"成鸿,加油。"

马政搂住她的腰："你现在已经不是他的女朋友了。"

倪燕归这才明白，原来散打社也有不输话剧社的狗血八卦。

毛成鸿的笑不像是笑："各自努力吧。"

"努力不是万能词。"马政明显得意忘形了，"毛教练，如果付出努力就能有回报，你也不至于到现在什么奖都没捞到。"

毛成鸿的笑意彻底消失了。

"对了。"马政忽然收起音量，"你们社团还出了一个偷拍狂？"

毛成鸿没有回答。

马政："招新的时候要注意品行。否则败坏名声，就要倒闭咯。"

倪燕归瞥向马政。人丑不要紧，面目可憎就讨人厌了。她指指后面的办公室："你要不要进去跟校长说说招新的注意事项？嘉北出了一个偷拍狂，败坏名声，就要倒闭咯。"

马政的脸色一变。

他和毛成鸿的恩怨，要从他抢了毛成鸿的女朋友开始。

俗话说，鱼与熊掌不可兼得。可是马政得了个漂亮的女朋友，又接了拳击社。而且，他把拳击社经营得风生水起。

反观散打社，人丁凋零，毛成鸿站在马政面前，觉得自己哪方面都比不过对方。见面时，毛成鸿总是不多话，应付几句就走，更别说和马政斗嘴皮子了。

马政吃定毛成鸿不会回嘴，每次都要冷嘲热讽。他这是头一回被反撑，很是恼火："你是谁？"

倪燕归扬起笑："英雄不问出处，路见不平一声吼而已。"

马政气极反笑："毛教练，这不会是你今年招来的新人吧？"

倪燕归乐了："毛教练的社团招什么人，关你什么事？你是他的谁啊？"

马政女朋友拉了拉他的手，说："电梯到了，我们进去吧。"

"好男不跟女斗。毛教练，我们先走了。"马政说着就要进电梯。

倪燕归补了一句："不是不斗，是你斗不过。"

马政大呼一口气，鼻孔一张一合。他的女朋友赶紧把他拉进了电梯里。

电梯门关上了后，毛成鸿叹气："小倪同学，你真是……"可是，倪燕归是为了给他撑腰，他无法责怪她，只能说，"他的话虽然刻薄了点儿，但也是事实。我十三岁开始练散打，到头来比不上他这个半路出家的。"

倪燕归问："毛教练，你练散打是为了得奖？"

"我是热爱这项运动。"

倪燕归按了电梯键："刚走的这人，我见过他的海报，奖项列了十几行。看着很牛嘛，巴结他的人肯定多。你瞧他那德行，他结交的是利益捆绑的一群人。真正武德充沛的高手，也不跟他这种人玩啊。毛教练，不要妄自菲薄，你怎么会比不过他？"

"你们年轻人啊，歪理一套一套的。"虽然是歪理，但毛成鸿听得心里暖烘烘的。

下了楼，倪燕归说："我先走了，毛教练、温社长。"

毛成鸿望着她的背影："温文，你觉得我们的问题出在哪里？"

温文："可能……太散漫了？"散打社的学员只是把社团当作一个消遣，可有可无。真正用心的人是毛成鸿和温文，或者再加一个赵钦书。但赵钦书的殷勤是因为他和毛成鸿的交情，否则他不会来。而且散打社的学员没几个热衷赛事的。拳击社那边，学员们干劲十足，大大小小的比赛，有什么就报什么。大网撒下去，小鱼总能捞上几条。况且，拳击社的秘书特别能忽悠，拉的赞助一个比一个大。

毛成鸿问："是不是没有家庭般的温暖？"

"首先要培养凝聚力，"温文说，"毛教练，别忙着训练，开头要慢慢来。上次第一堂课就跑三公里，把不少人吓走了。"

毛成鸿却说："三公里都跑不下来，还练什么散打啊。"

倪燕归数了几天的日子，没遇上陈戎。

除了在画室举望远镜看他，其余时间连人都见不到。

黄元亮在一旁摆弄画架，开玩笑说："倪燕归，你不要步上吴天鑫的后尘啊。"

倪燕归横过去一眼。

第三章 山羊假面与九尾狐

　　林修拍了下黄元亮的脑袋："她不一样。"她当着所有人，光明正大地喜欢陈戎，只是陈戎这个当事人不知情而已。
　　黄元亮一手扣住后脑勺："建筑学系也有人认识我们班的人吧？迟早会传出去。陈戎不得吓死啊？"
　　林修凑到倪燕归的身边问："陈戎还在窗边吗？"
　　倪燕归放下望远镜："窗子正中，角度完美。"
　　林修："他真迟钝。"
　　说来也巧，就在这天中午去食堂的路上，倪燕归见到了陈戎的背影。
　　天赐良机。倪燕归弹了个响指，回头张望时，正好见到了卢炜。她喊："小王子。"
　　尴尬的称呼，卢炜却很受用，他拨了下刘海，迎上前来："什么事？"
　　"我要坐陈戎旁边，你帮我去占个座，等我打了饭，你再走。"
　　卢炜觉得奇怪，说："你占了座再去打饭啊？"
　　"那太刻意了。"
　　"你不是要追陈戎吗，直接上啊。"
　　"哦，我冲上去，大喊'我们交往吧'，你觉得他会答应？"倪燕归观察陈戎的方向，"陈戎就像一株含羞草。追求要含蓄，含蓄，懂吗？"
　　卢炜摆头："不懂。"但他还是坐到了陈戎的右边。
　　陈戎和另两个同学在说话。一个坐他对面，另一个坐他的左边。三人正在讨论今天的美术课。
　　卢炜正要玩手机，却抬头看见一个女同学走过来。他东张西望，没有见到倪燕归的身影。女同学在另一排坐下了，她只有一个人。卢炜焦急，终于见到倪燕归走来。他再望那个女同学，女同学的左右两边现在已经坐了人，好在她的对面仍然是空的。卢炜等不及了，突然向倪燕归抱拳，向女同学的方向指了指，然后走了。
　　倪燕归瞪起眼，顺着他指的方向望过去。哦，那个女同学是卢炜的暗恋对象。
　　敢情一起玩的同学全是重色轻友的？

073

倪燕归急忙要往陈戎身边去。然而，慢了一步，用餐高峰期，一个男同学一屁股坐到刚才卢炜的座位。陈戎的四面八方，就这样被几个男同学占了。

倪燕归站在中间，不知该往哪里去。

这个时候，陈戎拿起手机，打了几个字。

倪燕归看了看他。没办法，她只能挑另外的座位了，或者吃完饭再去制造偶遇吧。

她正要去后一排，忽然，陈戎左边的男同学端起盘子，走了。

倪燕归赶紧上前，越接近，步子越慢。距离几步时，她故作惊讶："陈戎？是你呀？"

陈戎转头过来，温和一笑："倪燕归。"

她轻笑："真巧呀。"

他指指自己左边的位子："一起？"

对面的赵钦书似笑非笑："倪燕归同学，你的校服很漂亮啊。"

嘉北的夏季校服，女款有两套。一套是基本的运动服款式，另外一套白衬衫和深蓝半膝裙，倪燕归没怎么穿过。她平时更喜欢穿运动装那套，宽松舒适。

但是，校园乖乖女的形象，确实是配合白衬衫和深蓝半膝裙校服时更有别样的魅力。

赵钦书说的漂亮，当然不是指校服。

倪燕归的眼睛比较细长，像是含着水，灵动勾人。但她有婴儿肥，而且校服放大了她青春的一面。她敛起媚态时，真的就跟校园清纯美女似的。

她坐下就冲陈戎笑。美得明目张胆。

陈戎像是被撞到了似的，迅速地别开眼。

她最喜欢羞怯的男生了，真的好想捏捏他的脸。

赵钦书端详陈戎脸上的浅红。活见鬼了。

赵钦书咳了两下，问："倪燕归同学，今晚的散打课来不来？"

"来呀。"倪燕归小口小口地往嘴里送菜，优雅矜持。

第三章 山羊假面与九尾狐

赵钦书说回刚才和陈戎聊到的事："毛教练想组织一次校外活动，给新老学员放松一下。"

倪燕归问："什么活动？"

"可能是郊游。"赵钦书用叉子叉起了大块的牛排，"温社长说，几年没搞过野外活动，今年是特例。"

倪燕归望一眼他的牛排。牛外脊的肉，红白相间，一侧裹着白色肉筋。她坐在他的斜对面，但她鼻间飘的全是他那美味的牛排香气。赵钦书咬上牛排，肉质软中带韧。他叹出长长的一个"嗯"字，慢慢咀嚼，满足地咽下去。

倪燕归在心底感慨，当一个淑女真的不容易。好饿。

陈戎看向她的碗。米饭很少，只有一团，而且全是素菜，烧腐竹、豌豆泡、西葫芦。

赵钦书说："毛教练受刺激了。"说完，他满心以为面前的男女会接话。

譬如问："什么刺激？"

结果没有。

倪燕归见证了那天的事件。

陈戎对别人的私事不感兴趣，他甚至抽离了话题，站起来说："我去加菜。"

赵钦书看着陈戎碗里的青椒酿肉和红烧牛腩，颇为疑惑，这不还没吃完吗？

陈戎去了点餐区，倪燕归的视线跟着陈戎飘走了。

"倪燕归同学。"赵钦书问，"毛教练想让大家认识一下，增进感情。他的生活只有工作和散打，玩儿的项目除了郊游就没别的了。你有没有建议？"

"我对吃喝玩乐不在行。"陈戎不在，倪燕归大口吃了一勺豌豆泡，"郊游去哪里？"

"还没定，大概是爬山吧。我猜没什么人愿意去。"爬山，不就和跑三公里一样吗？没有休闲的乐子，谁愿意。

之后，他接了个电话："哦，现在？行吧。"

"倪燕归同学，我有事先走了，你慢慢吃。"赵钦书朝陈戎的方向挥了下手。

倪燕归一直注意着陈戎，见他端了个盘子回来，她立即放下勺子。

陈戎回来，把盘子放下，说："吃吧。"

盘里的是牛排，刚刚烧好，热腾腾的，闻着比赵钦书的那份更香。

倪燕归抬起眼。

陈戎笑了笑："不能只吃素菜，否则会营养不良。"

"我营养好着呢。"她指指自己的脸，"气色多滋润。"

是很滋润，像新鲜的桃子，鲜嫩可口。

"你不吃肉？"

当然吃，她喜欢大快朵颐。但为了爱情，她说："我最近在减肥。"

"你不胖。"纤细有度，刚刚好。

"我晚上吃肉。"大口大口的那种。

"想吃就吃。"陈戎把牛排推到她面前，"别委屈自己。"

"那你呢？"

陈戎指着自己碗里的肉："我天天吃。"

"我也跟着你吃肉。"倪燕归把牛排摆在两人中间，"不如分着吃吧。"男女分享食物的时候，总是特别亲密，比第二杯半价还亲密。

陈戎笑笑，说："我吃饱了，你吃吧。这是请你的。"

她只好自己切了牛排。她不是故意吃那么多，而是不小心把牛排全吃光了。

至少这顿没饿着。

午饭完毕，两人肩并肩。

倪燕归开启了闲聊："陈戎。"

他转过头。他的眼睛不像大海那样深邃，而是通透的，清亮的，似乎没有秘密。她问："你这个周末要回家吗？"

"这周不回，你呢？"

倪燕归摇摇头："我爸妈不在家，他们是生意人，很忙的。你爸妈是做什么的？"

"自由职业。"

倪燕归点头:"我们以后说不定也是自由职业。艺术这门行当吧,大多很自由。"

晚上,倪燕归早早到了社团。步子轻快,迫不及待。

几个同学围在一起,不知在商量什么。

毛成鸿望向门口时,愣了一下。钢铁直男分不清淡妆和裸妆的区别,但他觉得,倪燕归今晚少了慵懒娇艳,整个人素雅了起来,笑容变得温婉了。

"毛教练好,温社长好。"倪燕归礼貌地问好。

温文将散落的手靶重新放回原处,听到声音,回过头:"小倪同学,今天这么早。"

"下课早,我就过来了。"倪燕归问,"其他同学还没到吗?"

陈戎不在教室。和他形影不离的赵钦书也不见人影。

温文苦笑了下:"上次的课闹得不愉快,多少会有影响。"

吴天鑫事件终究让部分同学退缩了。

"小倪同学,来得正好。"毛成鸿说,"我们正在商量校外活动。"

今晚来上课的女生,只有倪燕归一个。让毛成鸿高兴的是,先不说倪燕归的实力如何,她愿意来,表示她对格斗有兴趣,比那些跑着跑着就消失不见的同学要好。但欣慰的同时,他不得不承认,这个女孩心挺大的。她是吴天鑫事件的当事人,但她表现得跟没事人一样。

倪燕归:"哦,郊游?"

温文讶然:"你知道?"

倪燕归:"略有耳闻。"

"本来是郊游。但温文给了另一个选项。"毛成鸿扬起手里的宣传单,"最近有个温泉度假区开张,出了几个特价套餐。大家商量了下,那里有山有水,观日出、看星星,游山玩水,做什么都行。就算要拉练,那边也有场地。"

"这是我们几个男生的意见。或者,你从女生的角度提提建议?"温文和毛成鸿,一个读大三,一个已经工作,和大一新生有年龄差距。抛却年龄单从性别方面说,他俩也不知道女生喜欢玩什么。

077

温泉？倪燕归说："我没意见，听教练的。"

毛成鸿建了一个微信群，在场的几个同学先扫码进去。

毛成鸿说："我把赵钦书拉进来。"

倪燕归没有加陈戎的微信，有一个人进群时，她的心里跳了一下，莫名觉得那是陈戎。

他的昵称很简单：C。头像是手绘简笔画，结构遵循了黄金分割的比例，运笔流畅，但线条无序，说不出什么形状，可能是随意的涂鸦。

毛成鸿在群里通知了新活动，还整了一个堂而皇之的名称：特训。

温文顿时觉得头大。这两个字摆出来，岂不是又要吓跑新学员。他更新了群公告：温泉之旅。

温文：先报名吧，自愿为原则。

赵钦书：我和陈戎，@C。

陈戎去了，倪燕归自然也报名。

男生泡温泉的时候要脱上衣裤子的吧？陈戎要是脱了……

倪燕归像一只偷腥的猫。

赵钦书在微信群发挥了"万人迷"的风采，左奉承，右鼓动，"嗒嗒嗒"地发言，竟然把其余女生给说动了。加上倪燕归，社团仅有的四个女生全部报了名。

毛成鸿望着群里的"温泉之旅"四个字，和温文说："还是你了解年轻人。"

"没有，是赵钦书提醒我的。"

温文记得赵钦书的话，他说："社长，我说直白点，散打社没什么人情味，除了训练还是训练。你觉得，同学来这里是为了练习武艺。其实未必啊！外面的格斗馆是商业模式，会员的目的性很强。但我们这里，五十元入会费，谁都出得起，大多数是来玩的。玩着玩着，觉得格斗太辛苦，自然就走了，玩得有兴致才会留下。你都没教大家怎么玩，光是特训、特训，谁不跑啊。"

这时的赵钦书正和陈戎说着："毛教练是不是开窍了？温泉啊，我以为这种休闲场合注定和他绝缘的。"

陈戎："或许是水下特训。"

赵钦书："你别乌鸦嘴。"

班上统一给同学们购置了绘图工具，丁字尺、针管笔、马克笔、素描纸、水彩纸、虎纹纸等等。烧钱的专业，自然是从工具开始烧起的。

派发的时间在下课以后。

两人走出绘图室时，社团微信群已经热闹起来了。

赵钦书踊跃发言，跟刷屏似的。因为边打字边走路，他走得越来越慢："你有什么要说的吗？我帮你说。"

"我没什么，听毛教练和温社长的就行，他们是主心骨。"陈戎说，"我去洗手。"

赵钦书靠在走廊的窗边，全神贯注在微信群聊天。他不曾注意到，有个染了金色头发的男生从他身边经过。

洗手池边。

陈戎打开水龙头的开关，开到最大。水柱撞在陶瓷盆上，飞溅到台面。

他按下洗手液，轻轻地揉搓，然后伸手到水龙头下，冲洗着。

卫生间只有他以及"哗哗"的水声。

这时，进来一个人。这人的头发烫过小卷，头顶的发丝四处乱翘，发色在灯下闪着金光，他的黑衣深沉，但领子很红，贴着凸起的锁骨，领子跟着锁骨的线条折出暗影。

他走到池子边，从镜中挑了挑自己的金发。发根处新长了头发，很短，只有一点儿黑色。

陈戎洗完了，轮到金发少年洗手。他用湿湿的手指把头发从额前向后梳，露出高阔的额头。水仍然在"哗哗"地流。

金发少年先开口了："她的事，不跟杨同说说吗？"

杨同就是平时跟在金发少年身边的橘色小圆头。

陈戎从纸筒抽出一张纸巾，慢慢地擦拭："先瞒着，他容易说漏嘴。"

"她这人有点儿意思。"

陈戎把纸巾抛进垃圾桶："和她保持距离，别暴露了。"

赵钦书和陈戎来得晚。到了教室，一群人正各自聊天。

毛成鸿不可能浪费一堂课的时间讨论温泉活动，上课例行要从三公里开头。

但他迟迟没有喊话。

赵钦书凑到温文身边，问："毛教练被刺激过头了？真的不练了？"

温文摇头。毛成鸿和马政的恩怨，温文虽然了解，但对外都保持沉默。

"跑起来，三公里！"外面突然响起斗志昂扬的一嗓子。

倪燕归正好靠在门边，转头向外。

只见一群学生排成两列，慢慢地向湖东走廊走去。

队列旁边跟了个人，就是他在喊："不多，就三公里！"

倪燕归看不清对方的脸，但听过这声音，是马政。

格斗社团必须训练耐力，跑步属于万能项目。但是，马政的台词竟然和毛成鸿喊过的一样。谁抄谁的？

倪燕归收回目光，向着教室中央喊："毛教练，什么时候跑步呀？"

毛成鸿等马政那群人过去了，才喊："集合！上课前，去操场跑三公里。"

温文第一个响应："是！"

倪燕归笑笑："遵命。"

毛成鸿很意外。倪燕归进社团没几天，而且牵扯到吴天鑫的事件，她是最有资格嫌弃散打社的人。但她没有。毛成鸿心软了："小倪同学，跑不下去就别勉强。"

倪燕归站直身子，跳了两下："三公里都跑不动，毛教练是想让我留在这里扫地呀？"说完，她察觉到不对。陈戎跑三公里就很费劲，她脱口而出的话岂不是伤害了他？

她抬头望去，陈戎向她轻轻一笑。她闪烁着晶亮的眼睛，回之一笑。

毛成鸿："说不过你，你自己尽力而为吧。"

同学们三三两两沿着湖东走廊去往操场。前方，拳击社的队列整整齐齐。从秩序上来说，是拳击社赢了。

马政停下来，特意等毛成鸿走近了，说："Hi。"胜者为王，马政觉得自己的嚣张有理有据。

光线昏暗，正好掩饰毛成鸿的尴尬。他向旁边喊："老规矩，三公里，先热热身，动起来。"

"是，教练！"温文的声音特别雄壮。

毛成鸿拍拍温文的肩。

陈戎穿了深蓝色的裤子，衬得肤色较白。倪燕归暗自想，他在高中时是不是常年躲在图书馆，不见太阳？她走到他身边，问："今天感觉怎么样？"

"还好。"陈戎说，"既然来了，我就听教练的。起初会比较辛苦，但我想，加强锻炼了，会越来越好的。"

"对呀。"倪燕归鼓励他，"跑个十天半个月的就顺畅了。到时候脸不红气不喘，毛教练说三公里，你都想跑五公里呢。"

"谢谢。"陈戎笑了，"等我能完成三公里的任务，就请你吃饭，当是庆祝。"

"好呀，我陪你到那天。"

陈戎可能是在跑，倪燕归则觉得自己在散步。

他问："我是不是拖慢了你的速度？"

她连忙摇头："没有，我跑不快啊。我一跑快了就容易抽筋。"

"我以为你很擅长运动。"

"和你差不多的水平。"倪燕归皱起眉头，半低身子，伸手揉了揉小腿。

她这条运动裤比较宽，她用手按腿时，裤子松垮地堆在她的手背上。

"码数太大吗？"陈戎忽然问。

"嗯？"她抬起头。

"裤子太宽了。"

"当时想当嘻哈裤穿的……报大了一个码。"

"裤子太大，跑步容易绊脚，要当心。"

"知道了，谢谢你。"

他温和憨厚、细心体贴，她觉得自己捡到宝了。

拳击社的人也在场上。他们先跑，跑了半圈，散打社的人才到。如果匀速的话，双方基本差了半圈的距离。但在跑道上是无法全程匀速的。

陈戎和倪燕归跑得特别慢，不一会儿就被拳击社的人追上了。

这时，一个金色头发的身影闪过。

倪燕归立即原地一跳，跃起的时候，她看见了那个被迎风吹成乱草的发型。下一秒，回到地面，她又被前方的人群挡住视线。她再跳起来，只见到了他的后脑勺。他长得高，头发又蓬，一眼望去像是滚动的金色球。学校里有哪个男生染这种黄得跟铺了金粉一样的发色？是金毛狮王。

对了，保护陈戎。然而倪燕归发现，身边没了陈戎的身影。她连忙回头，原来陈戎的鞋带又松了，落后她几步。她再向前张望，见到迎面走来的一个人。夜风吹不动他的头发，他是寸头，染的橘红色。

继金毛狮王之后，橘色小圆头也出现了。倪燕归绷紧了俏脸，这两人都欺负过陈戎。

橘色小圆头，也就是杨同，他没看见她，眼里只见那个半蹲绑鞋带的人。他咧起大大的笑容，向陈戎扬起了手，紧接着，一个人挡住他的去路。

倪燕归把陈戎护在身后，挑衅地看着杨同："喂，你想干什么？"

上次见到这女的，杨同就觉得莫名其妙，今天又遇上了。他皱眉，瞪起眼睛，粗声呵斥："关你什么事？"

保持淑女形象固然重要，但是英雄救美同样是必不可少的。

"他的事。"倪燕归竖起拇指，向后指了指，"就是我的事。"

"他？谁？"杨同仔细看着她的手指，嘴巴张成了圆圆的"O"形，"你是说他？"

"嗯哼。"倪燕归昂起头，点了点下巴。

杨同难以置信，粗声喊："老大——"

话音刚落，后面有人应声："什么事？"

来的正是金毛狮王。金毛狮王看了看她。

倪燕归抱起手，直到这样的近距离，她才认出来，金毛狮王是拳击社一张海报上的男孩。海报上的是黑发,人很慵懒,不情不愿拍的照,名字叫朱什么来着?

杨同再次扬手,猛然被一人扣住。

毛成鸿不知何时到了跟前,他满脸严肃:"你们在这里闹什么?想欺负女孩子?"他认识这个金发少年,他就是马政说过的种子选手,名叫朱丰羽。毛成鸿承认,这是不可多得的人才。和他起冲突,倪燕归肯定是吃亏的一方。

"谁欺负她了?"杨同受了满肚子的气,"明明是她——"

朱丰羽按住了杨同的另一只手:"别说了,杨同,我们走。"

杨同只能用面部表情来反击,把一张圆脸挤扁了,两人继续跑步去了。

毛成鸿教育倪燕归,说:"跑步就跑步,不要闹矛盾。同学之间要和睦相处,化干戈为玉帛。"

不远处的马政望过来。拳击社的学员闹出了动静,他居然不管不问。

等等,拳击社……毛成鸿忽然想,倪燕归是不是为了替他出头,才招惹了那两人?他的声音变得柔和:"小倪同学,以后我们社团壮大了,肯定能扬眉吐气的。今晚谢谢你了。"

谢她?倪燕归感到莫名其妙。

毛成鸿转向陈戎。陈戎终于站了起来。见过陈戎和倪燕归的拥抱,毛成鸿认定了这是对小情侣。但回想刚才那一幕,毛成鸿压不住心头的火气。倪燕归拦着那两人,陈戎呢?他在系鞋带!什么鞋带能有女朋友重要?

毛成鸿沉下声音:"男子汉大丈夫,躲在女朋友的背后像话吗?"

"毛教练,我错了。"陈戎没有反驳,直接认错。

"你是男人!遇事不要缩头缩尾。"

"是。"陈戎惭愧地低头,"毛教练,我记住了,以后再也不会了。对不起。"

"你对不起的不是我。"毛成鸿把双手背在后面,"你对不起的,是她。"

陈戎抬眼看了看倪燕归："对不起……"

倪燕归于心不忍："毛教练，我没事。你别训他了。"

毛成鸿盯着陈戎："还愣着干吗？你怎么当人男朋友的，赶紧牵着护着啊！"

没办法，陈戎只好向倪燕归伸出手。快要碰到她的时候，他的手指停住了。

她望过来的那一眼，像是偷了星星藏进眼睛，亮得惊人。

他抱歉地向她笑笑，将手掌拢成一个圆，轻轻地圈住她的手腕。拢得很松，但终究是碰到了。她没有缩，反而把手摆得直直的。

她才该向毛教练道谢，"男朋友"三个字真好听。

赵钦书正和一个女生坐在观众席的正中。他没有去跑步，而且不觉得自己是在偷懒。

他在开导她，说："有一个美国教授经过医学测试，得出一个结论，男女的多巴胺分泌最多持续三十个月，之后一切归于平静。你和他谈到现在，过了保质期，分手是自然的结局。"

女生喃喃地说："如果我……向他提分手，万一他不答应……"

赵钦书失笑："95%的分手都是单方面想分的。"

看跑道上倪燕归和拳击社的人起了冲突，赵钦书心想，她可真牛，一对二，气焰比那两个男的还嚣张。之后，毛成鸿上前解围。紧接着，发生了神奇的一幕，陈戎握住了倪燕归的手腕。赵钦书猛然站起，手臂差点儿打到女生的脸。

女生一惊，问："你觉得这方法不行吗？"

赵钦书没在听，他说："跟着你的感觉走。"

心底不停重复着各种表示震惊的词汇。

他回到教室，想等陈戎回来问个清楚。

陈戎和倪燕归一前一后走进教室。

赵钦书拽过陈戎，问："你俩怎么回事？"他伸出左手，再伸出右手，把两只手交握在一起。

陈戎解释说："我顾着系鞋带，没有第一时间站到倪燕归的面前，挨了毛教练的训。"

"不是。"赵钦书把两个手狠狠交握住。

陈戎露出了疑惑。

赵钦书真想踢一脚过去:"你俩牵手了。"

"哦,是毛教练误会了。第一次没有解释,后面的解释就会越来越啰唆,我不知从何说起,拉个手先应付了。"答非所问,是标准的陈戎式答案。

赵钦书勾起嘴角:"在我面前就别装了。"

陈戎:"毛教练要上课了。"

才说完,毛成鸿清了清嗓子:"今天的理论课先讲讲散打的简史。其实搏击术始于商周时代。到了春秋战国,战事频繁,比较注重战术。真正形成竞技的体系,是秦汉时期,有裁判,有赛制,同时,打法非常多样。"

毛成鸿比了几个动作:"比如侧击、中击、刺击……"

赵钦书思忖着陈戎和倪燕归的关系,上课内容只记住了秦灭六国以后才有了竞技精神。

回到宿舍,陈戎洗完澡出来,赵钦书还没有忘记这事,问:"大姐头相信了你的解释?"男生牵女生,动机只有两个,要么有好感,要么耍流氓,其余的都是借口。

"她信了。"顿了有三秒,陈戎补充说,"或许。"

陈戎松开倪燕归之后,解释了一遍。当时,她的笑容很灿烂:"我知道,不怪你。"

"大姐头看你的眼神,跟《西游记》里的妖精见到唐僧肉一样。"赵钦书追问,"大姐头有没有向你表白?"

"没有。"

赵钦书拍拍陈戎的腰,触到一片厚实的肌肉:"戎戎啊,你不能先沦陷。"

陈戎拿起挂在床前的毛巾:"你不是要我努力把她留在社团吗?"

"你们的关系,得由她来走关键的一步。"赵钦书把转椅滑过去,"你如果主动把她勾上来,哪天受不了,想撤,凭大姐头的性格,她会一口

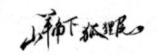

吞了你。"

陈戎擦了擦湿发："她没有你说的那么可怕。"

"你要是没有长远的打算,别自己先开口。她跟你表白,你就说试试看,试了不合适,撤走的理由很充分。你如果是主动方,一旦分手,就有始乱终弃的嫌疑。"

陈戎摘下了眼镜："我大概猜到,你渣男往事的故事核心是什么了。"

赵钦书笑出声："我就是给你提个醒,免得将来甩不掉这笔风流债。对了,这次活动是泡温泉,大姐头会不会穿一套比基尼出来?"

"不会。"陈戎拿纸巾擦拭眼镜,擦得慢,一面镜片擦了好几圈。

"她的裤子短得不像话,穿比基尼不稀奇啊。"

"她不露上身。"陈戎擦完了左边的镜片,开始擦右边的。

是这么一回事儿,倪燕归的上身遮得很严实,但赵钦书琢磨的方向转到了陈戎。

陈戎和女生向来只保持普通的同学交往,客套疏离就已经是拒绝了。渐渐地,没有女生敢围上来。倪燕归这样大张旗鼓追他的,还是第一个。

赵钦书只知道倪燕归的双腿又细又长,哪有心思去留意她的其他衣着。

陈戎是不是特别注意她?

"陈戎,你喜欢什么类型的女孩?萝莉?御姐?清纯的,美艳的?"赵钦书开玩笑地问,不期待答案。

意外的是,这次陈戎回答得很爽快："我喜欢善良可爱的。"

"噢……"善良可爱,这四个字和大姐头没关系。

宿舍里,乔娜正在洗澡。

倪燕归喊："下一个轮到我洗。"

她换了件又宽又长的红T恤,圆领口很大,快要变成一字肩了。长长的衣摆盖住她的短裤。亏得有一双修长美腿,否则就像套了一个水桶。

乔娜和倪燕归是两个极端。乔娜的衣裙长及脚踝，倪燕归的能短就短。

柳木晞的头发吹到了半干，剩下的一半，她来吹自然风："你的淑女和我的减肥一样，永远在明天。"

倪燕归随手扎起一个丸子头，说："我在思考。"

"说来听听。"

倪燕归抬起手，晃了晃："我今晚和陈戎牵手了。四舍五入的牵。"

柳木晞瞪直眼："你使了什么诡计？"

"不是我，他先来牵的。"倪燕归弯起嘴角。

柳木晞更惊讶了："看不出来啊，他这么给力？"

"半主动的，因为有误会。他给我解释了。但——"倪燕归停住了。

"但什么？"

"我不信他的话。"倪燕归说，"我觉得，这个书呆子对我有意思，不然他为什么要来牵我？他完全可以和教练说不是我的男朋友，他却没说。"

柳木晞数数日子，说："这才第二次社团活动，你们俩就好上了？"

"没有明说。他不承认，我不逼他。才认识，感情基础不牢固，他可能对我有些好感，但没到喜欢的程度吧。慢慢来，我有信心。"倪燕归微微一笑，"对了，我们社团要去泡温泉。你觉得我要怎么打扮？"

"比基尼。"柳木晞想都不用想，说，"男人见到肯定浮想联翩。陈戎是男人，结论如下——陈戎浮想联翩。正合你意。男生再斯文有礼，本质还是雄性生物，我就不信陈戎见到你的美腿不心动。"

倪燕归摇头："他和那些凡夫俗子不一样。"

"有什么不一样？别说男人，我一个女的，我也爱看美女的大长腿。"柳木晞伸手，在倪燕归的腿上抓了一下，"我们是美术生，最擅长的是发现万物之美。夏天这样美好的季节，多少白花花的美腿，我简直目不暇接。"

倪燕归瞥过来："陈戎不是衣冠禽兽。"

"他不是，你是。"柳木晞挽住倪燕归的手，怂恿说，"去，霸王硬上弓。"

倪燕归的领口被扯得更开，直接滑下来，露出左肩胛的印记。这个印记，柳木晞见过两次，但不是全貌。因为倪燕归从来没有露过完整的。从领口探出头的是一只狐狸的脸，不娇媚，反而有一股蛮横的气势。柳木晞说："你这只狐狸一点儿也不像你。"

倪燕归向后瞥："可能是一只公狐狸。"

近距离之下，柳木晞才发现，印记上的肌肤似乎不大一样。她正要看仔细，倪燕归已经拉上了衣领："明天我们去逛逛，我要挑几件淑女的衣服。"

柳木晞问："你追陈戎的时候，想没想过，迟早有一天你俩会亲密接触？"

"嗯哼。"想没想过？当然想过。倪燕归从小胆大妄为。不过，先前的十八年，面对其他男性，她不抱这样的念想。只有陈戎，她见到了就想扑上去。

可见这是一个长在她心坎上的男人。

"你的这个怎么办？"柳木晞指指倪燕归的后肩，"不能再拿粉底液盖住吧？"

倪燕归又把衣领拉上些："哪天他对我爱得死去活来了，我再告诉他。"

"不过，他这种小男生没经验，扛不住你的魅力。"

倪燕归眉飞色舞地宣告："他的清白只能葬送在我的手里。"

"你和土匪有什么区别？收敛一下。"

"我在陈戎面前，太端庄，太矜持了。"

这时，里面传来乔娜的话："倪燕归，轮到你洗澡了。"

"来了。"倪燕归进了浴室，脱掉上衣，她忽然背向镜子。

半身镜里，清楚地映出她后背的画。

起始，狐狸伏在小小角落。嚣张跋扈的是延伸向外的九尾，如焰火般铺满肩背。其间勾勒了几道青绿纹路，尾巴尖点缀着白色花纹。

还是裹成粽子去泡温泉吧。否则这只九尾狐无处可藏。

陈戎的衬衫通常只留最上面的一颗扣子，剩下的扣得整整齐齐，严严实实。衣摆比较长，没有迎风上扬的时刻。

倪燕归连他完整的锁骨也没见过，她估计他就是传统的性格。

但她呢，怎么凉快怎么来，不是短裤就是短裙。四五条长裤还是有的，不是破个洞，就是打补丁，五花八门，没个正经。

之前倪燕归和林修说，她喜欢乖巧的男生。林修"嗯嗯哦哦"，左耳听，右耳出，给她介绍的人，还是和他一个德行的。她拒绝了一次又一次。

林修告诉她："你上幼儿园去找吧。"

没遇上陈戎之前，倪燕归对理想男性有过设想，但框架里的是一团模糊的影子。对方可能会戴一副眼镜，气场很暖，有一种礼让万物的谦逊。直到陈戎出现，这个影子像是妖精幻化，忽然有了一张脸，再顺着他的轮廓慢慢描绘出来。此后倪燕归在林修面前便扬眉吐气，这不就是她的白马王子吗？

接踵而至的问题却是，她自己不是个善茬。

这天下午，倪燕归拉上柳木晞，打算去商场买衣服，改造自己的形象。

刚刚到地铁站，迎面走来三个人，外表非常醒目。这个醒目，不是说出色或者惊艳，而是特别。中间的那一个是朱丰羽，金发闪耀。杨同的橘色头发在太阳底下映成了红，远看像是套了个热情的发箍。后面的那个头发染了绿色，冷色调很挑人，上的色比较哑，局部暗得变灰了。

冤家路窄。倪燕归打量他们的同时，他们也见到了她。

杨同和她结了梁子，而且，他是藏不住事的人。他眉头皱起，眼神凶横，简直把她当敌人了。朱丰羽双手插在裤袋，瞟她一眼，之后便看向正前方，目不斜视。

就是这一眼，倪燕归发现，朱丰羽的眼神有些古怪。不过，他的表情很平板，面皮就跟扯到尽头的橡皮筋一样，绷到最紧，做不出多余的表情。

朱丰羽偏了偏自己的行进路线，就要越过她。倪燕归直接拦住了他们。朱丰羽又露出那一种别有深意的眼神，像在研究什么，但又很疏离。

倪燕归冷冷地一笑:"对了,见过两次面,我们都没有打过招呼。"

朱丰羽神情不动,姿势也没有变,非常放松。他懒得和她说话。

杨同沉着嗓子:"哪里没有打招呼?你凶神恶煞的,不是放过很多狠话吗?"

倪燕归挑起了眉:"你真的有把我的狠话听进去啊?"

杨同抽动嘴角:"没半点女人味。"

"杨同,我们走。"朱丰羽往旁边移了一步。

倪燕归也跟着移了一步,摆明了要挑衅:"陈戎现在是我罩的。想跟他过不去,先来问问我答不答应。"

刚才,杨同看向倪燕归的眼神,要多厌烦就有多厌烦,这会儿却眉头一松,瞪大了眼睛,仿佛听到的是鬼话。

朱丰羽淡淡地说:"我们对他没有兴趣。"

"喂,你。"倪燕归的眼睛转向杨同。

杨同的迟钝脑袋似乎反应过来了,犹豫着开口:"你……"

"对,就是我。"倪燕归趾高气扬,"以后再让我看见你们欺负陈戎,别怪我不客气。"

杨同傻了,说不出话,上下打量她。

朱丰羽说:"走了。"

这回倪燕归给他们让了路。

杨同的脚步非常缓慢,他使劲地盯她,想要从她的脸上抠出什么东西似的。

朱丰羽转头叫了一声:"杨同。"

杨同急急地跟了上去。

这个过程中,柳木晞一声不吭,直到朱丰羽等人走远了,她才问:"怎么回事?"

倪燕归说:"拳击社的人。曾经围堵过陈戎,总而言之,跟我有过节。"

柳木晞再看了看那几人的背影。

他们到了路口。可能是在等车,或者需要一段等候的时间。

朱丰羽从口袋摸出了烟,单手弹开盖子,低头咬上一支。绿发男生按下打火机，点燃了他的烟。朱丰羽抽了一口，仰头向着宽阔的天空，嘴里动了动。身边的两人跟着仰头。

柳木睎望过去，只见到蓝天和白云："金色头发那个叫朱丰羽吧……宣传海报上的，很man（男人）啊。"

倪燕归已经向前走了两步，听到这话，又回了头。朱丰羽叼着烟，抽得慢悠悠的。他抽烟？而且是细支烟。

半夜起风，下了一阵雨。

第二天早上，阴天，多云。

温文说："毛教练挑的日子真好。"这话倒不是奉承。温度降了几度，人的心情自然也变得平和。

其实毛成鸿不曾关注天气预报，只是有一股气哽在胸腔，才把日子定在这个周末。

报名出游的人不少，新老学员各占一半。学员中仅有的四个女孩，全都准时到达。

毛成鸿笑了笑："确实是个好日子吧。"

上午去到度假区，温泉池子正在消毒，一行人百无聊赖。

毛成鸿坐不住，为了表示这趟行程还有"特训"的意义，他张罗起来，说："上山！"

温文苦笑："我以为纯粹是来玩的。"

毛成鸿语重心长地说："社团的情况你是知道的，如果今年打不下江山，以后会更困难。"屡战屡败需要勇气，但勇气抵不过时间。

社团经费少得可怜，毛成鸿在这里当教练，完全是白干。白干的同时，他想壮大社团，可惜没拉到赞助。

拳击社就不一样了。前年马政参加省级比赛得了奖，有一家饮料公司直接赞助了两年经费。马政得意扬扬，招新的招新，比武的比武，花样百出，风风火火。

散打社太冷清了。练习器具是几年前的，垫子缺了角，温文用被子填了进去。沙袋破了洞，也是温文去补。他虽然是暖男，但比较温暾，管理能力还不如新进来的赵钦书。

到底是留下个烂摊子，还是重整旗鼓，就看这一年了。

室内馆不在团购票之中，一行人只能去室外。然而天公不作美，高空中的乌云突然沉下来，温泉之旅遇到了突如其来的阴雨天。

乌云压过来的时候，男生的房间传来了哀号："我的温泉！"

天空听见了，细雨飘来，与之回应，远山罩了一层白雾。

不只温泉泡汤，爬山的计划也告吹了。

赵钦书受不了了，说要自费去药浴馆。

毛成鸿扯住赵钦书的衣领："你才十八岁，上年纪了吗？去泡药浴？"

"毛教练，药浴去虚火啊。我有口腔溃疡。"赵钦书张开嘴，"啊，这里，嘴角起泡了。"

毛成鸿什么也没看见，挥挥手："去吧，去吧。"

赵钦书和陈戎住一间双人间。他喊："陈戎，走，共浴去。"

陈戎说："我没有口腔溃疡，不去了。"

赵钦书龇牙："真该让毛教练看看，什么才叫十八岁的老年人。"

倪燕归下了山，只见一群男生围在一起。

"三条！"

"双顺子！"

"飞机带大翼！"

单买室内馆的门票，接近团购票的总价。其他同学觉得不划算，聚在一起打牌，吵得不行。

温文没有娱乐，正在练习俯卧撑，他没关门。

倪燕归经过，礼貌问好："温社长。"

"啊。"温文跳起来，"小倪同学，过来打牌？"

她摇头。

"来找陈戎的吧。"毛成鸿的食指向左一指，"他在前两间房。"

"谢谢毛教练。"倪燕归数了数房间，探头看向温文房间的窗户，望了望窗外的树。

温文想问什么，她却又走了。

温文感到奇怪："我和小倪同学差了两三岁，却不像一个世界的。"

第三章　山羊假面与九尾狐

"别问我。"毛成鸿拿着遥控器换台,"我还大你两三岁呢,跟这些新生的代沟更大。"

酒店房间是联排设计,两层高,在坡顶。和山上的木式小屋不同,山脚的建筑是现代装潢,用了大面积幕墙。窗外建了一座百花齐放的景观园,鲜绿的叶子生机勃勃。住酒店的客人只要抬头,就能赏景赏花。

倪燕归到这里却不是来赏景的。一、二、三、四,她知道陈戎的位置。她在窗外走来走去,装作是在寻找什么东西,时不时低腰,然后又起来,有时在原地打转。

深蓝色的窗玻璃映出了天空、树影,以及她。

可能是因为拉了窗帘,她见不到里面的灯。难道陈戎睡着了?

山里凉,又是雨天。倪燕归来的时候披了件外衣,这时顺便把兜帽也戴上了。

半天没有看到陈戎的动静,她绕着石块转来转去,同时向窗户张望。风穿过树枝,朝她卷过来。雨越下越大了,她没带伞,摸到自己的兜帽已经湿了。

她正在考虑要不要继续做无用功,突然,她期待的那扇窗户被推开。

"倪燕归。"说话的正是她朝思暮想的陈戎。

她透过斜斜的窗户,清晰地看见那道颀长的身影,房里亮着一盏鹅黄色的壁灯。

他把窗户推到最大的角度,问:"雨这么大,你在那里淋雨做什么?"他按下开关,房间大亮。光线折在他的脸,清隽无边。

她拨开兜帽,摸了一下自己的耳朵:"耳环不见了,不知道掉哪儿去了。"她的左耳挂了一个小珍珠耳环,右边的空了。

"先躲一下,雨越来越大了。"陈戎向上指指窗檐,"不要淋雨,会感冒的。"

她很听话,乖乖地走到窗檐下。

"你等等。"陈戎转身去拿了一把伞,"你知道耳环掉到哪里了吗?"

伞是深蓝色的,边上绣了一行小小的白色英文字母。这是一把普

093

通的三折伞，但沾了陈戎的光，她觉得特别可爱。她竖起伞，双手像玩金箍棒似的把伞转了两圈。

"我从山上下来的。刚刚去找毛教练的时候发现耳环不见了。之前走到这里，感觉耳朵刺疼了一下，我想可能掉在这附近吧。"

陈戎看着她。她没有扎头发，毛毛细雨披在发上，像是铺了层轻纱。山里到处雾蒙蒙的，阴沉的乌云，黑灰的远山，唯有树上绿叶是明亮的颜色，还有她脸蛋的白。

他说："我陪你找。"

倪燕归没有客气，直接点头："好。"

她在窗前等他出来。

男生的房间是相连的，隔壁有好几个男生在打牌。她在这里转悠了这么久，只有陈戎开窗关心她。她就知道，他肯定不会让她一个人在这里淋雨。

遗憾的是，陈戎有多余的一把伞。二人伞下漫步是不可能了。

没有浪漫共伞，但两个人在园子里来来回回，一起扒拉草丛，别有一番意境。

对倪燕归来说，只要和陈戎独处，那就是无尽的欢喜。

陈戎先是看了看她左边的耳环，保持着同学之间的距离，观察仔细，又不靠太近。"我知道什么样的了。"说完，他半低身子，目光在草丛里巡睃。他很有耐心，不放过任何一个角落。

她刚才已经在这里走了很多圈。当然，她的每一圈都心不在焉，看着探向草丛，其实眼睛一直瞥向陈戎。

倪燕归有一个偶然的发现。她以前觉得陈戎的五官很温顺，真研究起来，其实不然。他的眉目有锐气，甚至有些薄情相。但他笑起来温润如玉，而且，细边眼镜柔和了他的轮廓。

"你的这个耳环太小巧了，这里的草长得高，可能一不小心就会嵌进去。"陈戎边说边用手去拨开草叶。

细雨如针，地面满是泥土和雨水。不一会儿，他的手上沾满了灰泥，脏兮兮、湿漉漉的，抬手时，泥水一滴一滴落回草丛中。

倪燕归过意不去，连忙递纸巾给他。

陈戎没有接："不用了，等找到的时候我再去洗手。"

好脾气，有风度，客气有礼。她知道他会帮忙，却没想到，他这样认真。相较之下，她这个当事人反而事不关己高高挂起。她连忙蹲下去，伸手扒草。

她的伞早歪了。

陈戎立即把伞盖过她的头顶，然后低头看一眼，慌张地站了起来。

倪燕归抬头见到伞上的花瓣。陈戎撑的这把伞，主人是赵钦书，黑色伞面上，盛开了一朵大大的向日葵。她的目光从向日葵转向陈戎的脸。他脸色泛红。

她的魅力这么大吗？她只是扒了草而已。

陈戎轻轻地说："你的裙子短，不要蹲着。"

其实不短，长度到膝盖了。这是她新买的连衣裙，衬衫领端庄大气，局部有几朵可爱的涂鸦，颇有文艺范。但她蹲得快，难道……裙底走光了？

她再看陈戎。他闪躲着她的视线，很尴尬。

倪燕归真的站起来，抚抚裙子："算了，不要了。丢了就丢了。"

"没关系。我有时间，帮你找找吧。"

她从树上折了一根小树枝，拎过去给陈戎："不要用手，用这个。"

"好。"陈戎笑，"谢谢。"

她拿出纸巾给他。这一回，他接住了。他擦了擦手，然后用树枝拨弄草丛，左右寻找。

倪燕归跟在他身边，阴雨遮不住她明媚的笑脸。

两人的园子里转了两圈，并没有找到耳环。

陈戎问："你刚刚是从山路过来的吗？"

"嗯。"倪燕归指指园外，"我们女生住山上的房间。我就顺着下来的。"

"那可能掉在山路上了。我们上山找找吧，顺便送你回去休息，你淋了雨，头发沾着水，容易感冒。"

第四章

珍珠耳环

回去的路上，两人途经仙气飘飘的鱼池。

陈戎停下来："会不会掉进水里了？"

倪燕归真怕他跳进去找，忙说："没有，我没靠近鱼池。"

深山温泉建在半山腰，这里木式小屋错落有致，有的两三间并排，有的五六间。到了大弯的转角，则只有一间孤零零的屋子。

两人边走边找，偶尔闲聊。山路起伏，蜿蜒曲折。路面以麻石铺设，石面粗糙，耐磨损，遇水不会打滑，但是石板比较窄。两人并肩走的话倒还凑合，一人打一把伞，就只能一前一后了。

倪燕归在前。陈戎跟在后面。

前面的那一个走得较快，偶尔低头望两下就继续向前走。后面的则非常缓慢，他时不时用树枝探探旁边的草丛，见到有类似珍珠色的东西，就蹲下去细看。

倪燕归突然回头，发现自己和陈戎隔了好一段距离。

他收了伞。她才发现，雨已经停了。

这么久没有找到，陈戎没有不耐烦，和声询问："你是沿路走，没有去其他地方？"

"是的。"她是为了他而来，哪有闲情去逛别的地方。她右手拎着伞，左手插进外衣口袋，手指掏着什么。

终于，在陈戎又一次一无所获的时候，她把小东西攥在掌心，从口袋里拿出来，准备趁他不注意的时候，向外丢掉。

他却突然向她伸出手。

她不知是惊是喜。如果她缩手，无疑是一个拒绝的信号。陈戎难得主动，要是她拒绝，他或许会退回去。可她攥着的，就是他苦苦寻找的珍珠耳环。

一两秒的时间里，倪燕归的脑海里天人交战。

第四章　珍珠耳环

小东西的银钩子刺入了她的掌心。她想了想，不如告诉他，她突然发现耳环没丢？

陈戎的手到了她的跟前，手洗过了，修长干净。

她正要去握，他却抓住了她拎伞的那只手，把她向前一拽。紧接着，他拨开右侧的一根倒插过来的树枝，说："幸好你没转头，否则这树枝会插进你的眼睛。"

倪燕归眨眨眼："我没看见有这个啊。"

陈戎指指上面的树干："刚刚掉下来的，正好卡在分枝上。"他低头，把树枝折断，掷到草丛里。

趁着这个空当，她的左手猛地一甩，把小耳环丢了出去。

陈戎捕捉到这一瞬间，顺着某个方向望过去。

她连忙反握住他："别找了，山路这么长，谁知道掉到哪里去了。或者被别人捡到了，又或者被人踢走了。"

陈戎却说："不，我找到了。"

倪燕归惊讶了。

他向她的身后指了指，她僵硬地回头。好家伙，她随便一丢，竟然把耳环挂到了树梢上。问题是，她戴的耳环本应该掉在地上的。编，得编个理由。

陈戎踮高了脚跟，用四根手指轻轻一拨，珍珠耳环被抛到半空，落在他的手上。他笑："太好了。"

倪燕归看清了他的掌心。

掌纹清晰流畅，智慧线特别长，长得令她惆怅。她拿回耳环，指尖不小心勾到了他的智慧线。她懊恼，刚才为什么不直接往下甩，非得把手向上扬呢？她不自觉晃了晃手。

"走吧，我送你上去。"自始至终，陈戎没有问，耳环为什么会挂到树上。

既已收了伞，两人就在窄小的山路并肩而行。

陈戎问："不把耳环戴上吗？"

倪燕归想起，校会那天，李筠对着镜子戴耳环，陈戎站在边上，望着镜中的美女，言笑晏晏。

倪燕归低头说:"没有镜子。"

"没事,不戴吧。就这样也很好看。"

她侧过脸去,同时把耳环递向他:"要不,你给我戴上吧?"

陈戎愣了愣。少女柔软的耳垂上有一个细细的灰点。他知道,耳环上的钩尖,就是从这个细孔里穿过去。他说:"我没有戴过这个……"

"你当然没有戴过了,你又没有耳洞。"

"不是。"他垂下头,"也没有给女生戴过。"

"噢。"倪燕归撇起嘴,"可是没有镜子,我戴不上去。这副耳环一定要两个都戴起来才更好看。"

陈戎迟疑地问:"一定要现在戴吗?"

她理所当然地点头:"是啊。"他望着李筠戴耳环,她就要他亲手给她戴上。

他没有再问。她的任性,对他来说,似乎是能够容忍的。他说:"我给你戴上。"

倪燕归笑笑:"好呀。"

耳洞很细,陈戎只得靠近她。这样的距离,对于男女同学来说是唐突了。

耳环的银针闪着尖利的金属光。他捻起耳环,先是用针钩去穿。对上了孔,柔软的耳垂被折起,尖尖的银钩子刮过其中的薄肉。这样来回几次,他见她缩了缩,问:"是不是弄疼你了?"

"不是疼,是痒。"他的力气不大,很轻。关键是他的气息太近了,她低下头去,只觉自己耳边细碎的绒毛都被吹动起来。

陈戎没办法了,说:"你拉一下耳垂,不然我挂不上去。"

倪燕归轻轻捏住耳垂,向下扯了扯。

陈戎亲眼看着细孔被拉扁,孔洞变大了。他问:"会疼吗?"

她摇头:"不疼的。"

他顺着银针的角度,穿过耳洞,把珍珠白的耳环挂在她的耳下。

少女的皮肤也白,在阴沉的天里发光。她的眼睛瞟来,明艳的笑意藏在其中。

眼神能杀人。

第四章 珍珠耳环

她的，真能。

一路向上走，倪燕归时不时甩甩头，珍珠轻轻地荡在她的脸颊上。

陈戎若有所思地说："我觉得奇怪，耳环为什么会挂到树上？"

倪燕归正转到一半的头，僵硬了。完了，她忘了这事，理由还没有编好。

他又说："原来是因为你蹦蹦跳跳的，把它甩上去了。"

她的脖子瞬间放松，笑盈盈的："是啊，我们一直在路上找，哪想到它会飞上去。"

"你先去换洗吧。衣服也湿了，千万别感冒。"

"哦，我吹吹头发就行。雨停了，可能毛教练要喊我们集合吧，我换完衣服再下去。"

"我在这里等你。"

"好呀。"

倪燕归欢快地小跑而去。

幸亏她整理行李的时候，多备了几件衣服，全是小清新风格的连衣裙。

换上新裙子，想起今天的走光，她再加了条安全裤。不是不能被陈戎看到，而是不能便宜其他男人。除非二人世界了，她可以稍稍露点儿什么。

倪燕归穿了一条焦糖色的松紧束腰裙，对着镜子摆了几个姿势。好像还是太妖艳？

她匆匆补画了下垂眼线，眼睛眨巴几下，有了点儿楚楚可怜的味道。

她飞奔出去："陈戎。"

陈戎正在树下，他习惯性向上推推眼镜，回过头，整个人愣住了。

"不好意思。"倪燕归轻声细语，"让你久等了。"

"没有。"他似乎词穷了，望着她，好半晌没再说话。

"我们下去吧？"她眨了眨眼。

陈戎回过神来："好。"

101

走了十来米,他欲言又止。
倪燕归继续眨眼:"怎么?"
"裙子……"他的声音很细,"很漂亮。"
她忍住笑,无辜地问:"只是裙子吗?"
他红了脸,似乎接下来的话很令人羞涩。
倪燕归的手指动了动,好想捏他!

雨天的缘故,度假区的客人们要么留在酒店睡大觉,要么去餐厅吃自助。
迎面走来的那几个男人,中午灌了酒。服务员提醒,酒后不宜泡温泉。这几人索性对酒当歌,直至下午。为首的男人甲,从额头到下巴,皮肤全红了。他走在前面,眼睛不看路,径自大声说话,口音像是周围城市的。
倪燕归和陈戎说起温泉的团购票:"只能去室外泡,希望明天别下雨。"
男人甲嚷嚷几句,面红耳赤。和倪燕归擦肩而过时,不知是醉糊涂了,还是真的色胆包天,他突然把头一歪,朝她凑了过去。
倪燕归的脸向着陈戎,可是鼻间传来一阵恶臭。她没看清怎么回事,突然被陈戎拉了一把。脚步一乱,她到了陈戎的身后。她抬起头,见到一个猪头猪脑的男人靠了过来,很近。要不是陈戎拉她一把,对方就要撞上她的脸颊了。
恶臭味是这人的酒气。
陈戎挡在她的面前。
男人甲刚才只听到这是一个女孩的嗓音,却没想到,她有一张令人惊艳的脸。他转了转眼珠子,呵呵直笑:"想去泡温泉啊?我有,我们房间有大浴池,要不要一起啊?"这人没把陈戎放在眼里,色眯眯地盯着她。
几个大男人借着酒意上头,口无遮拦。
另一个男人乙,脸色不像男人甲般通红,而是泛白的。他起哄的声音很响亮:"这小姑娘啊,长得像你的女朋友。"

第四章　珍珠耳环

"是吧？我就觉得呢。"男人甲打了个酒嗝。

倪燕归绷紧脸，直想狠揍过去。

陈戎开口了："你误会了，她不是你的女朋友。"

虽然话很客气，但倪燕归听得明白，陈戎的声音冷了几度。

确实，再怎么好脾气的人，遇上发酒疯的臭汉都会反感。

男人甲讥笑地盯着陈戎："你谁呀？我女朋友就是跟一个小白脸跑了。是不是你？你就是小白脸，对不对？"男人甲满身肥膘，手掌也堆满了肉，大得出奇，他一把拽住陈戎的衣领。他的身高比不上陈戎，没办法把陈戎提起来，只得将人拉近。

恶臭更甚。

倪燕归站了出来，猛然一推，力气很大，直接把猪头猪脑的男人甲推了出去。

男人甲踉跄一下，后退几步，就在他以为自己要摔个四脚朝天的时候，他被东西挡住了。他来不及高兴，屁股就坐到了园子里的假山。

假山突起的石块，猛地刺进他的屁股缝，他喊出一声惨痛的"哎哟"。

几人听到自己的同伴喊痛，脑子一热，一个个上前，摆出凶神恶煞的阵势，拦住倪燕归和陈戎。

倪燕归上前一步，护住了陈戎，说："有什么冲着我来。别以为自己肥头大耳就能欺负人。"

男人甲摸摸屁股，"哎哟"完了，他弯起膝盖，缓和疼痛。他指着陈戎，强行露出扭曲的笑容："原来是女的养小白脸啊。哎哟，我说呢，瘦不拉几的男人怎么能行呢？"

几个男人哈哈大笑，附和说："小白脸，不行。"

倪燕归气炸了，别人讥讽陈戎，等于讥讽她。她忍无可忍，一脚踩住了男人乙的脚，再狠狠地左右拧了拧。

男人乙发出惨叫，"哇哇"地喊："我们都没有动手，你这娘们儿竟然敢挑衅？先撩者贱。别怪我对你不客气，就算你是女的，我也照打不误。"

倪燕归冷笑："谁怕谁呢？"

男人乙果然向着她扬起手掌,眼见就要扇下来。

她利落地抬起一脚,直接将对方踹了出去。

男人甲喊:"愣着干吗,上!"

几个男人围上来,就要去抓她。

倪燕归的手往后推,想要推开陈戎,自己一人上前应战。然而她没有推到人。接着,她的腰被一只手箍住,之后转了半圈。她的背抵住了陈戎的背。

陈戎松开手,没有说话。

倪燕归耳边听到的,是第三个男人的粗喊:"这是个泼妇!"

话是刚才的那一句,面前却换了一个人,男人丙来不及收口。他反应过来以后,怒目圆睁:"呵,小白脸也想当英雄?打死你个小白。"

"脸"这一个字卡在喉咙里。

少年的脸当然是白的。但是,他的眼睛淬了冰,冷冽逼人。

倪燕归想要回头,眼角余光却扫见酒店一楼有一间房的窗户突然开启,之后,一个身形矫健的人从窗里飞出来。从跳跃到落地,他没有多余动作。不愧是散打社的教练。

毛成鸿大喊:"陈戎!小倪同学!"

紧接着,窗里又跳出一人。温文不是跃动,而是像跨栏,大步迈开,一脚落地,接话喊:"你们住手!"

这个"你们",指的是陈戎和倪燕归。

那几个男人本想以多欺少,没料到对方还有人。凭跳窗的动作判断,那两人不是泛泛之辈。几个男人跟着住了手。他们哪里是借酒壮胆,明明就没醉,假装酒意上头发疯而已。

但男人甲的醉是真的,酒还没醒,他跌跌撞撞地走来,抬起食指,但没什么力,指头很扭曲。他想去戳毛成鸿的鼻子,嘴里还骂骂咧咧的,开头爆了脏字,后面话音含糊,在场的人都听不清。男人甲的声音越来越小,停住之后,他猛地向毛成鸿一头撞去。

毛成鸿反应极快,扣住他的肥腰,用力向前一推。

男人甲又撞到了假山,还是那突出的石头,还是卡进他的屁股缝。

他的惨叫声再次响起："啊——"

男人乙从地上爬起来，和男人甲互相帮扶。

男人丙放话说："你们给我等着。"他们扶起男人甲和男人乙，向外走了。

毛成鸿问："发生了什么事？谁先动手的？"

倪燕归说："他们先来挑事，恶心。"一群猪头猪脑的男人，居然有脸说陈戎。她恨不得甩他们一人一记大耳光。

毛成鸿叹了声气："你俩没事就好，幸好没有打起来。"

陈戎客气地说："谢谢毛教练。"

"你们叫我一声教练，我有义务保护你们。况且，今天我们就在这里，你们遇到事情，听见你们的声音，我们肯定要帮你们。"毛成鸿看向陈戎，"陈戎。"

"在。"陈戎的眼镜滑了下来，但他没有推。

"你今天的表现就对了。"毛成鸿夸人的时候从不吝啬，拍拍陈戎的手臂，"要把女孩子牢牢地护在身后。"拍了两下，毛成鸿很意外，陈戎的手臂没有想象中的松软。

陈戎："嗯，我知道。"

温文问："毛教练，他们会不会来报复？"

毛成鸿摇头："我们社团这么多人，他们不敢的。另外啊，我跟你们说，如果要攻击的话，锁死对方的屁股，这个部位很耐打。当然了，切忌冲动行事。"

倪燕归误打误撞，正好戳了男人甲的屁股。

事情解决了，毛成鸿很识趣，要给小情侣腾空间。他和温文从窗户又跳回了房间。

温文转身向着外面的倪燕归笑了笑，然后关上了窗。他说："小倪同学踢的那一脚很带劲啊。"

"什么一脚？"毛成鸿没有看见倪燕归踹男人乙的那一幕，否则，他又要教育几句。

温文笑："没什么。突然想起来，赵钦书把小倪同学叫作'大姐头'。"

"大姐头？"毛成鸿皱眉，"她是干什么的？拉帮结派？"

温文赶紧解释："普通学生。赵钦书说，他纯粹叫着好玩。"

"她和陈戎啊，是互补型。有时候很般配，有时候吧，"毛成鸿摇头说，"陈戎太怯场了。"

确实怯场。

园子里只剩倪燕归和陈戎。陈戎低头，不知在沉思什么。

倪燕归觉得他有些失神。她按了下自己的腰，刚才她感觉陈戎的力气并不弱，但那只有一秒，可能她把他想象成孔武有力的汉子了。她想问，又怕那真的只是心理作用，一旦出口，反而伤害他的自尊。

"谢谢你。"倪燕归打破了沉默。

陈戎终于把眼镜推上去，说："醉汉不讲道理，出手又重。你别和他们起冲突。"

"以后不会了……"她刚才是气极，忘了在他面前要装乖乖女。

"万一，我是说万一。"陈戎这次没有回避她的眼神，"再遇到类似的事，你就躲到我的背后，我会护着你。"

"好。"倪燕归笑意嫣然，"以后我远远地避开。"

"这就对了。毛教练说的，走为上策。"陈戎忽然伸出尾指，"拉钩。"

倪燕归先是惊讶，她以为学霸不会玩这种幼稚的承诺。之后，她郑重地点头："拉钩。"

两只尾指交叠。

倪燕归暗想，以后不能再轻易动手了。

乌云盘旋在上空。

毛成鸿甩甩肩膀，放松筋骨，对付男人甲的那一下，打通了他的肌肉开关，他做完了一组俯卧撑："雨停了。"

温文半躺着看电视，听了这话，立即从床上跃起。

毛成鸿称赞说："很利索嘛。"

"毛教练。"温文说，"既然你说这是一次休闲活动，就不要叫大家去爬山了。下了雨，山路不好走。我觉得啊，听赵钦书的建议，先让他们玩玩,当是联络感情。"

毛成鸿听着从外面传来的哄堂大笑:"行吧,他们现在谁还记得训练这回事呢。对了,晚餐包在团购票里。他们玩疯了,忘了吃饭时间,你去提醒一下,过时不候。"

温文去敲敲门,通知了大家吃饭时间。

得知今天不用特训,一群人兴奋得嘴巴咧到了耳后。

毛成鸿耳尖,听见众人的欢呼,他望着渐渐暗黑的天空,忽然觉得,散打社最名副其实的一个字就是"散"。

晚饭时间,毛成鸿选了一张八人位的方桌。

有四个学员在旁边坐下,和他打招呼。接着,他们说起今天下午打牌的胜局。休闲活动确实有其优势,打完牌,这群男生就混熟了,一口师兄一口师弟,俨然一个门派的。

男生甲说起,学校的英语角来了一个很漂亮的女同学,他恨不得天天去练听力。

毛成鸿好奇地问:"为什么没去?"

男生甲挠挠头,说:"我爸是山东人,他说中国第一个散打王就是我们山东的,还获得过'中国武状元'的称号。我爸自己想练,但他身子骨弱,只好把攀老乡的任务派给我了。"

毛成鸿看看男生甲薄弱的身子,男生甲大概遗传了他爸的基因:"你是冲'散打王'的称号来的?"

男生甲:"我哪能啊。我纯粹是完成我爸的期望,能不能成,就要看天意了。"

男生乙惊讶地问:"难道我们南方人没名号?"

"散打是中华武术延伸出来的,像佛山的叶问、李小龙,都是有名的武术高手。叶问,家传绝技'咏春拳'。李小龙呢,用的北派腿法,他把空手道、泰拳、跆拳道等各项运动融会贯通,创立了现代武术体系——截拳道。"说到自己的兴趣,毛成鸿滔滔不绝,"虽然我们社团经营不善,但是全国散打比赛还是有很多的,而且观众很热情。你们当强身健体也好,要有兴趣去争夺奖项,我也会支持。"

男生甲:"教练,我们什么时候能练习实战啊?"

"没那么快，什么都要从基本功学起。"毛成鸿一个一个地数，"从姿势，到步法、拳法、腿法，以及攻和守。不是一朝一夕的事。"

温文坐在四人桌。桌上另外三个人，正好是倪燕归、陈戎、赵钦书。

温文问出心里的疑惑："小倪同学，你是不是练过武？"

倪燕归品尝着炸猪蹄，听到这问话，差点儿咬到舌头："没有。"

温文沉吟："我觉得你的身手有些……讲究。"

倪燕归立即澄清："没有，我就踩了他一脚。踩脚，三岁小孩都会。"

温文笑笑："可能角度不对，我看错了。"

毛成鸿吃完饭，说："大家早点休息。我看了天气预报，明天有太阳，记得早点起来爬山。"

新学员发出"啊——"的长叹。

老学员觉得，已经偷了一日闲，知足了。应得很响亮："是。"

毛成鸿拍拍掌："散了，早睡早起。"

众人各自回房。

男生们的几间房，有相邻的，有错开的，但房间结构并不统一。比如，赵钦书和陈戎分到的这一间，浴室门是推拉磨砂的。

赵钦书把这扇门推了拉、拉了推，确定地说："这门上不了锁。"

晚饭过后，赵钦书没有直接回房，而是陪社团的一个女生上山，把人安全送到木式小屋后，他急忙跑了回来。

浴室门关着，赵钦书敲了敲门："戎戎啊，人有三急。"

"进来吧。"陈戎已经洗完了。

赵钦书立即拉开门，见到陈戎刚刚披上衣服。

他的后腰有一片黑影一闪而过，之后被白色上衣盖住了。

赵钦书和陈戎是室友，而且关系密切，开学没几天就看到了这个印记。

赵钦书只是偶然见了个大概。他之所以被称为"万人迷"，是因为他知趣，什么话该说，什么话不该说，他心里有数。他和陈戎有交易，一定保密。

赵钦书调侃说："明天是晴天，我们要下水泡温泉了，你这东西怎么遮啊?"

陈戎拿了毛巾:"我不下水。"

"我记得大姐头的手背有一个印记,进社团以后没再见过。不知道是不是贴上去的。"

"是吗?"陈戎往外走。

"她那个好像也是狐狸。"确切地说,是狐狸尾。

赵钦书从浴室出来。

陈戎擦着头发,他摘下眼镜,凌乱的发丝打碎了他的温顺。

赵钦书:"说真的,很少见到男人在身上画一只狐狸。"

猛虎下山常有,狐狸出山非常罕见。狐狸这种动物似乎是女性专用,一听就妩媚妖艳。然而,陈戎腰上的这一只狐狸极有气势。

陈戎说:"这是一只公狐狸。"

赵钦书却不信,说:"我又没有研究过你的那只狐狸,我哪知道它是公的还是母的?"

陈戎不理会赵钦书的调侃,随手把毛巾挂在沙发靠背上。他的头发半湿,一缕一缕的,往四面八方上翘或下垂。

赵钦书眉峰一挑:"我发现,你现在的样子很不羁啊。"

这么说着,就见陈戎拿起眼镜,勾在耳朵上。

"金丝,细边。"赵钦书说,"这是斯文败类的必备。"

手机"叮咚"响了起来。赵钦书看了看,居然是蔡阳发来的微信。

"是李筠的事。"赵钦书翻过手机屏幕,展示给陈戎。

蔡阳:找到购买李筠照片的人了。

赵钦书不解的是:"蔡阳为什么发给我?"

陈戎拿起桌上的手机,说:"刚才蔡阳给我打了电话,我洗澡,没接到,他找上你了吧。"

话音刚落,蔡阳又发了一条消息过来。

蔡阳:转告陈戎。

陈戎回拨了蔡阳的电话。

蔡阳说:"你说巧不巧,太巧了。巧合地遇上,又巧合地对上了暗号。"

陈戎:"嗯。"

蔡阳有些激动,本想把自己和他人相遇的过程详细地讲一遍,但是陈戎的态度不大热络,他没了故事瘾,开门见山地说:"他告诉我,李筠的照片没有儿童不宜的场面。"

陈戎:"他有泄漏出去吗?"

蔡阳:"没有,这个人很遵守交易规则,我问他要,他不给我。"

陈戎:"花钱向他购买呢?"

蔡阳:"不行吧,李筠是他的女神,真的女神,圣洁无比的那种。他说他不外传。"

陈戎:"哦。"

蔡阳:"他这个人,向吴天鑫买照片,又说偷窥狂活该被开除,他不就是买家吗?又当又立。"

陈戎:"嗯。"

蔡阳:"放心吧,校会上拍的,是正经照。"

"我知道了,这件事谢谢你。"陈戎挂了电话。

赵钦书半躺在床头,双手枕在脑后,斜斜地看向陈戎:"李筠是不是很善良很可爱?"

陈戎:"我记得,你们对她的评价不是这四个字。"

赵钦书习惯了这种牛头不对马嘴的回答,他笑起来:"我们的评价不重要,我想听听你的。"

陈戎醉酒的那个晚上,赵钦书像是套话似的,跟陈戎一问一答,好不容易才套出一句,陈戎心里有人了。

"是谁?"赵钦书当时追问。

然而,陈戎抱起枕头,闭眼睡过去了。

醉酒的机会只有一次。要在陈戎清醒的时候套话,难如登天。白月光是谁,赵钦书再没有得到答案。而且,李筠和"善良可爱"也不沾边,她是温柔大方的。赵钦书开玩笑地说:"戎戎,你什么时候才能对我敞开心扉?"

"下辈子吧。"

和倪燕归分在同一间小木屋的女孩,名叫黄静晨。她大多时间和赵钦书一起玩。

晚上，回到房间，倪燕归和黄静晨才算真正认识。

黄静晨皱着脸："刚才听，明天要去爬山欸……"

"你为什么会来参加散打社？"倪燕归以为，来社团的同学早有吃苦耐劳的心理准备，事实却是，不少同学听见三公里就叫苦连天了。

"赵钦书说，运动可以减肥。"黄静晨的身材比较丰满，胜在骨架小，看起来不胖也不壮，反而肉感可爱。赵钦书游说她进社团的时候，把散打吹成了世界上最强劲的减肥项目。

倪燕归："哦。"又一个被骗进来的少女……

嗯，也不能说骗，赵钦书这话的道理没错，但减肥不是非得练散打。每天去操场跑五公里，坚持几个月同样有效。

黄静晨有一个早就想问的问题，终于逮住机会了："倪燕归，你和陈戎什么关系？"

"嗯？"倪燕归也想知道，在社团学员的眼里，她和陈戎是什么关系。

"你俩经常在一起吧？"跑步那天，黄静晨喘得上气不接下气，趁机偷懒的时候，见到了倪燕归和陈戎的身影。

倪燕归回答："我们认识。"没错的，这是"相识"阶段。

"我经常见到陈戎，但没说过话。"黄静晨说，"我们的公共课一起上。其实啊，我们班有女同学想追他。"

又有竞争对手？倪燕归立即来了兴趣："是谁？"

"一个很标致的美女。情书都写好了，想去送的时候，被赵钦书拦住了。"就是从这天开始，黄静晨和赵钦书熟络了起来。

"赵钦书凭什么？"把自己当陈戎保镖了吗？

"他说，陈戎对女同学很绝情。"

"绝情？"会吗？倪燕归觉得，陈戎就是一个好好先生。

"你也觉得不会吧，我们也这样觉得。"黄静晨说，"我还鼓励这个女同学，她就真的去送了。"

"结果呢？"

"陈戎拒绝了。理由很充分，他才大一，正是忙学业的阶段。"黄

111

静晨感叹,"唉,人家要过清心寡欲的大学生活。"

倪燕归惊讶:"哈?"那她的追求岂不是困难重重?

"所以……"黄静晨琢磨了下,"我很好奇你和陈戎,很要好吗?"

"还行。"

黄静晨从行李箱拿出一套黄鸭睡衣,将要去浴室,她又退回来问:"对了,你知道校会的主持人吗?"

"那天见到了。"

"她和陈戎又是什么关系啊?我在男生宿舍楼下见到她,和陈戎谈笑风生,两个人都笑得跟朵花似的。"

倪燕归能想象到那一幕,俊男美女,万物为之失色。

想起李筠对着镜子时,轻轻挑下耳环,一颦一笑温婉动人。

倪燕归也有耳洞,也有耳环,但她生来就不是柔情似水的人。很突然地,右耳的耳洞像是回到了陈戎给她戴耳环的时候,被刺得疼了一下。

半山的夜,寒气深浓。倪燕归披了外衣,仍然冻得起了鸡皮疙瘩。

倪燕归在手机上打字。她问林修:你知不知道,校会上那个主持人,叫李筠的,有没有男朋友?

林修:我又不是百事通。

倪燕归:你不是哥们儿多嘛。

林修:打听她干吗?

倪燕归:担心我当了"小三"。

林修:问过他们班的人,没听说陈戎有女朋友啊。

林修又说:也许是落花有意,流水无情?

倪燕归:谁是落花?谁是流水?

林修:这个不重要。只要陈戎还是单身,管他三七二十一,抢过来就是了。

毛教练把温文的话忘得一干二净,给每一间房安排了 morning call(叫醒服务)。

黄静晨被吵醒了,躲在被子里,崩溃地喊:"天哪!爬山。"她掀开被子,见到倪燕归已经换好了衣服,正在绑头发。

倪燕归用一条粉嫩的桃色发圈把长发高高地束起,灵巧地转了几圈,扎成了一个丸子头。

黄静晨跪坐在床:"你这么早?"

倪燕归穿上运动鞋,向着黄静晨挥挥手:"我去爬山了。"她潇洒地关上了门。

早上来了七个学员。

毛成鸿数了数人头,四个是新成员,人数过半,出乎他的意料。他非常欣慰,说:"我们散打有四大训练内容,耐力、力量、速度和柔韧,缺一不可。耐力的训练,大部分是有氧运动,譬如,台阶跑、越野跑。今天我们就从慢跑开始。这条山路啊,看上去很曲折,其实坡度不大,算是进阶慢跑。"

赵钦书今天没有来。

陈戎穿了套浅灰色运动服,跟在毛成鸿的后面。倪燕归悄然走到他的身边。

"早上好。"这段路是行车道,铺上了沥青。陈戎看见地上两人的影子有些模糊,但直直的。

对上他的笑脸,她闷了一夜的气眨眼就散去了。"早上好。"她顺着他的目光看去,地面上,两人中间有一条亮白细长的缝隙。

"你今天这么早。"他转眼看向她的耳朵。

她今天戴了一对水晶耳钉。太阳还藏在山的那头,耳钉却已经会发光。

倪燕归拽了下耳垂:"你比我更早啊。"

"走吧。"陈戎慢慢地上前。

毛成鸿大喊:"跟上,后面的跟上。别聊天!"

陈戎只好加快速度。

倪燕归跟着加快了:"跑山比跑圈更累,你能适应吗?"

"倪燕归。"陈戎却停下来,叫住了她。

她一下子越过他,退了两步回来问:"什么?"

"昨晚休息得怎么样？"

她低下眼："勉勉强强吧。"梦里全是耳环。

"我没睡好，想了很久。"

"什么？"

"昨天，我让你在那群人面前受了委屈。"

倪燕归猛然抬头："我受什么委屈了？要不是你拉得快，那个人就蹭到我的脸了。"

"你会不会觉得，我没什么男子气概？"

"不会。"她连连摇头，"你不要在意他们的看法。男子气概又不是长得五大三粗。几个没品的垃圾，哪配得上谈论你啊。"

陈戎笑了笑："毛教练的话很有道理，我必须锻炼，好好地练一练。"

"慢慢练，没关系。"

"我要拟一份运动计划，从晨跑开始。"

"我要减肥，也要去晨跑，但是一直找不到伴。一个人吧，常常偷懒。你什么时候去跑？"

"既然是锻炼，当然越快越好，回去就开始。"陈戎说，"你不胖，别老是饿肚子。"

"自从上次听了你的话，我已经开始大鱼大肉了。吃得多嘛，必须运动减肥。"

"如果，你没有同学陪跑的话，以后早上一起去？"

倪燕归灿烂地点头。

陈戎继续向前："对了，你昨晚为什么没有休息好？"

"嗯……"她的笑容变垮了。

"怎么？"

"我听到一个传言。"倪燕归咳两下，打算来个直击，"关于……你的。"

"我？说来听听。"

"我说了啊。"她压低声音，"你有一个白月光。"

陈戎又停住了脚步。

"是不是？"倪燕归没有意识到，她的口气像是质问。

114

第四章 珍珠耳环

他一脸莫名:"白月光是什么?"

"白月光,出自张爱玲的小说《红玫瑰与白玫瑰》。"

"爱情小说?"

"对。"难道他对爱情小说一无所知?"就是说,你心里有个女孩,可望而不可即,求而不得。"

陈戎失笑:"居然会有这样的传言?"

倪燕归哼了一下:"无风不起浪。"

"可我没有啊。"

她紧盯他的眼睛:"真的?"

他真诚地点头:"真的。"

"没有?"

"没有。"

没有求而不得,因为势在必得。

倪燕归有种荒谬感,今天的问话仿佛小题大做。

换个角度想,她和林修之间又岂止谈笑风生。陈戎和李筠来往,也许是因为学姐是学习的好榜样。

愉快的爬山结束,倪燕归回去洗了个澡,换了一条雪白的薄纱连衣裙,下山去餐厅。

学员们差不多到了,有几个人围在毛成鸿的面前,叽叽喳喳的:"毛教练,今天天气不错啊。"

毛成鸿嘴上咬着包子,沉沉地应声:"嗯。"

倪燕归见到,他咬过的包子面皮上留有清晰的齿痕。

毛成鸿几口吃掉包子,又拿起一个,狠狠地咬住。正式训练没几个人,一到娱乐时间,大家全都从四面八方冲过来。

倪燕归和陈戎坐一起,八人桌,最边上是毛成鸿。

毛成鸿吃完三个大肉包,嚼烂了嘴里的肉碎,说:"今天的训练结束了,接下来你们自己玩吧。"

"耶!"男生们欢呼雀跃。

赵钦书说要去半山的池子:"那个温泉富含钙、钠等等。"

毛成鸿听了直皱眉:"那医院别开门了。缺钙了,到这里泡一泡。"

赵钦书跟着皱眉:"毛教练,不要这么古板嘛。"

温文啜了口豆浆:"毛教练,他们喜欢玩儿由他们去吧,反正团购票嘛,不玩儿浪费了。"

"商家的噱头。"毛成鸿又想去拿包子,发现盘子已经空了。

倪燕归闪着星星般的眼睛,凑到陈戎面前:"你去哪里泡呀?"

陈戎摇了摇头:"我不去。"

倪燕归问:"为什么呀?"

赵钦书拿起纸巾,擦擦嘴说:"他啊,害羞。从来不在女孩子面前脱衣服。"

陈戎很配合,不吭声、低头、红脸,完成了一套羞涩的标准流程。

"噢……"倪燕归略略失望,但这才符合陈戎的性格。

"倪燕归,你去哪个池子?"赵钦书的眼睛里有着和倪燕归一样期待的神采。欣赏她的身材是真,但他更想验证一件事,陈戎说的"她不露上身"是否属实。

倪燕归也摇头:"我不去了。"

赵钦书挑起笑,嘴快地问了一句:"为什么?"话音刚落,他就想到了理由。

倪燕归低下头去,看了看自己的小腹部。虽然不回答,但她的沉默给出了答案。

赵钦书捂了捂嘴巴,不再追问。

毛成鸿误会了,他皱起了眉头:"你早说的话,我今天就不让你爬山了。"

"是毛教练说要早起爬山的,早上'铃铃铃',电话来了。"倪燕归比了个打电话的手势。

毛成鸿语塞。

温文接话说:"以后有特殊情况要说出来,我们好调整训练的强度。以前社团没有女孩子,是我们疏忽了。"

赵钦书说半山有药浴池,问:"毛教练,你去不去?清热去火。"

毛成鸿摆摆手:"不就热水澡,哪个池子都一样。中草药,元素泉,泡一次两次的，没有效果。"

吃完饭，众人各自散开了。

倪燕归和陈戎在山里闲逛。

"对了。"陈戎拿出了一颗糖，"今天早上跑步忘记给你了。"

倪燕归开心不已："谢谢。"这颗糖和上次的是一个牌子，口味不同，糖纸颜色更浅。

沿着林子走，在前方见到了毛成鸿和温文——他们两人果然挑了一个普通的池子。

迎面走来一个小女孩，手上拿着一个双色冰激凌。

倪燕归忍不住看了几眼。

陈戎注意到了，说："好久没吃冰激凌，我的嘴馋了。"

"你也喜欢吃？"倪燕归笑。

"是啊。要不要？一边逛一边吃。"

"好啊。"

陈戎去了商店，倪燕归站在原地等。耳边传来小女孩的笑声，她不自觉望过去。

小女孩很可爱，左右扎了两个包子头，缠上了蔚蓝的发带，带子很长，绕几圈打上结，垂了下来，一直垂到她的肩膀。她身上穿的也是蓝色系上衣，配一条更蓝的裙子。手上的镯子倒是粉色的。

她咬一口冰激凌，糊了满嘴的奶糕。

她的母亲想要抱起她，小女孩却不让。

她的母亲说："我们走，换完衣服就可以泡澡澡了。"

"不泡，不泡。我要玩。"小女孩躲避着自己母亲的怀抱，她的小手抓住大大的冰激凌，急忙向外跑。

她的母亲过来追她，她跑得更快。

倪燕归看到了她，她也看到了倪燕归，小女孩闪着要避开，却忘了她的冰激凌正对着倪燕归的裙摆。

倪燕归向后退了一步，想要躲开撞过来的冰激凌。旁边是池边的卵石，湿漉漉的，鞋子踩上去直打滑。她伸开双手，像展翅一样上下挥

117

动,却没有平衡住,"扑通"一声,掉进了池子里。

温泉水一米五左右,水不深,她整个人站起来便淹不到了。

但倪燕归闪过的第一个念头是,糟糕,太糟糕了。薄纱裙遇水则露,纱裙里面配了件浅粉的打底小吊带,吊带遮不住她的狐狸,只要她浮出水面,左肩胛上的九尾狐就会晾在阳光下。她憋住气,使劲把自己缩在水中,然后一手拽开了自己的丸子头。散开的头发像海藻,慢慢浮动。

她不知道站上去的时候,长发能不能完全盖住狐狸,终归觉得冒险。而且,陈戎在场。他就是买两个冰激凌,能花多少时间?她的气息越来越紧,要喘不过来了。

突然,一个人扫着水花走向她:"没事吧?水很浅,快站起来,小倪同学。"

温文不知什么时候过来了。可能刚才喊了她很久,但她听不到。

他向她伸手,她没有动,他赶紧箍住她的手臂。

她的嘴巴鼓成了一个大包。再在这里憋下去,别说爱情,她连命都交代了。水泡在鼻间"噗噗"冒出,她撑不住了。

与此同时,温文一个用力,把她拽出了水面。

倪燕归想让自己的脑袋浮上去,但脖子以下还得藏在水里。

可是,温文拽得太大力,像是要把她整个人举上去。

下一秒,上面有阴影罩下来。

倪燕归出水的时候,另一个人跳下来了,拿什么东西盖在她的身上。

"倪燕归,没事吧?"是陈戎。

温文立即松开了倪燕归,说:"她可能吓坏了,刚才在水下没反应。"

"冷不冷?"陈戎不知从哪里拿了条毛巾,包住了她的上身。

倪燕归想,吓坏的人可能是他,温泉怎么会冷呢?

感谢他的毛巾。或许头发能遮部分印记,但是九尾狐太大了。

"对不起,我来迟了。"陈戎轻轻地说,"我扶你上去。"

倪燕归用右手抓住毛巾的两端,恨不能有个纽扣扣紧,把毛巾紧紧缠在自己身上。

陈戎撑住卵石,从水中翻了上去:"温社长,借你一条毛巾。"

温文明白，女孩子落水，终究是不大方便。他刚想去拿。

毛成鸿过来说："用我的，我的浴巾长，给她围着当裙子。"

池子底铺了青绿的卵石，水面波光粼粼，众人看不见池下的情景。倪燕归却不敢松开右手。

陈戎接过长浴巾，双手沉入水里，把浴巾围在她的腰上，顺便打了个结，说："放心，大家都没看见。"

倪燕归知道，这话指的是她湿透的裙子。

虽然围上了裙子，但她的右手依然腾不出来。

陈戎低头问："要不，我抱你上来？"

"嗯。"倪燕归的头上、脸上，水不停往下流。她的眼睛因为流下的水珠而模糊，她不停地眨眼，气息仍不平稳。刚才憋了气似乎到现在也没恢复。

陈戎的左手从她右肩穿过，按住她毛巾的同时，四指扣在她的左肩。她用左手借力。他的另一只手探入水中，抱上了她的膝盖。她这时把毛巾扣得更紧，靠在他的胸膛，她的心跳得很快。

倪燕归不可能披着毛巾和浴巾上山。陈戎打电话给赵钦书，让赵钦书联系黄静晨，去倪燕归的行李箱找干净衣服。

陈戎的半身也湿透了。不过，深色系衣服看不出什么。

倪燕归过意不去，说："我在这里等黄静晨。你先回去换衣服吧。"

"没关系，我留在这里陪你。"

倪燕归低头看着他湿答答的裤子和鞋子，心疼极了："谢谢你。"

黄静晨送来了新裙子。

倪燕归进了更衣室，关上隔间门，才松开抓紧毛巾的右手。

她抓得太紧了，放开的时候手指有些发麻，毛巾被抓得皱皱的。

她望向身后的镜子，狐狸从吊带的花边探出了头。

她呼出一口气。有惊无险，幸好没有暴露。

倪燕归换好衣服，出来见到黄静晨坐在外面的凉亭里。她走过去："谢谢你。"

"没关系。"黄静晨坐了好一会儿，没有离开。

倪燕归问:"不去泡了吗?"

"不去了。"黄静晨伸了个懒腰,"毛教练说的有道理。我在那儿泡一天也不能补钙啊,还不如喝一瓶高钙牛奶来得实在。"

"陈戎呢?"

"哦,他刚才说冰激凌掉了,重新去买。"黄静晨指指自己,"我也有份哦。"

从亭子的角度看去,正好见到毛成鸿和温文。温文仰靠在池边,毛成鸿突然用手泼水过去,温文迅速拦挡。之后,两人就在温泉池切磋武艺。

黄静晨叹气:"我可能被赵钦书忽悠了。"

倪燕归笑:"没关系,散打确实可以减肥。"

"本来我要去拳击社的。"

"拳击?"倪燕归问,"你对格斗有兴趣?"

"不是。你见过拳击社的海报没?"黄静晨笑,"有个男生很特别。"

"你不是着迷赵钦书吗?"

"赵钦书人不错,但是花花公子靠不住啊。"黄静晨抬头望向山中密林,"我喜欢那种痞帅痞帅的,我们散打社就缺这个类型的男生。"

"你是说……金毛狮王?"

"金毛狮王是谁?"

倪燕归想起来,朱丰羽拍摄海报时还没染发:"拳击社海报上的那个。"

"啊,你知道?海报有四张,表情最酷的就是。"黄静晨像是找到了同好,"我特别迷他。面无表情,好冷酷好无情。"

"哦……"不就是"洗剪吹"吗?倪燕归不觉得稀奇。

黄静晨扒住倪燕归的肩:"你觉得帅不帅?"

"你喜欢就行。"

"你喜欢什么样的?"

陈戎正好买了冰激凌,慢慢走过来。

倪燕归瞄到他的身影,提高了音量,故意告诉这个傻书呆子:"我不喜欢痞帅的。主要是我高中时见过不少,有的喜欢装老大,特别幼稚。

我欣赏乖巧听话的男生。"

说完这句话,她正好撞进陈戎的眼睛。

他的脚步止在亭外,静了好一会儿。

是她的欣赏太直白了?她暗中数数,足足过了七八秒,他温温地笑了。

陈戎已经换了干净的深褐涩休闲裤,双腿笔直修长。

但是,倪燕归视线向下,他的脚下踩了一双人字拖。深蓝色的鞋面,仔细分辨能发现上面印了好多狰狞的鱼骨,正龇牙怪笑。

陈戎似乎明白她的疑惑,说:"赵钦书的拖鞋。"

倪燕归应声:"哦。"

鞋面上扣了一条鲜红的"人"字带,显得他的皮肤特别白皙。他气质佳,配上这么另类的拖鞋,居然也很文雅。

来的路上经过水池边,拖鞋满是水,踩上去"叽叽"响。

他左右手各拿了一个大大的冰激凌:"一人一个。"

"谢谢。"倪燕归总是对甜食嘴馋。

黄静晨也道谢。

毛成鸿和温文比武结束,披上毛巾走过来。两人肌肉鼓动,充满了实打实的力量感。

黄静晨忽然说:"嗯……散打社的好像也不赖。"

毛成鸿见到倪燕归手里的冰激凌,盯向陈戎:"你不知道她今天不能吃冰激凌?"

陈戎愣住了:"啊?"

倪燕归已经咬了两口冰激凌,还是直接对着双色旋筒中心咬下去的。

毛成鸿说:"陈戎呆头呆脑的,情有可原。怎么你自己也吃上了?"

倪燕归忘记自己编了一个不下温泉的理由。圆谎真是一件技术活,她说:"这次是我嘴馋了,不怪陈戎的。"陈戎哪里会知道女性生理常识呢。

"你俩啊,一对,是一对。"毛成鸿再看这一对满脸无辜的表情,简直一模一样。

倪燕归犹豫："节约是我们每个公民应尽的义务，丢掉太浪费了。"

毛成鸿顺口说："给陈戎不就行了。"男女朋友同吃一个冰激凌，理所当然。

这下，轮到倪燕归噎住了。前两次被误会的时候，她没站出来解释，现在要怎么讲？她偷瞄陈戎。他刚好也看着她。他笑了笑，不解释，而是把她手里的冰激凌拿了过去。倪燕归咬咬唇。

毛成鸿拽了拽毛巾，和温文去了更衣室。

黄静晨远远见到人，喊："赵钦书。"她朝他奔过去了。

亭子里，剩下两个人，以及一个冰激凌。

倪燕归又咳两下，低头看着陈戎手里的冰激凌："只能丢掉了。"

两人静默的时间有些长，雪糕的边上慢慢地融化，立起的花瓣形状已经没了，软趴趴的，挂在威化蛋卷边。

夏天，冰激凌融化的速度很快，奶白的水沿着蛋卷流下来了。

陈戎不得不把冰激凌扔进垃圾桶，说："可惜了，下次再请你吃。"

"今天谢谢你。"

"没关系。你和我一起散步，我保护你也是应该的。"

回来的路上，周围是什么情景，倪燕归不知道，她只是靠在陈戎的胸膛，她发现，他不是手无缚鸡之力的书生。

"一路抱过来，很辛苦吧？"

"不会，你又不重。"陈戎关心地问，"有好好吃肉吗？"

"有，当然有，天天吃肉，昨天还吃了炸猪蹄。是你力气大吧……"

他笑了："我以前在家里经常做家务，扫地、拖地、擦窗户，有时候，家里堆了成捆成捆的纸皮，我要拖到楼下卖。纸皮特别重，我开始拖的时候，走几步就要休息，后来，能一口气走到回收站。"

"哦。"难怪，他运动不行，人却挺拔匀称，原来是做家务锻炼出来的。

"一套房子要整理干净，没点儿力气真不行。"

"是的，不能小看做家务这件事。"

勤做家务的居家型男生，真好。

第四章 珍珠耳环

温泉之旅在毛成鸿的"特训结束"四个字之后,宣告结束。

返校后,倪燕归期待着每天的晨跑。

清晨,她调的手机闹铃正在枕头下面振动。迷糊间,她拿起手机,掀起眼皮,按下停止,接着又要睡回去。

闹铃又响起来,她不得不睁开眼睛,看见手机上备注的四个字:为了爱情。

她一个激灵,瞬间清醒。

她利索地起床,简单洗漱完,再快速地化了一个淡妆,幸好运动服是昨天选好的,能立即换上。临走时,她又抱了一个滑板。

操场上并不冷清。陈戎双手插兜,看着一个男生在练习单杠。

"陈戎。"

他转过头来,笑如朝阳:"早。"

"抱歉,我来晚了。"她知道自己没有早起的习惯,设了三个闹钟。

"我也刚到。"他看着她怀里的滑板,"你要练滑板?"

"是啊。"倪燕归手上的滑板是交通板,轮子软,滑行顺畅,多用于代步,玩不了花式,"校园太大了,想学滑板,代步用。"

"很羡慕能玩滑板的同学,平衡一定很好。"

"我玩得很菜。"倪燕归担心自己控制不住跑步的速度,万一总是跑得比陈戎快,那他可能会自卑。她就想到了滑板代步,只要控制好脚下的力,不要一下子滑太远,就可以和陈戎慢慢磨蹭。

倪燕归一只脚踏上滑板,一只脚点呀点。她观察着陈戎。他的跑步姿势很正确,问题出在他的脚上,非常笨重,抬脚时发出"噼啊噼啊"的声音。

她说:"家务的动作比较单调,但你有这个基础,再跟着教练练习,很快就能改正肌肉发力的方式,以后跑起步来啊,身轻如燕。"

陈戎的眼里映着阳光:"谢谢你的鼓励。"

校园里不只他们一对男女,还有另外的小情侣。之所以知道那俩是情侣,是因为他们穿了套浅绿的情侣运动服。倪燕归羡慕那一套情侣装。

123

她向陈戎放电的时候,既要转脖子,又要顾着脚下的滑板。正如毛教练所说,不要站在跑道中间谈恋爱。

朝阳洒在操场,陈戎脸上沁出了汗。倪燕归靠近了,闻到一阵清香的皂味。她起床后只来得及刷个牙洗把脸,他居然还来得及洗澡……这也太自律了。

他跑快了会喘气,这时的缓慢正正好,两人仿佛是散步聊天。

倪燕归想起一件事:"陈戎,你的选修课报了吗?"

"还没,你呢?"陈戎拿起挂在脖子上的毛巾,擦了擦脸。

"我也没。你考虑什么课程呀?"

"心理学——"陈戎顿了一下,"没决定。你有想法吗?"

"我没想好。我的室友选了摄影,想拉我去。你刚才说心理学?"

"有些兴趣,不一定报得上。你没有感兴趣的课程?"

"哦,有个电影鉴赏。室友推荐的,说上课很简单,看一场电影就完事。"

陈戎笑起来:"听上去不错。"

"你喜欢看电影吗?"

"以前没时间,上了大学可以培养一下。谢谢推荐。"

"你想不想报这个?能省电影票钱。"

"好。"陈戎满口答应。

倪燕归觉得,他喘气比刚才顺畅了。

"陈戎!"前方一个男孩,大挥手臂,跑过来和陈戎讲什么。

选修课的话题中断了。

上午,倪燕归在选修报名网站仔细地浏览,见到电影鉴赏,立即在前面的框框上打钩。

柳木晞把下巴靠在倪燕归的肩上:"陪我一起去摄影吧,可以去校外采风。"

倪燕归凑近电脑,一行一行查找,同时说:"不去。"

柳木晞的下巴跟着倪燕归的肩膀移动:"听说,摄影课有时会请模特过来,都是俊男美女。"

第四章　珍珠耳环

"我要和陈戎一起上课。"

"社团还不够啊？"柳木晞抬起头，下巴磕了一下，她揉了揉，说，"晨跑也不够？"

"当然不。"倪燕归一个手指一个手指数着，"晨跑就半个小时，操场那种地方，除了正正经经跑步，什么也不能干。况且，他体力比较差，我不敢和他多说，万一他的肺活量跟不上呢？去社团也是跑步，我俩生活的交集只有跑步。"

"挺好啊。"柳木晞竖起拇指，"正能量。"

"我想和陈戎两人安安静静地坐一起，聊聊天，相知相爱。"

"他那种书呆子，难道会陪着你上课走神，光聊天？"

"总之，我要全力侵入他的生活，从上课开始。"

柳木晞叹息："他报了什么选修？"

"没说，被他一个同学叫走了。他说对心理学有兴趣。"倪燕归的鼠标停在某一行课程上，"是这个吧，心理学。"

她打了一个钩。

界面反馈回来一个提示框：该学科报名人数已满。

"见了鬼！"倪燕归喊，"这不是冷门课程吗？"

"当今社会，心理有病的人不要太多，这可是香饽饽。"柳木晞笑着，"还是跟我一起玩摄影吧。"

"不去。"

"重色轻友。"

倪燕归的鼠标不停地点击心理学的方框，弹窗"咻咻咻"地出来。

突然某一次，弹窗不见了，变成了"确认"的按键。

柳木晞靠过来："也许有人退了。"

倪燕归立即确认："天意。"

毛成鸿留校在行政办公室工作。

这天，他匆匆地走过教学楼。

倪燕归刚刚下了课，见到他要拐去转角，她叫了声："毛教练。"

"小倪同学。"毛成鸿停在转角。

以前两人见面在社团，毛成鸿虽然严肃，但没什么社会气质。这会儿是上班时间，而且他刚从会议室出来，穿着正装。他头颈端正，目光有神，换下了T恤短裤，这时西装革履，食古不化的毛教练突然变成了衣架子。

本来打完招呼就走，毛成鸿走两步，人消失在转角了，又突然退了回来，说："对了，小倪同学。刚才我跟老师们聊了聊，有山羊面具的新线索了。"

倪燕归的眼睛亮了亮，上前问："毛教练想起在哪里见过那个面具了？"

"我没有，想不起来，很多年前的记忆了吧。"毛成鸿拍了一下脑袋，"可能有错，记岔了也说不定。"

"那新线索是？"

"有监控拍到了他。"

"终于有监控了。"倪燕归耿耿于怀，当初密林那件事儿没有证据，令她当了"十二支烟"的替罪羊。这时才觉得她很倒霉，十二支烟、山羊面具，一个比一个奇葩，全被她撞上了。

"不是实验楼外的，而是湖心广场的一个摄像头刚好拍到这棵树。"毛成鸿拿出手机，"我存了监控视频。"

走廊来往的同学渐多，毛成鸿退到墙边，才按下播放键。

"距离比较远。"他用手指在上面点着，"这个泛白的估计就是面具。"

倪燕归凑前去看。这点白，更像月光照湖时的倒影。这人离湖边太近，一半身子被树干挡住，其实不容易分辨影子是人的，还是树干的。他跳出去揍吴天鑫的时候，才能看出原来树下藏了人。

"可惜啊，这唯一的监控角度，他却被树挡了。如果稍微站出来，肯定能拍到全身。我和老师讨论的过程中，忽然有了新发现。"毛成鸿跳到了前一个视频——正是吴天鑫拍下的半张山羊脸。

倪燕归第一次见时，觉得面具怪里怪气。这时再观察，她注意到，羊脸的运笔比较青涩，但配色极其丰富。从美术的角度来说，这是一幅好画。

"据吴天鑫的说法，'山羊面具'早就站在那里等着偷拍。他的话说对了一半。'山羊面具'到的时间的确比吴天鑫早,但是他一直站在树下,直到吴天鑫出现,他才上去。教训了人,就走了。而他走的时候,你还没发现吴天鑫。"毛成鸿沉思片刻,"也就是说,这个人,从他去湖边到离开,没有靠近你半步。"

"这样。"倪燕归弯起手,用食指骨架摩挲自己的下巴,"是不是表明,他不是为了偷拍去的?"

毛成鸿打了一个响指:"我觉得是。哎,小倪同学,你猜猜他去湖边有什么目的?"

倪燕归蹙起眉:"其实那天朱校长讲起这个人,我第一直觉就是,他想投湖。"

"啊?"毛成鸿愣了。

"夜晚,湖边,没监控。死了都没人知道。"

毛成鸿沉默了足足三秒:"其他想法呢?"

"我们学校的坏人特别多。"

"有没有比较阳光的假设?"

倪燕归摇了摇头:"这太强人所难了。"

"我倒是有个小小的揣测。"毛成鸿说,"首先肯定,这个人和吴天鑫不是同类。他的目的可能是你说的那样,去没人的地方,一了百了。但换一个角度,这个人也许知道窗帘的问题,他是为了守护。"

"哈?更衣室战神?他干吗不直接说明问题?而且,戴个吓人面具是几个意思?"

毛成鸿收起手机:"不直说,戴面具,说明他要隐藏自己。"

"毛教练,通往湖边的路有几条?"

"实验楼外可以去,另外,更衣室旁边有一道门是安全出口。"换言之,无论是社团的人或者外面的人,都能来去自如。

倪燕归说:"毛教练,我很快要去上心理学的课了。到时候我来个'犯罪特写',或许能逮到人。"

毛成鸿看着她,不抱希望,只说:"今晚的社团活动,记得准时到。"

第五章

往事

艺术概论课的老师挂着大大的黑眼圈，跟没睡醒一样。

连带着，倪燕归也耷拉着眼皮，早上起太早了。

下课铃响，她伸了伸懒腰。舒展完毕，她收到了微信群的@。

赵钦书：来不来吃烧烤？

她的手按在输入键上。

赵钦书又说：优惠券快要到期了，满300减99，已经有四个人了。

不到一秒，再发来一条信息：陈戎也在。

陈戎加入了微信群，万年潜水。

有好几次，倪燕归点进他的资料，在"添加到通信录"一栏徘徊。

某一次还打了几个字：我是倪燕归。

要是加了好友，她担心自己三天两头找他，他会觉得烦。算了，矜持吧。她按了删除键，又退出来。

说起来，其他同学早早用完了优惠券，赵钦书偏偏等到最后一天。

坐下以后，赵钦书甩出优惠券，说："自从上次领了这个券，我的口腔溃疡就没停过。幸亏毛教练安排了温泉浴，去了火，我又能再战江湖了。"

倪燕归是在这句话之后到的。

赵钦书悄悄问旁边的陈戎："要不要安排你和大姐头坐一起？"温泉那天，赵钦书完成了自己的验证：倪燕归不露上身。陈戎确实了解她。

陈戎没有回答，只是向着进来的倪燕归笑了笑。

赵钦书扯扯嘴角，明白了意思，故意引着几个人挪位子，把倪燕归安排到了陈戎旁边。

赵钦书笑着端起可乐瓶："这次啊，是第一次社团聚餐。温泉那次不算啊。以后大家都是散打人，一个集体了。中午吃多点儿，晚上最快跑完三公里。可乐代酒，干杯。"

130

第五章 往事

"干杯!"几人乐呵呵的。

自助烧烤嘛,就得有人在旁边不停地烤肉片,几个男生聊着聊着就不动了。

陈戎接过烤肉夹,尽心尽力地把每一片吱吱作响的肉片来回翻转。一片接一片,翻完一轮,再接一轮。烤熟了肉,他又一片一片分出去。赵钦书他们嘴里说着谢谢,自顾自吃了起来。陈戎自己的盘子里只有几片生菜叶。

倪燕归坐在长方桌的短边,够不到炉子,全靠陈戎分肉。她发现了,他总是给她夹双份,把她的盘子堆得满满的。

见她不动筷子,陈戎说:"趁热吃。"

"你也吃。"她分了些肉到他的盘子里。

他笑笑:"我不饿。"

"那也要吃。"

"好。"陈戎这时终于放下了烤肉夹。

倪燕归轻轻咬了一口牛舌,又韧又脆:"你烤得真好。"她和林修出去的话,都会避开自助烧烤,因为两人吃过半焦的一顿之后,实在不敢恭维对方的烧烤技术。

陈戎把一碟酱料推过来:"蘸这个试试。"

"你配的?"

"嗯。"

她轻轻地把厚厚的牛舌蘸上配酱,再入口时,口感更加丰盈:"你怎么什么都会?"

陈戎推推眼镜:"在家经常做饭。"

"对了。"倪燕归吃完了一块,问,"你的选修报了没?我报了电影鉴赏和心理学。"

陈戎没有立即回答,只是看了看她。

赵钦书耳尖听到,探头来问:"你报了心理学?"

"是啊。"

赵钦书拍了拍陈戎:"陈戎当初报的时候,我也跟着报,但没有名额。后来他退了,我也没抢到。"

131

陈戎退了？倪燕归僵住："你没报心理学？"

"没有。"陈戎说，"我自学过一些理论，可能学得差不多吧，就选了另外的。"

竹篮打水一场空，她失望。

赵钦书的大嘴巴又来了："陈戎报了摄影。我也是，做好了穷三代的准备。"

摄影？就是柳木晞怂恿的那个。到头来，她守在电脑前抢课都是白费力气。

陈戎这时才开口："我也报了电影鉴赏。"

倪燕归的眼睛刹那间闪亮起来："下个星期可以一起上课呀。"

"是。"陈戎像是不好意思，"对了，选修课我可能会迟到，想麻烦你帮我占个座。"

"没问题。"占座肯定就是坐她边上了。但错过了一门课，早知就应该加个微信，商量一下课程的。装什么矜持。

"方便的话……"他声音降了降，"加个微信？"

"好！"

终于，C出现在了她的聊天框。

但她忘了装饰自己的朋友圈。

陈戎没有查看朋友圈，而是又负责烤肉去了。

倪燕归身体贴住椅背，抬高手机，疯狂删除动态。

"可恶的十二支烟，杀无赦！"删掉。

"谁有十二支烟的线索，重重有赏。"删掉。

"迟早扒了十二支烟的皮。"删掉。

光删除完这些还不够。

倪燕归撩了撩头发，将前置摄像头对准自己，微微弯唇，自拍成功。铺上几个滤镜，再把狭长的眼睛液化成圆圆的无辜大眼睛，最后叠加一个Q版的嘟嘟小人。

绞尽脑汁，一句文艺清新的感言都想不出来，只好上网搜了句。

倪燕归发了条自拍加感言的动态，她自己满意了。第一时间留言的却是她的父亲——

第五章　往事

倪景山：女儿，照片上的人是谁啊？

陈戎这时拿起了手机，像是随意点进了朋友圈。刷新后就是她P图过度的脸蛋。

他抬眼，轻轻地说："真人更好看。"

倪燕归忍不住抿嘴笑了，偷偷把他设成了置顶。

散打社的女更衣室焕然一新。坏的门窗全修好了，柜子也换了新的。

倪燕归到了窗前，猛然拽开了窗帘，窗的左边就是那一棵大树，暗影重重。

她出了更衣室，直直地走向安全出口。拧了拧锁，锁开了，门却没动。她才发现上面还有一道插销。拔下了插销，推门就是湖边。光线很暗，只有楼里的灯以及月光。脚下虽是草地，她却不踏实。她见到树根一半扎在土里，另外一半浸在水中。如果躲在树下，"山羊面具"只要往外探出一脚就会落水。这不就是一心寻死吗？

她停下脚步，回到了走廊。刚刚插上插销，忽然传来一声："倪燕归。"

她惊喜地回头："陈戎。"

陈戎疑惑地望着那扇门："你去外面做什么？"

倪燕归沉了沉调子："我在调查。"

陈戎更加不解："调查什么？"

"吴天鑫的事还没完。"

"竟然还没完？"

"那天晚上，外面不止吴天鑫一个人，还有一个。"倪燕归压低声音。

"吴天鑫说，有人打他，是那人吗？"

"对。"她点点头，"吴天鑫拍到了他。"

陈戎关心地问："抓到了吗？"

倪燕归抬头说："这件事，我只告诉你，你别说出去。"

"我不会说的。"他做了一个发誓的手势。

"那人啊，八成是心理疾病患者。"

陈戎顿了下："怎么说？"

"他戴一个面具，画了只山羊。"

"山羊？"

"毛教练说，在哪里见过这只山羊。"

陈戎像一个追剧的好奇观众："哪里见过？"

"毛教练没想起来。有监控拍到这个人，再结合吴天鑫的视频，我有了方向。"

"什么方向？"

"这人。"倪燕归停顿一下，吊足了陈戎的胃口，才说，"想半夜投湖。"

陈戎："……"

倪燕归呼出一口气："可能是厌世吧，觉得自己没脸见人。面具，暗示他想换个身份。本来神不知鬼不觉的，吴天鑫的到来却打乱了他的计划。或许他要在死前做一件好事，狠狠地揍了吴天鑫，但又害怕自己沉湖会被发现，给老师同学造成困扰，就赶紧跑了。"

"哦，原来是这样啊。"陈戎恍然大悟。

"这只是初步的推理。"倪燕归笑起来，"后面有线索，我再继续。"

"有理有据。"陈戎连连点头，"堪比福尔摩斯。"

"集合。"毛成鸿的声音从教室的方向传到走廊，打断了倪燕归的推理。

两人回到教室。

毛成鸿扫过一眼："归队。"

"是。"两人低下了头，快步走向自己的队列。

"这是我们社团的第三堂课。上次的理论，大家应该记得吧？散打起源于我们中国，是中华武术的运动项目。今天我们将会进行正式训练。"毛成鸿听到几个男生轻声地欢呼，他笑了下，没来得及说话。

教室外面响起了喊声："不多，三公里。"

又是马政，声音特别洪亮。

似乎是因为经过散打社教室的门口，马政才扯开嗓子大吼的。

第五章　往事

倪燕归不禁鄙夷，耀武扬威的马政真像个土鳖。

毛成鸿只当没听见外面的话，他将几列学员扫视一遍，沉下嗓子说："走，先去热身。"

和上回一样，散打社的学员三五成群。

拳击社的那两列人马整整齐齐，跑上湖东走廊时，硬是把散打社的一人挤到了桥栏杆旁。

马政回头望毛成鸿，抬起一只手臂，招了招，脸上没多少诚意："不好意思啊，不好意思啊。"

毛成鸿维持着表面的客套，喊着让大家去操场。

散打社和拳击社之间，不仅是毛成鸿和马政的矛盾，其实学员们彼此也互相较真。遥想当年成立社团的时候，就有人提出共同创立搏击社。但创始人各有各的偏好，于是单独创建了两个社团。近几年，散打社都是落后的一方。老学员知道，毛教练和那个姓马的不对付。听着马政在那儿吆喝，几个老学员突然雄赳赳气昂昂，想要把对方的风头给盖过去。

倪燕归和陈戎跟不上大部队，反而混在拳击社的人群里。

朱丰羽在，滚动的金发是他的标志。杨同也在，他望向倪燕归的眼神从前几天就改变了，变得惊奇，甚至惊叹。他跑在前面，回头打量她，又赶紧掉过头去。

对面传来了起哄声。不知什么时候，跑道上聚集了一群人，他们分成左右两队，各站一边。为首的两人先是瞪眼，之后推搡，嘴里不知吵着什么。

毛成鸿坐的地方是最佳观众席，对跑道的情况一览无余。他迅速站起来，左手握住看台栏杆，用力一撑，跨过栏杆，跳落地。之后迈开大步，立即跑过去。

马政优哉游哉的，抱手靠着路灯柱，重心放左脚，右脚掌竖起，仅以脚尖为支点，踮在左脚的左边。他在拳击社的作用仿佛只是吼嗓子。

慢慢跑过去后，倪燕归大致听明白了。

拳击社的男生甲鞋带松了，半蹲系鞋带时，被后面跑步的散打社学员乙不小心踢了一脚，正中男生甲的屁股。男生甲比学员乙高了半个

135

头，肩又宽，气势汹汹的，直接用胸肌去顶学员乙。学员乙是散打社多年的老学员了，早看不惯马政一方，同样用胸去顶。各顶一下，就这样闹开了。

毛成鸿及时挡在两人中间："别冲动，有话好好说。"

男生甲假笑："说什么说，他没说啊，他一脚踢到我了。"

"跑道上人多，有些乱，他不是有意的，大家互相谦让一下。"毛成鸿说，"实在抱歉了。"

男生甲捂住屁股："现在疼啊。"

都是玩格斗的，还不知道屁股有多抗疼吗？摆明了是刁难。

倪燕归看不惯这人，想上前。

陈戎却站在了她的面前："别去。说好以后遇到事情躲在我后面，我们还拉了钩。"生怕她不记得，他伸出了尾指，向她勾了勾。

"我一时忘记了。"她拍拍脑袋，拍一下还不够，她又向他保证，"以后一定记得。"她想要再拍第二下。

陈戎又挡住了："别拍了，会傻的。"

她直接拍到他的手背。他皮肤白，手感比她的粗，很厚实。操劳家务的人肯定也有粗茧。她偷偷在他手背贴了两秒，才收回手。

朱丰羽几乎匀速地经过。

这里围着的，中心是两个怒目圆睁、盯紧对方的当事人。毛成鸿这个劝架的一手挡在中间，替当事人打抱不平的人围了一圈，最外一圈的是纯粹的围观人士。

朱丰羽避开了冲突的包围圈，绕到足球场地继续跑。

散打社的男生丙扭头向着毛成鸿，脚步却向前，突然撞上了朱丰羽。

哪个社团都有拱火的，比如男生丙，立即就喊："跑步不看路啊。"

朱丰羽站定了，双手插裤袋，冷淡地看着男生丙。

杨同冲了过去："喂，是谁不看路？"

场上这两个染发的少年，一个闪着金色，一个晃着橘色，从外表判断，他们是过错方的可能性更大。加上刚才是拳击社挑衅在先，散打社的一群人顿时暴躁了，围了上来。

毛成鸿一个头两个大,大喊着:"不要冲动,千万别冲动。"

声音是尽力吼出去的,众人听见了,但是耳朵接收到句子,行动上不一定制得住。

只见散打社的男生丁率先握起了拳头,向着杨同的脸打去。

杨同瞪大眼睛,小胖的身体还没反应过来。

突然,朱丰羽抓住了男生丁的手腕:"没听见你们教练的话吗?"

男生丁想要挣脱,却被牢牢制住,手腕在两人的暗力较量中慢慢地扭动。传来的除了朱丰羽的抓力,同时还有皮肤的疼痛。

"毛教练!"男生丁喊人。

马政这时过来了,依然优哉:"丰羽,先把人放开。不是谁都和我们一个水平的,出手的时候要注意力道。"

朱丰羽松开了,又把手插进裤袋。他还是漫不经心的模样,似乎刚才的冲突都是在平静中进行的。

马政笑了笑,转向毛成鸿:"我说,谁先撞的,道一声歉就过去了。毛教练不是常说,以和为贵嘛。"

"是啊,友谊第一。"毛成鸿向着学员乙使了一个眼色。

学员乙站出来,向着男生甲鞠了一躬:"对不起。"三个字说得咬牙切齿。

毛成鸿拍了拍他的肩,跟着赔礼道歉。

男生丁揉揉自己的手腕,不情不愿地说:"对不起。"

朱丰羽整个人游离在外,不暴躁,平淡地漠视着场上的人。

马政拍了一下手:"好了,各自训练吧,都是小事情。"

拳击社的人倒是很卖马政的面子,没有再纠缠。

虽然有了小插曲,但大家终归把三公里跑完了。

回到教室,毛成鸿严厉地训话:"习武是为了强身健体,不是觉得不爽了就能拳打脚踢。格斗已经是竞技项目,真想打就上擂台赛,那才是见证实力的地方。逞一时意气有什么意思!"

一人喊:"毛教练,他们摆明了看不起我们。"

"他们里面有很多高手。譬如朱丰羽,年纪轻轻拿过不少奖项。还有刚才被踢屁股的,那个人的拳头很灵活,也是得过少年奖的。竞技场上凭实力说话。"毛成鸿伸出手,在众人面前,慢慢抡起拳头,"有再多的憋闷,要到比赛场上夺回来。"

众人静默。

"好了。休息五分钟。"毛成鸿说,"跑完步记得拉伸,出汗多的记得补充水。"

倪燕归依然靠在墙上。

黄静晨过来打招呼,也靠在了墙上。她拧开冰冻饮料,喝了一口:"奇怪,朱丰羽什么时候染金毛了?"

倪燕归哪知道答案。

倒是另一个名叫胡歆的女生凑了过来说:"染好久了吧,通报树下抽烟那件事之前就染了。"

"树下抽烟?"黄静晨的眼睛转向了倪燕归。

倪燕归懒洋洋的。

胡歆想起什么,笑不可抑:"我记得啊,朱丰羽刚染发的时候,头发比现在更蓬,就跟炸锅似的。那天我还看见,他的头发上兜了片叶子回来。"

黄静晨想想那个画面,跟着笑了:"不过,他好酷哦。"

胡歆:"就是平时太酷了,才更好笑。我们的美术教室就在他教室的隔壁,他从窗前走过,我们全班都乐了。"

黄静晨哈哈大笑。

胡歆绘声绘色地描述:"你知道吧,整片叶子挂在后脑勺。而且槐树叶子是椭圆的,比尖片叶子更可爱,也更好笑了。"她说完捧住了肚子。

倪燕归突然眯起眼:"槐树叶子?"

"是啊。"胡歆沉浸在当时的情景中,笑出了眼泪,"我们学校不是有大槐树嘛。"

"哦……"等等,朱丰羽是抽细支烟的,倪燕归又问,"你记得他这么好笑的日子是哪天吗?"

胡歆:"星期三。我的美术课和他的一起,不然遇不到他啊。"

倪燕归:"校会前的星期三?"

第五章　往事

胡歆："对。"

那个星期三，正是倪燕归被冤枉的日子。她冷下脸了。难道，朱丰羽是"十二支烟"？

"之前两堂课只是入门。"毛成鸿站在教室中央，目光炯炯，"今天，我们正式进入散打教学。"

几个男生鼓起掌来。

"中国散打和其他搏击类运动有类似的地方。譬如空手道，也是手脚并用，但没有散打的快摔。散打呢，归类为远踢近打贴身摔。这是一项斗智斗勇的运动，我们的公安、部队都有专门的散打项目。当然了，他们的是专项训练，用于克敌制胜。"毛成鸿说，"学员之间只是切磋技艺，团结友爱是原则。像今天操场上的冲撞，我不希望再见到下一次。"

刚才冲撞的几个都是老学员，毛成鸿耳提面命过好几次，他们同时站出来道歉。

"下不为例。"毛成鸿说，"我们社团各年级的都有，不分阶段进行练习，新老学员混着上课。有些东西，老学员听几年了，但我还是要讲述一遍。"

毛成鸿详细讲解了比赛时禁止攻击的方式以及禁止击打的部位。

他说："我们先从最基本的姿势练起。"

温文站了出来，摆出战前的预备姿势。

毛成鸿指着温文的拳头，讲解说："一般要将力量大的拳放在后面。大部分人的右手更有力，所以，右拳在后叫正架。反之，则叫反架。"

"来，我们练习姿势，大家先摆一个。"毛成鸿把双脚分开，距离比肩稍宽，"膝盖轻轻弯曲，前脚不动，后脚向后移一脚半的距离，以前脚掌为轴旋转，身体随之转动。"

"这是脚的姿势。"毛成鸿握起拳头，"再来摆手的。握拳，屈臂。前手的拳头和下巴同高，后手置于下巴外侧。下颌微收，收腹含胸。"

做完了示范，毛成鸿说："新来的学员，练习一下预备姿势。"

赵钦书站在陈戎的后排，他突然伸手，想要去拍陈戎的腰。

陈戎反应极快，右手向后一挽，挡住了。

赵钦书不怀好意，低声说："你的腰，转不动吧。"

陈戎没有回答。

倪燕归朝他望过来，从他训练的动作来看，他的腰部非常僵硬。

毛成鸿到了陈戎的跟前。他叹了口气，心想他怎么笨手笨脚的。他尽量缓和语调："陈戎，注意脚下重心的分配。"

"哦哦，好。"陈戎更加手忙脚乱。

"重心在前脚掌。"毛成鸿提醒说，"手臂自然下垂，保护肋骨啊。"

陈戎一字一字听着，做出姿势。

毛成鸿直接把陈戎的拳头放到正确的位置："接下来，要转动身体。"

陈戎慢慢地转过去。

"不对，不对。"毛成鸿拍了拍自己的腰，强调重点，"以腰和髋关节为轴转动，不是让你整个身板跟着转。"

"是。"陈戎只好重来，尽量让自己的腰和髋顺滑些。

毛成鸿看不过去，就要去扶陈戎的腰。陈戎没站稳，突然往后仰倒。

毛成鸿手疾眼快，一手拉住陈戎的手，另一只手托住陈戎的腰："小心点。"话才说完，毛成鸿皱起了眉头。

难怪转不动，这腰硬邦邦的。毛成鸿的手掌再扣了扣。不对，这是……负重钢板？

负重钢板是体育达人进行抗阻训练时用的，又重又累，普通人扛不住。就算在散打社，毛成鸿也没有见过谁用钢板或者沙衣。不说学员，毛成鸿自己都不玩负重跑。

毛成鸿的眉头越皱越紧。面前的这个人，他早知笨手笨脚，此刻却充满了不确定性。

陈戎站定了，不动声色，轻轻扶起眼镜。

对视的二人各有心思，一时间均保持沉默。

倪燕归张望过来。她和陈戎被分在了教室的斜对角。毛成鸿自知没有异性缘，让男女学员分区训练。他教男生，女生那边由人如其名的温文负责。

第五章　往事

"散打训练是从最开始的姿势练起的。"温文说,"小倪同学,你的腰髋转动非常自然,但是,头不要跟着转。"

"哦。"她继续握拳,转动,流畅无比。

温文不禁想到温泉之旅的那天,她朝挑衅男人踢出的一脚,果断干脆。他隐约觉得,这个女孩有某些天赋,但她不愿多谈,他自然无法追问了。

倪燕归心不在焉,猜测是不是陈戎的动作不标准,惹毛教练生气了?她放下拳头,问:"温社长,我能不能休息一会儿?"

温文:"你才练了没一会儿。"

倪燕归又朝陈戎的方向望。

温文明白了,浅笑:"就一堂课的时间,也舍不得分开啊。"

"温社长,毛教练眉头紧皱,是不是要惩罚陈戎?"从操场回来,陈戎喘了很久。他的身子骨受不住再多的三公里了。

"惩罚?"温文失笑,"又去跑圈吗?进社之前,赵钦书和我提过,让我们给陈戎放水。毛教练心里有数。放心吧,不会惩罚的。"

可是毛成鸿的眉头一直没有松。

陈戎眨眨无辜的眼睛:"毛教练。"

毛成鸿指着他的腰:"你这是怎么回事?"

"什么?"陈戎茫然。

毛成鸿沉下声音:"你是不是绑了钢板?"

"扑哧",后排的赵钦书笑出了声,之后他捂住嘴巴,但露出来的上半张脸连笑纹都展开了,仿佛毛成鸿说了什么天大的笑话。

毛成鸿的语气更严肃:"笑什么?"

"不是钢板。"陈戎像是顺不过气,说话有些喘。

不是?毛成鸿又要探手去摸。

陈戎躲开了,低头喃喃地说:"不是。"

毛成鸿:"那是什么?"

陈戎却不回答,一脸尴尬。

训练的学生停下动作,纷纷望向这里。

倪燕归按捺不住了,直接走过来问:"毛教练,怎么了?"

倪燕归既然和陈戎是情侣，肯定了解他的事。毛成鸿实话实说："我觉得奇怪，陈戎为什么要进行负重训练？"

倪燕归讶然。陈戎无非是干活多，力气大。负重训练？太荒唐了吧。

陈戎双手扣住自己的腰，轻轻地说："不是负重，不是钢板。"

毛成鸿追问："那是什么？"

赵钦书咳了两下，走到毛成鸿的跟前："毛教练，真不是负重。"

"你知道是什么？"毛成鸿见赵钦书一脸神秘，压低了声音，"解释一下。"

"是——"赵钦书欲言又止。

毛成鸿："男子汉大丈夫，有话不会好好说？"

赵钦书："这个东西比较尴尬。"

毛成鸿迟疑了："什么？"

赵钦书凑到毛成鸿的耳边："有个东西叫腹肌神器，戴上去，人就特别伟岸高大。"

毛成鸿愣住："为什么穿这种东西？"

赵钦书："当然是因为他渴望腹肌。哪怕是文弱书生，也希望在女孩子面前孔武有力啊。"

"这样啊。"毛成鸿摸了下鼻子。与此同时，他见到陈戎的鼻子皱了皱。

毛成鸿清清嗓子，喊："没事了，没事了，大家各自训练。把我讲的几个要素记一下，继续练。"

追问的人却轮到了倪燕归："毛教练，你还没说清楚呢。"说起来，陈戎的腰是很古怪。她第一次抱的时候，拍上去很硬。当时没有细想，听毛教练提起，她对那种手感很是好奇。

"没事了！"毛成鸿重音强调。

说完悄悄话，就没事了？倪燕归直接掉转方向，问陈戎："到底怎么回事呀？"

陈戎抬眼，又低下去："这……"

毛成鸿有一丝愧疚。明明赵钦书说过，陈戎是运动白痴，练习不过关，睁一只眼闭一只眼就过了，自己偏要较真。倪燕归如果打破砂

142

锅问到底，恐怕会伤害了陈戎的面子。

毛成鸿想亡羊补牢，陈戎却突然跑了。

倪燕归的眼睛像是被刺了一下，她眨了几下眼："啊？"

毛成鸿拍了下额头："小倪同学啊，没有负重训练。陈戎的'衣服'穿多了，我多年没摸过钢板了。现在用钢板的人不多，大部分改成用沙衣了。手感出错，对不起啊。"

倪燕归狐疑："只是这样？"那陈戎跑什么？

毛成鸿点点头："就是这样。"

她不信，跟着跑了。

毛成鸿："……"

陈戎跑步确实慢。倪燕归跟过去的时候，见到他进了更衣室。虽然只有一秒两秒，但她凭直觉判断，那一道背影可怜兮兮的。到了更衣室的门前，她把耳朵贴紧门板。

里面安静，听不到声响。

她抬手，用食指骨节在门上敲了敲："陈戎？"她细声细气，生怕惊扰了里面的人。

等了三秒，门扇后面传来了陈戎的声音："嗯。"

幸好，他没有不理她。她问："没事吧？是不是毛教练说了重话？"

陈戎："没有。"

"那……"除了毛教练，问话的人就是她了，"是我的话令你不高兴吗？"

她尾音还没停，听到他说："不是。"

她又敲敲门："陈戎，要不我陪你去散散心吧？"

这次没有等到回答——因为陈戎开了门。

她贴得近，门一开，收不住脚，险些扎进他的怀里。站稳了又后悔，扎进去又怎样？

顶上的灯灭了两盏，恰恰男更衣室的两边暗下来。不知是不是因为灯光，陈戎的脸上褪了红，渐渐地变白了。

倪燕归暗自思考。女孩子有几天特殊日子，或许男孩子也有，陈

143

戎可能撞上了这几天。毛教练是大直男,不懂得转弯,一两句话就刺到了陈戎。

他是脆弱的,而她大大咧咧,对负面情绪很不敏感,鲜少有多愁善感的时刻。

她怕自己猜错陈戎的心,于是不敢乱开口,只等着由他主动打破沉默。

他说:"倪燕归。"

"在,我在。"她抬头望着他。

"你有听到毛教练之前的话吧?"

毛教练说的话太多了,她不知陈戎指的是哪一句,先是不吭声,想想又不对,于是点头。

"今天起冲突的那两个拳击社的人,都是高手。"

"是吧。"她没有留意那两个"高手"究竟有多高。

陈戎这时叹了一声气:"听说,那些男孩很受欢迎。"

"哪有!"倪燕归第一个不同意,"刚刚那个被踢屁股的人,我不知道。另一个吧,他叫朱丰羽。毛教练把他吹得跟天才似的,但你看看他那头发,看看他那表情,全天下就他最了不起。"吐槽了一轮,她问,"你是不是听到了黄静晨和胡歆的聊天?"

"早些时候听班上同学讲,拳击社的男孩人气很高。"

倪燕归惊讶:"你一个大学霸,羡慕那种二流子?"

灯暗,陈戎的眼睛却特别明亮。他问得迟疑:"你不喜欢……朱丰羽那样的?"

"不喜欢。"她在高中见过太多流里流气的男生。

尤其林修介绍的更加极端,一个个都是"狂霸酷炫"型的,以为她会喜欢,结果她根本不理。

倪燕归告诉陈戎:"上大学了,我们要做社会栋梁。你为人低调,谦逊礼貌,是个不可多得的好男孩。"

这话说得陈戎都不好意思了。他低下头,很久都不说话。再抬眼时,他说:"我……我需要向你坦白一件事。"

"你说。"只要是陈戎,她肯定包容的。

"刚才毛教练摸到了我戴的东西。"陈戎说,"是他弄错了。"

"我知道,毛教练肯定弄错了。什么负重训练?普通人哪会玩这个。对你来说运动强度太大,过犹不及呀。"

"但我,确实,戴了,东西。"他说得吞吞吐吐,每两个字停一停,八个字用了好几秒。

倪燕归好奇:"是什么?"

"赵钦书说,有道具……"陈戎一鼓作气,说,"可以伪装八块腹肌。"

她难以置信:"什么东西?"

"网上的……腹肌神器。"

空气里一片沉寂。只听见教室里毛教练的喊声:"基本动作定型了就可以放松下来。"

倪燕归满足了好奇心,原来之前抱着硬邦邦的东西是道具。但,想到陈戎居然会信这个,她忍不住弯起唇。

陈戎站在她的笑颜前,手足无措。

她鼓励说:"你继续晨跑,不出几个月,线条比道具还漂亮。"

"嗯,谢谢你。"

"不客气。"

到了暗处,妆容盖不住她的娇媚。她的笑容并非嘲笑,纯粹觉得好玩。见他黑白分明的眼珠子清澈如溪流,她笑得更欢。她喜欢这般干净的陈戎。

两人终归没有去散心。

陈戎说自己从不逃课:"半路丢下老师和同学,很对不起学校。"

倪燕归一阵心虚:"是啊。"她的声音悬空,缺乏底气。之后,她本想抨击逃课、早退等行为,但想想自己,想想林修,还是算了。就当她年少无知做错事,现在悬崖勒马吧。

毛成鸿见到二人回来,笑笑示意。

陈戎上前道歉说:"毛教练,对不起,打断了你上课。"

"没事。归队吧,慢慢练习,格斗不是一朝一夕的事。"毛成鸿的手刚刚扬起,又立即放下。他不再和陈戎进行身体接触,生怕又发现什么健臂神器之类的。

倪燕归和陈戎依然在教室的两个斜对角。倪燕归转过头去,偶尔撞上陈戎投过来的目光。每当这一时刻,教室最长的距离会变短,变得紧促。

倪燕归很快掌握了转体。

温文指导说:"接下来的训练,要在突发状况时,迅速调整动作。预备姿势就是作战姿势。"温文说完,猛然出拳。

倪燕归只觉自己面前扬起了拳风。她的碎发飞起,又再落下。

温文收起拳头:"时间宝贵,速度一定要快。"

"明白。"倪燕归握紧拳头,快速挥出,然后收回来。

温文的瞳孔骤然一缩,喊出声:"小倪同学。"

倪燕归转头:"嗯?"

温文笑笑:"很标准。"岂止标准,完全不拖沓,灵活又敏捷。他不禁对她刮目相看。

下了课,倪燕归和陈戎往外走。

他叫住她:"倪燕归。"

她回头,闻到了树上的桂花香。

他掏出一颗糖,说:"今天的糖。"

她笑着揣进兜里:"上次的很甜。"

"是吗?我以为对女孩子来说,味道有些淡。你喜欢就好。"

倪燕归喜欢得不得了。

回到宿舍,她把之前的糖纸拿出来,再慢慢撕开今晚的糖果。入口的时候,她想起陈戎说味道淡。也许哪天他给她熬中药,她也会觉得甜。

她把三张颜色不一的糖纸铺在毛毡上,一片挨着一片,叠成扇形。凭着美术生的敏锐,她把每个角度都摆得跟量过的一样。她拍了下来,立即发朋友圈。

只有陈戎才懂这糖纸的特别,因此,这等于是仅一人可见的照片。

第五章 往事

过了十分钟,底下空空荡荡。无赞,无评论。

她趴在床上,托起腮,点开了陈戎的朋友圈。他的页面很单调,只发图,一个字也没有。有时是他的画,有时候是他拍的照片。两人没有共同好友。在她眼里,他的朋友圈也干干净净。倪燕归在赞和不赞之中犹豫。她跷起小腿,晃动几下,最终忍不住点了赞。

又过了十五分钟。她把下巴搁在枕头,刷新了几次朋友圈,终于见到一个红色小圆点。是陈戎的赞。她的脸颊贴到枕头,抿着嘴笑。

两人没有聊天,很普通的一来一往。她发照片,他来个赞。

要是明年情人节能和陈戎在一起就最好了。

乔娜在看书,于芮和男朋友煲电话粥,柳木晞出去了。

倪燕归一腔甜蜜无人可倾诉。她撑住床栏杆,一个借力,从床上跳了下去。

落地的刹那,门开了。柳木晞站在门口,身影罩了夜色的暗。

倪燕归笑笑:"回来了。"

和倪燕归的满脸笑容形成对比,柳木晞垂头丧气,挂着相机包的肩膀垮了下去,步子特别沉重。

倪燕归问:"怎么了?今晚去哪儿了?"

柳木晞没有参加社团,晚间空闲。但她今晚没有闲着:"去拍夜景了。"

"嗯。"倪燕归等着后话,等来的却是柳木晞的"啊、啊、啊",每一声哀号的情绪在逐层递进,到最后一个字,已经是心碎的程度。

乔娜吓到了,摘下耳机,从床上望过来:"什么事?"

柳木晞说:"我的相机被摔了。"

宿舍几人很惊讶。柳木晞的单反相机是搜集素材的主要工具,她的漫画分镜全靠这个相机。她对时尚潮流不热衷,唯独沉迷摄影,相机被摔等于要了她的半条命。

于芮收起了惊掉的下巴:"怎么摔的?"

柳木晞拿下眼镜,沮丧地说:"拍照的时候,我向前走了两步,被一个人撞上了,就摔了。"事情经过只有寥寥两三句,但是从相机摔下的那个瞬间,她的心开始滴血,一路滴个不停,裂口越来越大。

倪燕归问:"抓到人没?"

柳木晞跌坐在椅子上:"倒不用抓。他自己留了下来。"

倪燕归:"有联系方式吗?"

柳木晞:"有,说赔偿事宜以后再商量。"

于芮:"联系方式是不是真的?确认了吗?有没有留下班级、姓名?"

"有,留了。"柳木晞这时才放下相机包,"我周末去问问,能不能修。"

倪燕归过来说:"如果他不肯赔,我去帮你催债。软的硬的,统统来一通。他要是死皮赖脸,就报到学校去。"

"嗯。"柳木晞靠在倪燕归的肩膀,"求抱抱。"

倪燕归张开手臂,把柳木晞抱了个满怀:"明天我请你吃饭吧。"

"真的?"柳木晞说,"但不想吃烧烤和火锅了,吃粤菜吧。"

"行。"

到了第二天中午。

倪燕归说请客,顺便叫上了林修他们。

大太阳晾在半空,一行人走到菜馆,满头大汗。于是一人拿一瓶饮料,先解渴,再止饥。

卢炜灌了几口冷饮,透心凉,舒爽不已:"对了,我有一个情报,一直在考虑要不要说。"他是向着倪燕归说的。

关于情报,必然和陈戎有关。倪燕归问:"然后呢?"

"既然你和陈戎搭上线了,我给你透个底。"卢炜把玻璃瓶放在桌上,郑重其事地说,"陈戎公布了他喜欢的类型。"

倪燕归的眼睛骤然亮起:"什么样的?"

黄元亮来了精神,说:"要漂亮的吧?我们倪燕归同学最符合。"

卢炜伸出食指,在几人面前摇了摇:"这就错了,陈戎对外貌没有提要求。"

黄元亮怪叫:"凭陈戎的长相,肯定眼高于顶啊。"

"不是。"卢炜说,"他的要求,直击人性的核心。"

见众人都竖起耳朵,卢炜继续:"他的要求只有四个字。"说到这儿,他又停了。

倪燕归催促:"别那么多废话,快说。"

"善良可爱。"卢炜说这四个字的时候,用手敲了敲饮料玻璃瓶,敲出"叮叮叮叮"四声响,像一把锤子捶进了倪燕归的心底。

"就这样?没了?"

卢炜两手一摊:"没了啊。"

黄元亮跟着敲,敲的桌子:"不愧是高层次的人才,脱离了低级趣味。瞧瞧人家,谈恋爱追求的是内涵。"

倪燕归追问:"对外貌没有一丁点儿要求?比如喜欢清纯的或者妖艳的。"

卢炜:"这个就不知道了。"

林修吃着可乐鸡翅。鸡是走地鸡,翅骨头比较硬,他细嚼慢咽,没有搭话。

倪燕归凑了过来:"林修。"

"嗯。"他咬了口肉。

"你有没有觉得我很可爱,很善良?"她眨巴着美眸。

林修手里的鸡翅"啪"的一下掉到陶瓷盘里。他的脸转过来,僵硬得像一个机器人,而且还是卡到没电的那种,动作很缓慢。他说:"你觉得呢?"

"跟你问真的,善良或可爱,我有没有和其中一个沾上边的?"倪燕归和林修在幼儿园睡过同一张床,倪燕归觉得,在座的人之中,最了解她的人就是林修。

林修脱下了手上的一次性手套,说:"幼儿园的时候,我们班上有个特别乖巧、特别听话的男孩,忘名字了,就叫他小白吧。你喜欢掐他的脸,掐啊掐啊,掐得人家见着你就跑。你却把他当成你的所有物。那时候,邻班有个男孩,不知道姓甚名谁,代号小黑吧。巧了不,小黑也喜欢欺负小白。你不高兴了,宣布小白的脸蛋是你的。于是,你和小黑大打出手,战了三百回合。要不是我妈来接我们放学,你和他要打一天一夜吧。"

"幼儿园的事,你记得这么清楚?"什么小黑小白,倪燕归早忘光了。

"我当然不记得,这些是我妈转述给我的。"林修感叹,"燕啊,你从小就是个霸道人。"

倪燕归:"修啊,你说我现在改邪归正还来得及吗?"

林修笑笑,把烟盒拍到她的面前,说:"悬崖勒马,为时不晚。"

倪燕归看着这盒细支烟,猛然想起:"对了,我有件事,早想跟你说的。"

"什么?"林修又戴上手套,拿起一块鸡翅。

倪燕归:"你知道朱丰羽吗?"

林修:"拳击社的海报那么大,我想不知道也难啊。"

倪燕归:"他抽的是细支烟,而且,我被逮的那一天,他可能去过大槐树下。"

林修眯了眯眼睛:"你确定?"

她指着烟盒:"我见过他抽烟,确实是细支烟,但距离远,不确定是不是这个牌子。至于第二点,他邻班的同学证实过,那一天,他爆炸的头发上兜了一片槐树的树叶。"

林修立即明白了,抬头问几个男生:"你们有没有谁认识,或者能接近朱丰羽的?"

卢炜摇头。

黄元亮问:"谁是朱丰羽?"

无人回答他。

林修:"我再问问其他哥们儿。"

柳木晞轻声问:"你们说的朱丰羽,就是拳击社的那个?"

倪燕归:"是啊,不然还有哪个?我和他就跟冤家似的,上哪儿,哪儿遇上。"

柳木晞并起四指,慢慢地举起来:"我忘了说,撞到我相机的人就是朱丰羽。我和他互相加了微信。"

林修挑起眉:"这不正好,你给燕归探探消息呗。"

柳木晞:"我和他没熟到这个份上。"

第五章　往事

倪燕归："你都是他的债主了。"

"还没商量好呢。"柳木晞靠紧椅背，"要不这样，我给你当个线人？希望能遇上什么惊喜。"

倪燕归："如果能挖出他是'十二支烟'，那是大大的喜。"

柳木晞："万一他真的是'十二支烟'，你打算怎么办？海报罗列的他的奖项可不是闹着玩的，吓死人了。"

"如果他真是，我就扒了他的皮。"想想又不对，她已经答应陈戎以后不再动手了，倪燕归委婉地说，"我就找他理论。"

林修："别冲动，朱丰羽不是好惹的人。"

"一想到我在台上读检讨书，他在底下无动于衷，我就不甘心。"倪燕归说，"小晞，你先上，有线索了告诉我。"

柳木晞："行，我去会会他。"

回去的路上，先经过男生宿舍区。

卢炜和她们告别说："谢谢燕姐请客。"

倪燕归挥了挥手，和柳木晞继续向前走。

黄元亮突然站住不动了："那不是校会上的美女主持人吗？"他看人时注意力总是先放在女生那边，说完才发现，和李筠谈天说笑的人居然是陈戎。

陈戎手上拿着手机，没有背书包，可能是临时被叫下来的。

黄元亮摸了摸嘴巴，早知道不说了，可他既然开了口……他转头去看倪燕归。倪燕归果然停下了脚步，看着陈戎和李筠。她歪着头，歪了大概四十五度，而且，她是侧过身的。黄元亮想，可能复杂的心情需要复杂的姿势来表达吧。

林修"哇"了一声："哦，这个是我们学校新一轮的校花争霸热门人选，叫李筠。"

听他得意的语气，柳木晞问："你怎么知道她是校花热门人选？你不会给她投票了吧？"

林修但笑不语。

柳木晞撇了撇嘴："我们燕归也是大美人。林修，你站哪边的？胳胳膊肘往外拐啊。"

"我们燕归风轻云淡，视名利如浮云。区区校花头衔，她哪会放在眼里。"林修说的不是假话。高中不像大学，能堂而皇之开投票，但男生们暗地里也有比较谁漂亮。哪个班级有清秀佳人，不出两天就能传遍他们的耳朵。倪燕归从来没有上过"校花"榜，她凭她的拳头阻止了男生们的投票。嘉北大学的这股风气更分明，偏好温柔大方的好女生，倪燕归因为一封检讨书落败了。林修终究是男生，他不明白，倪燕归败给谁都无所谓，就是不能输给李筠。

倪燕归的头慢慢正了，身子却没有转过来，直勾勾地看着那边融洽的二人。她拿出手机。

去他的善良可爱。

反正陈戎说，他没有白月光，也没有女朋友。她就可以光明正大地把他抢过来。

她发了消息：电影鉴赏的选修课后天就开始了，我今天才知道。

手机振动，打断了陈戎和李筠的聊天。

他看了一眼，顺手点开。换作是其他人，他肯定不理会。但是倪燕归的头像特别可爱。她之前的头像是一张模糊夜景，估计手抖时拍的。不知什么时候起，换了一个微笑的圆脸表情包。很可爱，风格很不倪燕归。

陈戎点开了她的消息。鬼使神差地，他突然望向入口，正好见到倪燕归一行人。

他温和一笑。她也笑，与太阳比灿烂。

他摇了摇手机，在手机上打字回复：谢谢！我才知道。拜托你帮我占个座位。

字数有点多，他顾着打字，没说话。

李筠疑惑地转过头去。见到站着的几个人，她更疑惑了，她和陈戎说了什么。他抬头向她笑，点点头。

倪燕归觉得自己成功打断了那两人的对话，可见他们当时的聊天没有太投入。

倪燕归昂着头，趾高气扬地走了。

第五章 往事

倪燕归和陈戎的聊天，停留在选修课上。

幸好选的是电影鉴赏，倪燕归就算不上课，也能胡扯几句。

聊天的时候，倪燕归打开了影评网站。如果陈戎对某部电影表示欣赏，她立即搜寻五星评论，复制过来；如果他挑刺，她就去差评里找句子。一来二去，两人很投契。

陈戎：没想到，我们对电影的观点这么相似。

倪燕归：是啊，我也没想到，太巧了。正好你喜欢的，我也觉得拍得很棒。我不喜欢的，你也不满意。

相谈甚欢。

到了选修课这天，倪燕归去得很早。她记得陈戎的话，要去占座。

柳木晞也报了电影鉴赏，但她没兴趣当电灯泡，说："教室中间的好位置还是留给你和陈戎吧。"

"你一个人会不会很无聊？"倪燕归这话说得没什么诚意。

"棒打鸳鸯更无聊。"柳木晞确实是一个很懂享受独处的人，她一个人看电影，并不会顾影自怜。

倪燕归到教室时发现，陈戎已经到了，坐在正中后排的座位，正对着讲台中央的大屏幕。

来之前，陈戎在微信上说可能会迟到，谁知，他来得比她还早。

与此同时，倪燕归见到了橘色小圆头，就坐在陈戎的后排。叫什么名字来着。哦，杨同。

杨同和朱丰羽形影不离，但今天不见朱丰羽的身影。

杨同东张西望，一眼看见她，他连忙避开了目光，将头转向了另一边。之后，他意识到自己的动作很造作，又改成低下头去。

倪燕归一路走去，时不时盯一盯杨同。即将坐下的时候，她又瞄一眼。杨同没有再看她。她清晰地看到他橘色头发中间的发旋。看来上次的话奏效了，这个"洗剪吹"不敢再欺负陈戎。

倪燕归抚抚裙子坐下，长裙垂坠轻滑，露出一段雪白小腿以及纤细脚踝。她轻缓地撩裙——这是她练了不下十遍的姿势，优雅矜持。

"对了。"陈戎问，"你不是和你的同学一起报了这个班吗，她人呢？"

"她说要享受孤独感，自己一个人坐到角落里去了。"倪燕归撒谎从来不打草稿。

陈戎右手边坐着倪燕归，左手的位置空了，不过也没有人过来。

倒是倪燕归的那一边，有个男生大剌剌地坐下。坐下以后，男生转头笑了笑，同时侧着身子，整个人的角度不是面向大屏幕，而是向着她。他的眼角余光扫到一个人，转过去一看，后排的橘色小圆头凶神恶煞地盯着他。小圆头不只脑袋圆，脸也圆，凶得有些滑稽。男生没有理会，却猛地感觉自己的椅子被斜后方的人踢了一下。他回过头去，橘色小圆头紧紧盯着他。

"你干吗？"男生觉得莫名其妙。

橘色小圆头不说话，又踹一脚，同时他的目光向倪燕归移了移。

男生看看倪燕归，看看橘色小圆头。

杨同歪了歪脑袋，左右晃动。

不知是不是错觉，男生似乎听到了骨头转动的"咔咔"声。他再望过去，杨同做了一个赶人的手势。男生回过味来了，他撑着桌面站起来，冲斜后方嘟囔了一句："毛病。"

杨同确定陈戎和倪燕归身边没有骚扰的外人了。他背起书包，去了最后排。

课程内容很简单——鉴赏一场电影。教室里调暗了灯光，讲台上竖起一块投影屏，像是简陋的电影院。老师很有艺术素养，讲到的几部电影都是名作。名作的意思就是，一说电影名字，倪燕归就知道影片内容了。

今晚播放的影片是《西西里的美丽传说》。

倪燕归偷偷地瞄一眼陈戎，屏幕上的光投在他的镜片上，她看不清他的眼睛。

柳木晞说对了一句话，陈戎上课很认真，不走神。倪燕归不好开口闲聊。

当屏幕上出现儿童不宜的画面时，她坐不住了。她听到前排男生

第五章 往事

细细讨论的声音,她侧向陈戎。他抬了下眼镜,眨眨眼睛。

难道书呆子心神荡漾了?倪燕归伸手进书包,拿出一本书,捏紧了,横起挡在他的眼前。

他愣住。

昏暗之中,看不大清书皮封面。书是侧放的,书名也侧着倒了。偶尔大屏幕转亮,他才知这是油画课本。他转向倪燕归,发现她也给她自己挡了一本书。她的脸贴在书皮上,似乎不大高兴,但接着,她冲他笑了起来。

一时之间,倪燕归不知如何解释自己的行径。女主角很漂亮,身材火辣完美,陈戎多看几眼也是正常的。但她又别扭,不愿意见到这么干净的男孩眼里涌出某些世俗的东西。因为不想,索性不让他看。同时,她知道自己没有立场阻拦他,只好以笑脸应万变。

陈戎笑了笑,伸手接过她的书,学着她一样,把脸贴在书皮上。

教室里响起了同学们的哗然惊叹,大屏幕的光线骤然闪烁。两人的脸躲在书后面,五官模糊,但她感觉他的眼睛格外明亮,仿佛见到了他清澈无瑕的灵魂。直至同学们又安静下来,两人才把书放下。他自始至终也没有计较她突然挡住他鉴赏电影,反倒是她怪不好意思的。

灯光大亮的时候,电影播放结束了。老师重新站上讲台,开始布置作业。

倪燕归这才知道,选修课不是看一场电影这么简单,之后还要上交一千字的感想。不知道选修作业会不会查重。她对电影的理解是画面精致,构图完美,剧情流畅。要她细细掰碎讲个上千字,太难为她了。

"没想到还有观影报告啊……"

陈戎问:"写过影评吗?"

"没有。"倪燕归摇头,"我最不擅长写影评了。"

他明白了:"我写两篇吧,一篇给你。"

这也行?她笑得跟花儿似的:"谢谢你!要是没有你在,我可能连作业都交不上。"

离宿舍的宵禁还有一个小时,她说:"要不,我请你吃夜宵?"

"嗯。"陈戎这时发现,她刚才挡她自己的书,封面挺别致,书名

155

很长——《霸道王爷爱上总裁弃妇》,"这是……课外书籍?"

"啊。"倪燕归赶紧收起来。她就带了两本书,一本上课用,一本上课走神用。

"讲什么的?"

"讲一个男的特别霸道。"倪燕归把书包一提,岔开话题,"下课了。"

陈戎继续问:"怎么霸道?"

倪燕归顿住脚步:"这本书,就是批判不走寻常路的追求方式。"

"怎么不寻常?"他更好奇了。

她严肃起来:"你不能学。走不走,还吃不吃夜宵了!"

陈戎被她唬住了:"走,吃。"

去美食街来回一趟大约要半个小时。陈戎担心女生宿舍要关门,打包了四份章鱼小丸子、两碗五色豆花,就送倪燕归回来。

二人在楼下道别。

倪燕归依依不舍:"我回去了。"

"嗯。"陈戎笑,"作业你别担心,我会把你的那一份也写完的。"

"明天晨跑见!"她轻快地几乎飘着进了宿舍楼。

电梯厅,乔娜和三个女生正在吵些什么。

乔娜背靠栏杆,冷着眼睛。她的眼睛有些上吊,眼白较多,有种天然的厌世感。她的表情很平静,比起对面那个女孩的尖叫声,乔娜可以说并没有在吵架。

那女孩叽里呱啦,倪燕归听出了端倪,大概就是埋怨乔娜抢了她的男朋友。

乔娜冷淡地说:"张诗柳,是他给我写的情书,是他给我买的早餐。一切和我无关。"

张诗柳听了更愤怒:"小三!"

乔娜一手搭上栏杆,放松下来:"自己管好自己的男朋友,别来烦我。"

张诗柳的情绪越来越激动,指着乔娜的鼻子大骂:"狐狸精!"

另外两个女孩想劝却劝不住,犹豫地站在旁边。

第五章 往事

"乔娜。"倪燕归用竹签叉起一个章鱼小丸子,放进嘴里,"在这儿唱大戏呢。"

张诗柳望过去,才骂完狐狸精,就真的走来一个狐里狐气的人。倪燕归从入学以来就招了不少闲话,张诗柳听说,倪燕归喜欢建筑学系的一个男生,铆足了劲去追求。张诗柳忍不住说:"丢人现眼。"

倪燕归一口一口地咬着章鱼小丸子。说好是她请客,到了付款时,却被陈戎抢先了。她咬了咬竹签:"说谁呢?"

"说你。"张诗柳又指了指乔娜,"你也是。你们一个宿舍的,全都跟狐狸精似的。"

倪燕归靠着墙:"干吗,羡慕我魅力大呀?"

张诗柳嘲笑:"谁不知道你在追人。"

倪燕归:"你谁呀?还管我追不追人?"

张诗柳:"看不惯而已。"

倪燕归用牙签指了指走廊外的树:"落叶成堆,没见你看不惯去扫一扫。"

乔娜之前只是想撇清关系,但倪燕归的嘴巴不饶人,张诗柳的怒火转移了,冲着倪燕归喊:"你这个人很讨厌。"

倪燕归耸肩:"你也不见得很受人喜欢啊。"

"告诉你,女孩子把身段放得太低,男生打心底看不起。以后有你哭的时候。"

"可我现在快乐得很。"倪燕归拎起几个袋子,炫耀似的,"他请的。"

"你不知道吗?很多同学要看你的笑话。"这话不假。哪怕在倪燕归班上,也有暗暗鄙夷她的。

"那又怎样?"倪燕归挑眉,"我还在校会上读检讨书呢,你见我在谁面前抬不起头了?"

"脸皮厚如城墙。"

倪燕归笑笑:"不喜欢啊,那你也只能受着。要不要去上上心理学课,调节调节情绪?"

张诗柳仿佛一拳打在棉花上,说:"你不要脸,我还要。我等着看你的下场。"

"你慢慢等,我不奉陪了。"倪燕归晃着外卖袋,"乔娜,走了。买了章鱼小丸子,回宿舍分着吃。犯不着站在这里被蚊子咬。"

乔娜越过三个女生,进了电梯。

电梯门关上了,乔娜开口说:"你太容易得罪人了。"

倪燕归无所谓:"没事。你也得罪了她。"

"不管怎么说,谢谢了。"

"不客气。"走出电梯,倪燕归叉起一粒小丸子,不经意从走廊望下去,忽然见到一道暗夜里的人影,颀长挺拔。那是……陈戎!

她呆若木鸡。他没走?他是不是见到她和那三人吵架了?

乔娜打开门。

这次,轮到倪燕归发出递进的三声哀号:"啊、啊、啊!"她的善良,她的可爱,去哪里了?

柳木晞吓得差点儿摔了眼镜:"不是去幽会了吗?干吗这副鬼样子?"

"不提了。"倪燕归爬上床,把和陈戎的聊天框点了关,关了点。

那边,柳木晞聊完了微信:"我的相机有救了!"

"哦。"虽然倪燕归自己生无可恋,但听到柳木晞的消息,她还是送上了祝福,"恭喜。他赔多少钱?"

"朱丰羽没钱。我和他约定,他给我当摄影模特,抵债。"

倪燕归坐起来,头发凌乱:"什么?"

柳木晞摔了枕头过去:"我要画一个打拳的人。他是最好的素材。"

"备个防狼器。万一他突然脱衣服秀肌肉,你弄死他。"

"练拳击的,肌肉很棒的吧?"

"很棒又怎样?"倪燕归斜过来一眼,"注意分析他的人品。"

"我知道。"柳木晞戴上眼镜,指着自己的眼睛,"我有一双火眼金睛。"

倪燕归埋进枕头,她想着要不要和陈戎解释一下,其实是对方挑衅在先,她才……

念头乍起,微信来了消息。

陈戎:晚安,明天见。

第五章　往事

"哇！"倪燕归瞬间坐起。

谢天谢地。

赵钦书正在打游戏，左手在键盘上"啪啪啪啪"敲个没完。陈戎回来了，赵钦书忙里偷闲看一眼，然后盯紧屏幕上闪动的血槽。

游戏结束。他伸了伸懒腰，想和陈戎说话，无意中见到陈戎的搜索页面。霸道王爷爱上总裁弃妇？赵钦书缓缓地低下身子，凑到陈戎的耳边："中邪了？"

陈戎停在电商的页面，将这本书放进了购物车。

赵钦书问："这什么书？"

陈戎若有所思："她喜欢这个，我买来研究一下。"他搜到一个网文版本，传到了Kindle（电子阅读器）。

这个晚上，陈戎沉浸在这本书里。

第二天一早，赵钦书睡眼惺忪，问："研究出什么了？"

"对她，可能打直球比较好。"陈戎拿出负重绑带，先是在腰上缠一条，之后两只小腿各绑一条，接着拿起负重钢板。钢板宽约二指，长约八厘米。这是常用的片状负重，一片重零点二千克。

赵钦书看着陈戎一片一片往里插，问："你每天绑这么重，累不累？"

"累。"就是要累。

第六章

告白

接下来的日子，晨跑、选修课、社团，倪燕归和陈戎天天见面，话题越来越多，从选修的电影渐渐延伸到彼此喜欢的食物或者学习的问题。

倪燕归甚至觉得，爱情的力量足以令她成为好学生。她说："一个人伪装得越多，到最后他自己都骗过了自己。"

每回她自欺欺人的时候，林修就泼她冷水："你在我面前也有一个一百八十度的转变，才叫蜕变。"

行吧，她只在陈戎面前才能端庄大方。

柳木晞见倪燕归天天挂着灿烂的笑脸，问："你们什么时候捅破那一层窗户纸？"

"顺其自然吧。"倪燕归想起一事，"对了，朱丰羽他还债还得怎么样？"

"还行吧。我改天画人设图，在读者群试试水。"

"他是不是'十二支烟'？"

"他在那一天去过大槐树下。然后……"柳木晞拿出手机，站到倪燕归的床前，"这个是他抽的烟的牌子，跟'十二支烟'的很像。"

倪燕归看一眼，岂止是像，简直一模一样。

柳木晞："但我没有直接问他是不是抽了十二支烟。以后看看机会吧，现在我和他没有太熟。"

虽然柳木晞这么说，但倪燕归心底认定了，朱丰羽就是"十二支烟"。不过，她多少能察觉到柳木晞的变化。柳木晞向来素面朝天的，最喜欢校服，因为不用考虑好不好看。但最近，她开始研究上衣裙子的搭配、底妆的轻薄和彩妆的自然。

倪燕归了然，说："你再去打听打听，哪天确定了我再找他算账。"

第六章 告白

十月末,倪燕归查看课程表。是空白的。

柳木晞哀号阵阵:"要军训了!"

考虑到天气,军训安排到十一月初。嘉北的规模不比公立学校,大一新生人数不多,一辆辆大巴载着学生到了军训基地。

学校里是四人间,而基地安排的是十人间,更多的同学住在一起,磨合需要时间,偏偏在军训里时间非常宝贵。学生们在时不时的混乱之中坚持了下来。

柳木晞是宅女,不爱运动,她想象着接下来的训练,禁不住哆嗦。

她自我安慰:"听说男生那边是二十个人一间。你想这个天气,一群男的,汗水淋漓挤在一个房间里,太可怕了。"

基地有热水,但需要排很长的队。而且每个人的洗澡时间非常短,要冲凉还要洗衣服,一切都在抢时间。倪燕归懒得去排热水,直接洗冷水澡。

立正、稍息、齐步走、站军姿、走正步。到了第三天,学生们已经蔫了。

教官知道,要想马儿跑得快,得让它吃草,于是打算在傍晚举办一场军训晚会,并非正式的,就是今天自由时间宽裕,让有才艺的同学自己上去表演。以四个就近的方阵为一组,各自围成圈,当作小小的联谊。

学生们疲惫了一天,有一个鼓舞士气的机会当然是好的。

油画系和建筑学系不在一个组。

倪燕归这边的舞台中央站了个小美人,换上白色连衣裙、白袜子、小白鞋。她的皮肤白,留了长长的乌黑亮发,整个人很有视觉冲击力,跳起舞来性感可人。

前排的口哨声不断,掌声一波接一波。

柳木晞揉着自己的脚:"真佩服这些活力美少女。我的脚底起泡了,站都站不稳,她还能跳得这么美。"

倪燕归三天没有见到陈戎。军训有规矩,训练期间不能擅自离队。不训练的时候,个个累得半死,恨不得栽在床上不起来。今天有这么难得的休息时间,她问陈戎在哪儿。

他给她发了一个手绘地图，他离她的方阵并不远，甚至很近，隔一个组就是了。

现在几乎和自由时间无异。倪燕归扣上了帽子，打算偷偷溜出去见他。她数着地图上的方阵，跑过去，一眼望见了陈戎。

他看着场地中间的表演。扭动纤腰的是一个美美的小女生，穿着古时衣裳，跳着不知哪个朝代的舞蹈，娇柔得仿佛能滴下水来。男生们在鼓掌，陈戎也拍了几下，面上有浅笑。

他果然喜欢这种复古的、传统的？倪燕归发消息：再看我就不理你！

陈戎的手机握在手上，消息第一时间就到达了。他张望，见到她的身影，他站了起来。不像她猫着腰，他身子很直，一下子被教官注意到了。他笑着和教官说了什么，之后向她走来。

陈戎的肤色深了一个色号。太阳西沉，霞光铺在天空，他脸上沁着密汗，问："这三天辛不辛苦？"

"还好。"每个班的训练内容差不多的。她有运动天赋，比柳木晞要轻松，"你呢？教官的训练比毛教练还严格，受得住吗？"

"没问题，这里就是历练心志的地方。"

倪燕归刚要说话。忽然一个大嗓子喊："倪燕归。"是她的教官。

"不是说自由时间吗？"她嘟哝着。

陈戎："我们班教官说可以自由活动。我过去你那里。"

倪燕归转身向教官跑过去，盘腿坐在草地上。

"油画系没有一个人出来表演啊。"教官这话一出，同学们个个低下了头，生怕撞上教官的眼睛，被拉出去。

唯独倪燕归在张望着搜寻陈戎，她向着他笑，瞬间就被教官逮到了。

教官说："倪燕归，要不你来一段舞蹈。"

"教官，我不会跳舞。"她跳舞完全不行，动起来像在打拳。

"不是漂亮女生都会舞蹈吗？"

"我不会。"

但是，陈戎真的过来了，他坐在最外圈，抬高了帽檐，霞光将他

第六章 告白

的脸照了个通红,他眼睛里流窜着火焰。

倪燕归撞了一下林修:"要不我们上去跳个舞?"

林修顿住:"跳什么?"

"高中时候,你不是排过一个'好汉歌'吗?没人跟你合作,你对我苦苦哀求,我勉为其难答应了。我生平就跳过那一个舞蹈。"

"这种不堪的记忆。"林修比了一个"不要"的姿势,"我早忘记了。"

"倪燕归。"教官又在喊人,"不会跳舞,那来一段歌?"

"歌也不会。"她五音不全。

"唱首军歌。"教官板起脸,"这是命令。"

林修说:"麻烦各位做好洗耳朵的准备吧。这是教官的要求,不是燕归的错。"

倪燕归对陈戎抱歉一笑,开嗓了:"团结就是力量……"

同学们:"……"

倪燕归不敢看陈戎的反应,唱完了,先是和同学们说:"谢谢捧场。"再望向陈戎那边,他的人却不见了。

回来坐下以后,她问林修:"陈戎呢?"

"什么?"林修没有留意。

"刚才我唱歌的时候,他坐在那里,现在去哪儿了?"

"哦。"林修仰头望了望霞光万道的天空,"人有三急,可能去洗手间了吧。"

倪燕归给陈戎发消息,他不回复。不会被她的歌声吓跑了吧……

柳木晞指指某个方向:"我看他接了一个电话,去那里了。"

倪燕归摘下军帽,追了过去。空旷的操场上没有陈戎的身影,将要走过的时候,她忽然回头,发现看台下的通道里站了一个人。

红霞洒过来,照出他的下半身,他的手露在外面,上身隐在阴影里。倪燕归认出了这是陈戎。她小跑过去,他却不知怎的,突然向里走。

她进去,见到自己脚下的灿烂霞光。而他,半身金色早已被阴影盖住。她抿抿嘴,咳了两声。那个向深沉暗黑而去的人停住了,转过身。她看见他模糊的五官,是陈戎。

他走了回来,她却掉头出去。猛然间,手腕被身后的人拉住了。

"干吗？"她理直气壮地甩手，甩不开。

"歌唱得很好听。"是陈戎惯常的温和声音。

他不说还好，一说她就冷笑："你又没听，怎么知道好不好？"

"我听了，你自己调整了音调。"

"胡说，你都来这里了，你从哪里听的？"

"我听完了才出来接电话的。"

"我不信。分明是听我唱了一半，受不了了。"

"我没……"可能是陈戎嘴笨，半天憋不出其他话。

倪燕归乘胜追击："藏在这里，是生怕我找到你吧？"

"不是……外面太吵了，我听不到电话。"

"你刚才去里面干吗？肯定是为了躲我。"

陈戎吵不过她："倪燕归。"

他将自己的帽子戴到她的头上，帽檐压下，她的脸上也只剩下阴影。

"倪燕归。"

光叫名字几个意思？她心里琢磨着。

陈戎按了手机："我真的听完了。"

四周回荡着歌声："团结就是力量……"

她拽了拽帽檐，遮住脸。

昏黑里，耳朵放大了声音，每一个音调都响亮清晰，可谓是公开"处刑"了。

倪燕归和陈戎在方阵前分别。

他把她的帽子掀起，戴回自己的头上："有空再聊。"

她捂了下头。好像这是两人第一次分享同一件东西，一顶军帽。

倪燕归回到了方阵。

教官站在中间问："同学们的表演是不是结束了？"

卢炜："是啊，是啊。要不要教官也来一段响亮的军歌？"

教官大他们几岁，人还年轻，不训练的时候很和善，好说话。他常常和同学们开玩笑，譬如调侃林修，说他虽是小帅哥，但训练的时候

第六章 告白

还比不上倪燕归。幸好林修并不介意。

这时,林修跟着卢炜起哄:"教官,来一段。"

场上响起整齐的掌声:"来一段,来一段,来一段。"

教官笑了笑,手却往腰上去:"我唱军歌三天了,今天整一段新活?"

卢炜将左右两手圈成喇叭状,贴在嘴边大喊:"好!"

倪燕归看清楚了,教官腰上缠的是一条鞭子,只见他手腕陡然一翻,鞭子像蛇一样,灵巧地缠上他的手臂。他拱手抱拳说:"这叫九节鞭,是中国传统武器。"

倪燕归望着银白的鞭子,用力地拍掌。

九节鞭不像刀,不像剑,要得不好,打不着敌人,反而会伤到自己。但懂行的高手能把软兵器使得出神入化。

教官用双手握住鞭子的两端,无须他示意,场上突然安静下来。他猛然左右拉紧鞭子,九节鞭响起"嘟嘟"的金属声。接着,他扬起右手,把鞭子甩上半空。

坐在前排的同学纷纷把屁股向后挪,给教官腾出更宽阔的场地。

九节鞭在教官的手里旋转、飞腾。众人的眼睛看不过来,只觉得鞭子的银光一会儿在上,一会儿在下。到了后来,九节鞭已被挥舞得绷直如棍棒。

卢炜激动地说:"教官真牛啊,跟武侠片一样!"

林修忽然看向倪燕归:"我记得,你也玩过这个。"

"嗯。"她笑意盎然。

林修说:"早知道你别上去唱歌,表演这个。"

"我早就不玩了,你又不是不知道。"倪燕归的眼睛追着腾空的鞭子,"这东西得常练。否则不是我玩它,而是它玩我。我手生了,上去会被直接打脸。"

林修双手向后撑,身子微微后仰:"对啊,我们燕归退隐江湖三年了。"

是三年了,但见到教官威风凛凛的样子,倪燕归不禁手心发痒。她当年也这么威风的。

167

军训第五天,全体学生进行了匍匐前进的专项训练。

学生们个个在泥土里滚爬,训练结束,灰头土脸的。

柳木晞腰酸背痛,靠在床头喃喃地说:"我从来没有受过这种苦。"

倪燕归看着柳木晞脚上的水泡,一个有五角硬币那么大,另一个大概黄豆大小,里面还积着水。她用针刺破,柳木晞缩了缩腿,忍痛又伸直。

倪燕归用消毒水抹了抹,说:"今晚晾着睡吧。"

按理说,倪燕归这样的俏丽美人儿,想当然是娇生惯养的。但是到了训练基地,柳木晞觉得,光自己一人哭爹喊娘,倪燕归从来没有抱怨过半句。

天天站太阳底下暴晒,什么防晒霜也扛不住猖狂的紫外线。几天下来,无论男女同学,黑了一片,只是比谁黑几个色号而已。

柳木晞问:"燕归,几天训练下来,你不觉得辛苦啊?"

"我是从艰苦卓绝熬过来的。"倪燕归拍了拍柳木晞的肩膀,"人的潜力无限。你挖掘一下,肯定能吃苦耐劳。"

"我不。我这辈子就这些日子吃过苦。你什么时候艰苦过?"柳木晞记得,倪燕归父母是生意人,倪家的家境相当不错。

"我爸是前几年才发家的。"倪燕归收起药箱,"走吧,我扶你去洗澡,洗完再上药。"

柳木晞拖着脚,慢慢去了热水澡间。

既然来了,倪燕归也排队打了热水。

这里比较简陋,用隔板隔成一间间浴室。门不是全扇,膝盖以下是空的。好歹能遮住肩膀,倪燕归没有露出狐狸印记。洗完以后,她用毛巾包起湿发,准备穿衣服。

外面的张诗柳跳着伸手,去拍热水器的温度按钮。她想调高两三度,不然水太凉了。

倪燕归在第一个隔间。

水温调节按钮在旁边的墙上。张诗柳跳起的瞬间,居高临下,透过半扇门,见到倪燕归的背上有东西。虽然只有一秒,但张诗柳捕捉到

第六章 告白

了大面积的色彩。她尖叫了一声,喊:"背上有东西!好大。"

当众人望过来的时候,倪燕归已经穿上了衣服。

张诗柳没有看清印记,只觉得花里胡哨。况且,倪燕归的风格本来就离经叛道。张诗柳脑补出一系列剧情,她露出鄙夷的眼神:"这里是部队,你来之前应该先打个申请吧。"

倪燕归觉得好玩:"学校安排我来军训的时候,没说身上有印记的人不能来啊。学校那么多人,又不是只有我一个人有。"她解下包着头发的毛巾,稍稍扎了一下,抱起脸盆过去洗衣服了。

柳木晞一瘸一拐地过来:"我最怕纯洁无瑕的小白花。"

"别这么说啊。"倪燕归倒了洗衣粉,"我在陈戎眼里也是小白花。"

柳木晞踮着起泡的脚,把脸盆放进池子:"男人和女人不一样。等他知道你是妖媚狐狸精,会甘之如饴的。"

军训洗澡有时间规定,两人没有多余时间闲聊,匆匆洗了衣服,各自抱着脸盆回了宿舍。

人虽然走了,但是刚才的事大家自然会讨论,张诗柳和几个女生嘀嘀咕咕的。

张诗柳用手比了一下大概的尺寸,说:"铺满了整个肩膀。"

有的同学和倪燕归认识久了,知道倪燕归的虎口确有一个火红的动物。至于肩膀上的,大家全都没见过。

一个同学回想起来,倪燕归喜欢露腿,但上衣总是裹得紧紧的,而且从不穿无袖上衣。这个同学去问乔娜和于芮。

当事人不在场,同学们说话放肆了许多。于芮和班上的女同学关系都不错,她是属于那种谁也不得罪的中立派。有个女同学误以为自己和于芮要好,言语间对倪燕归的态度很明显:"那么大片的印记,感觉脏脏的。"

于芮站在那里,低着头继续搓自己的衣服。她不附和,不反驳。

乔娜倒掉一盆泡泡水,重新开了水龙头,清水在盆里升起,蔓延出一串串的小泡泡。她看着泡泡,听着那些议论。

张诗柳身为第一个发现的人,讲得最起劲。

乔娜关上水,回了头,深沉的眼睛没有情绪:"张诗柳,你认识倪

169

燕归吗？"

不认识，无非是同住女生宿舍而已。两人不在一个班，不在一个系，但打过照面，张诗柳知道那个人叫倪燕归。

张诗柳抱起手："谁不认识啊？校会上读检讨书的。一夜成名。"她的语气里全是讽刺。

乔娜："你说的'认识'就是几面之缘？"

张诗柳："她既然有这样的东西，就要接受大家的意见。无知混混才弄这些。这也不怪我们。"

乔娜洗洗手，再甩了甩。她转过身。她生了一对没情绪的眼睛，看谁都差不多："我和倪燕归是室友，又是一个班的，不说二十四小时见着，但大部分时间我们在一个房间里。我都不敢说我很了解她。至于你，你连认识也算不上，更别提相处了。听了你的话，我觉得你适合去当心理咨询师，见别人一面，给别人贴一个标签，多轻松。不妨去考心理学吧，躲在这里学美术太屈才了。"

张诗柳脸色一变，乔娜平时只是冷眼旁观，不发一言，谁知道今天管起闲事来牙尖嘴利的。

乔娜洗好衣服，抱起脸盆向前走。

气氛很尴尬，于芮打圆场说："时间紧迫。大家别聊了，各自走吧。"

于芮追上乔娜，说："很少见你出来说话。"

乔娜停住脚步，转过头来，她的眼睛在夜色里更加冷肃，于芮忽然头皮发麻。

乔娜说："就算是朝夕相处的人，也不一定完全了解对方。凭一个印记，她们就传播谣言，我讨厌妄自揣测的人。"

于芮明白了。乔娜自己就被贴上了很多的标签。乔娜的美丽是独一无二的，五官普通，组合起来却透出神秘感，追求她的男生很多。她和倪燕归不一样。如果乔娜是个光芒四射的大美人，或许大家能理解。问题是她不是，她有一双死气沉沉却又令人着迷的眼睛。

乔娜周末会出去打工，说是当家教，后来，围绕家教的谣言渐渐滋生。

于芮静静向前走："乔娜，你见过倪燕归背上的印记吗？"

第六章　告白

乔娜："没有。"

"我没见过完整的，但我知道那里有一个。"于芮想着张诗柳比画的尺寸，"真的有那么大吗？"

乔娜没再说话。

柳木晞回到床上，跌坐时，床板尾端翘起，"哐啷"一声。她晃了晃，床板继续发出声响。她叹气："第一天，我以为我在硬床板睡不了，现在倒头就睡。"

"进步神速。"倪燕归拿起药箱放在床上，人跟着坐上床，说，"我觉得今天教官教的医疗知识，应该以你这双脚当例子。"

柳木晞卷起裤腿，伸直了腿，脚趾乱抓："就是嘛。我就说，我最苦的就是现在了。"

乔娜推门进来，她没有和倪燕归说什么。

于芮刚才听了乔娜的话，觉得自己的两位舍友总是承受着背后的猜疑，她于心不忍："燕归。"

倪燕归抬起头。

于芮走过来："刚才冲凉房的事，你别放在心上。我和乔娜不觉得你是坏人。"

倪燕归笑："我知道。"人和人之间相处凭的是感觉。乔娜高冷，却和睦。于芮是八面玲珑的人精，从不得罪谁。

柳木晞靠过来，悄悄地说："燕归，你那个狐狸尾巴，是不是有特殊原因才画的？"

倪燕归拿了棉签，沾上药膏，给柳木晞上药。

柳木晞疼得呼呼直叫。

"受过比你这脚底更苦的苦。"倪燕归说，"那块皮肤不行了。"

等水泡的疼痛过去，柳木晞听懂了倪燕归的话，她当时有怀疑过印记底下是伤疤："那么大片的皮肤，一定很疼吧？"脚上起两个泡，她就受不了。

倪燕归抬眼："我忘了。"可能是太疼了，所以不愿回忆。

"我很好奇，你一个女孩子，为什么要画一只公狐狸？不是应该画一只娇俏魅惑的狐狸精吗？"

"这只狐狸不是我画的，我只加了些花纹。"倪燕归说，"狐狸嘛，大多是固有的形象，最有名的就是妲己。我就要一只有气质的公狐狸，别致。"

"确实，很有气势。"柳木晞说，"你展示给陈戎的时候，记得要使劲卖惨。他肯定被你唬得一愣一愣，会心疼你的。"

"我发现。"倪燕归弯起唇，"陈戎对我越来越好了。"

柳木晞点头："帮你写作业，给你买夜宵。学霸竟然有这闲工夫。"

"我前两天唱的军歌，陈戎竟然录下来了，他称赞我唱得好听。"倪燕归得意一笑，"这就是男女之间的滤镜吧。"

"他称赞'好听'？"

"是啊。"倪燕归点头如捣蒜。

"你俩情投意合。在一起，在一起。"

"顺其自然吧。基地这个地方，没什么浪漫场景，而且他没情趣。"倪燕归合上了药箱，"明天加油吧。"

军训的第八天，教官给同学们唱了一首《打靶归来》。

同学们沸腾了起来。尤其男生，唱得那叫一个气势磅礴。

打靶训练正式开始。

教官说："以前军训用的真枪实弹，56式半自动步枪，三年前开始改成这个。"

他手里握了一把枪："这是仿真的激光枪。发生器装在枪管前方，激光器中心和枪管中心重合，射击的感觉接近真枪。有效射击可以达到六百米，被击中的人有光以及声的反馈，遭到激光射击之后，他们的装备自动失效，视同'中弹'。"

介绍完这把枪，教官收了起来："在你们真正开枪之前，会有两天的训练课程。你们有足够的时间体验射击技术。"

射击训练以手部力量为主，一天下来，倪燕归晃了晃肩膀："好久没练，酸。"

她趴着不想动，发消息给陈戎说：我好困。

陈戎回了句:晚安,早点休息。

倪燕归抱起枕头,闭上眼。

柳木晞的右手直接垂下来,肩骨头仿佛散了架。不过,她没有再抱怨,而是给自己的脚缠上了纱布,然后用活络油揉搓肩膀。

叫苦不迭的,有于芮,也有其他人。同学们停止了一切闲聊,倒头睡了过去。

虽然疲惫,但到了真正实战操枪的那天,似乎所有艰苦一扫而空了。男同学就不用说了,个个眼睛里发着光。女生这边,虽然有几个人对枪支感到害怕,但也有跃跃欲试的。倪燕归就在摩拳擦掌。

每个学生有五次射击机会。

女同学之中,柳木晞抽签抽到了第一个。第一次射击,她终究是害怕,闭上了眼睛。睁开眼的时候,发现靶子上没有标记。脱靶了。

她问教官:"这会影响学分吗?"

教官说:"打靶训练不计入学分。"

大概是教官这话卸下了她的压力,接下来的四次射击,她最高的一次上了七环。不是零蛋,她很欣慰了。

轮到倪燕归了,她转了转肩,其实还酸疼着。她甩甩手,慢慢地趴下去,盯着前方,注意力放在最中间的靶心。她用枪托顶住肩窝,深深地呼一口气。

旁边传来于芮的叫声。

倪燕归扣扳机的手指动了动,最后稳住了。她继续盯着靶子,默念一、二、三,用食指扣动扳机。力道得慢,不能一下到底。射出一击,她顶住后坐力,保持姿势,眼睛看靶心。

教官喊:"九环。"

有了第一枪,接下来的四发很顺手。五枪,四十五环。

教官愣了下:"你个女娃太猛了。"

完成的同学坐在后排。

柳木晞的左手握住右肩,看着走过来的倪燕归:"过不过瘾?"

倪燕归的肩膀也酸:"还行,不大习惯。"

"我开一枪,枪就把我顶开了,握都握不住。"柳木晞长舒一口气,

"幸好结束了。"

　　当天夜里,凌晨四点,口哨声音划破长空。
　　床板"咚咚"响。同学们手忙脚乱,匆匆穿上衣服鞋子,争先恐后地往操场跑:"紧急集合!紧急集合!"
　　教官检查了一遍,说:"比第一天好很多。扣子都扣齐了,鞋也没有少穿一只。各位进步了。"
　　有同学匆忙之中还记得拿手机,不过,全部上缴了。
　　天还没亮就被叫起来,肯定不是为了接受简单的夸赞。教官说完没多久,总教官发话,宣布了这次的训练内容——十二公里拉练。行程起点在操场,终点是基地的后山。那里用铁网圈了大片的山林,用作训练场地。
　　教官按训练成果,把学生们分为尖刀组和后勤组。尖刀组打头阵,占领地盘,后勤组负责运输物资。
　　幸好,柳木晞睡前用纱布缠了脚,还在鞋子里垫了卫生棉,勉强保护了受伤的脚底。她本来要去后勤组。教官清点人数的时候,发现尖刀组少了个人。女同学之中,柳木晞的分数位于中上水平,教官把她调到了尖刀组。
　　倪燕归一直跟着柳木晞:"小晞,撑不住的话一定要说。"
　　这几天,柳木晞的韧性跟着锻炼起来了,笑着说:"知道了。"
　　密密麻麻的队伍从操场一路行进。教官带头高歌,山头回荡着同学们的大合唱:"向着太阳,向着自由,向着新中国,发出万丈光芒!"

　　半路遇袭,长途跋涉,种种考验……同学们在教官的带领下,好歹通过了。
　　林修摘下帽子,头发已经被汗水打湿了:"我们还在山里,不会又要走十二公里回去吧?"
　　黄元亮脸颊通红,喘着气:"再往回走,我就要躺后勤组的担架上了。"
　　柳木晞"呵呵"两声:"我看后勤组的同学自己都要倒下了。"

第六章　告白

　　林修四处张望，发现山坡上有几个寨子，寨子的门前建了座瞭望塔。他说："那儿应该是新的训练据点吧。"

　　黄元亮瞪大眼睛："还有训练？"

　　这时是早上，不到七点。太阳升得慢，才从山头露出一道弧。好在有车送了早餐过来，大家坐在草地上，狼吞虎咽地吃完了早餐。

　　半个小时后，教官安排了最新的项目——反恐战术演习。

　　"这次演习有蓝、黄两个阵营。分为八个组，进行四次对抗赛。"总教官说，"每次对抗赛有两个小时的作战时间。接下来，由各教官安排各组的具体时间。"

　　反恐战术演习分为攻方和守方，以蓝布和黄布为标记，分组由教官抽签。

　　油画系抽到了攻方，同学们把蓝布贴到胸前。

　　教官在战前训话："你们的任务是攻下山寨，插上我们自己的旗帜。还记得军训第一天我强调的话吗？"

　　同学们齐声喊："军令如山，军纪如铁。"

　　教官喊："我们组的演习即将到来，教官们会在山头，时刻留意你们的动向。你们要全力以赴！"

　　攻方有四个班的人，同样分为先锋和后勤。

　　林修说："到山寨的进攻路线大概两公里，有密林和草丛。但越靠近山寨，林子越少，对我们很不利。尖刀组最好做一下伪装，对方的瞭望塔很高，从地势来说，攻比守要难。"

　　黄元亮很兴奋："玩大逃杀呢？"

　　卢炜说："完全不一样。没听我们一路唱的歌吗？团结就是力量，今天是团队作战。我们必须保证后勤物资安全送到山寨。"

　　林修说："我们进攻的这段距离，由远至近划为 A、B、C、D 四个区。后勤组暂时留在 B 区，我们尖刀组去攻占 D 区。"

　　难得有这样的演习训练，虽然有些同学仍然迷糊，但不可否认，大家热情高涨。

　　董维运被安排在后勤组，他喊："我们一定要把旗帜插在敌人的大

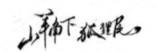

本营！"

倪燕归和柳木晞在尖刀组，自然要去冲锋陷阵。

柳木晞嘴唇泛白，跟在倪燕归后面，越走越慢。她觉得脚底火辣辣的，垫上的卫生棉仿佛薄如蝉翼，她能清晰地感觉到底下尖锐的沙石，脚步变得蹒跚。

倪燕归听着林修的作战计划，忽然回头，发现柳木晞远远落在了后面。她立即掉转回来："小晞，没事吧？"

柳木晞抹了下汗："燕归，你是主力，赶紧跟着林修他们走。"

倪燕归向后望，说："你等等后勤的人。他们有药箱，你重新换个药。"

"我知道。去吧，别管我。"

"教官说，这里围了铁网，山林野兽进不来。但我觉得，总有蛇虫鼠蚁之类的。你自己当心。"

"没事的。教官又不会真的把我们丢下不管。"柳木晞指指后面的山，"他们聚在那里观察呢。况且，我们还有通信器。"

"我先走了，干场大的。"倪燕归向前跑去。

柳木晞扶着树干慢慢滑坐下去，她脱下鞋子，抽出里面的卫生棉。走了两个半小时的路，卫生棉被踩出了个坑。纱布仍然缠得很紧，但脚止不住地疼。

"柳木晞？"乔娜的声音传来。

柳木晞回头："乔娜，有没有外伤药？我的脚很痛。"

乔娜蹲下来："我看看。"

柳木晞脱掉了袜子，解开纱布，发现自己的脚又起了新水泡。难怪疼得难受，原来她把水泡踩破了，黄脓水糊着白袜子，对比分明。

乔娜立即从药箱里拿出了消毒棉签给柳木晞敷上了药，说："你留在这里休息吧。这是团队作战，我们赢了，你也就赢了。"

柳木晞叹气："乔娜，我尽力了。"她想去先锋部队，却心有余力不足。

"我明白。"乔娜收起药箱，"等我们胜利了，再回来找你。"

柳木晞想，蓝队是攻方，中间相隔的两公里是进攻的距离。对方就跟守门员一样，只能在有限范围内活动。她以为自己的位置很安全。

行动时，她感觉到的是伤处的疼痛。休息一会儿过后，脚掌反而变得麻木。她连脚趾都不想动，背靠大树，仰头望天："幸好我生在和平年代。"否则她活不过第一次敌我冲突。

远处突然传来一阵"砰砰砰砰"的声音，伴随几句喊声。

看来双方人马已经交战了，那边越响，越显得这里安静。

柳木晞莫名有种贪生怕死的心虚，她揉了揉膝盖，然后扶着树慢慢站起来。她弯腰捡起激光枪背在身上，她要追上大部队。但脚掌无法着地，只能虚虚地踮起。她按下了通信频道："后勤组还有人在 B 区吗？"

于芮："我们到 C 区了。"

董维运："出事了，出事了。对方没有全部留守，他们有人反攻了。"

乔娜："柳木晞，你待在那里休息，不要出来。"

倪燕归："自己休息，别管我们。"

柳木晞等同于一个伤兵，她只能坐回树下。对方反攻了？他们不是防守方吗？但教官好像没有说黄队不能反攻。歼灭了蓝队，黄队就等于保住了营地，胜利完成任务。

正这么想着，她忽然听见周围某处有什么动静，她立即握住了枪。

林子间站了一个人，竟然是朱丰羽。他摘了帽子，可能由于军训，他的金发剪得很短，发尾已经有新发长出来，黑金相间，不见以前那种闪金的色泽。

他的手指转了转帽子："你在睡觉？"

"我受伤了。"柳木晞的目光移到他的胸前。是黄布，他是从山寨而来的反攻者。

"好好休息。"朱丰羽戴上帽子，用枪指向她。

柳木晞愣了下，呆呆地问了句："你干吗？"

他好心地解释说："敌对阵营。"

"你乘人之危！"柳木晞扛起枪，把枪托在肩上，抵住扳机。她两手持枪，严阵以待。

他却只用单手抬起枪，另一只手和往常一样，插在口袋里："你赢不了。"

她喊:"我真的会开枪的。"

他一脸无所谓:"我数一二三,同时开枪?"

柳木晞有些迟疑。

他却非常果断:"一、二。"

她的食指在扳机上抖动。

"三。"朱丰羽毫不留情地开枪。

"砰",她跟着这声按下扳机,然而装备失效了。她扣了几次,听到的只是扳机处轻微的"嗒嗒"响。她狠狠地瞪他:"你没有人性。"

朱丰羽扯了下嘴角:"你该倒下了。"

"你没有人性。"

他收起枪,向她瞥一眼,忽然定了下来。

"你没有人性。"柳木晞仍然重复着,抬头却见他向她走来。

朱丰羽站在她的面前,弯下腰。

她看着他整个人向她倾身而来,他甚至伸出手探向她的脸颊,她猛地偏了头。

他一记手刀砍在树上。他捡起被砍中的东西,摊开给她看:"这里是丛林,四处有小动物。"

柳木晞这才看向他的掌心。是一只……甲虫?

"谢……谢。"她喃喃地说。

朱丰羽轻轻看她一眼,有些玩味:"你以为我要做什么?"

她顿时尴尬:"没什么。你走吧,你赢了。"

朱丰羽无声无息地消失在林间。

柳木晞忽然有预感,蓝队赢不了了。照理说,她已经被击杀,没有再使用通信的机会了。但战场上也有士兵在阵亡前奋力向友军传递信息的吧?她心虚,但仍然按下了通信器。

倪燕归既然是尖刀组,冲锋起来不在话下。她向前跑,越跑越快,追上了打头阵的林修。

眼看她就要成为这支队伍的领头人,林修低叫:"倪燕归,你给我回来！"

她回头："你怎么那么磨叽？"

"给我回来！"林修喊，"我指挥还是你指挥？"

她只好停下来，往后退。

"你别冲在前面。我们上，你垫后。"

倪燕归握了下枪："凭什么？"

"你一个姑娘家家，传出去了，还怎么善良可爱？"林修不愧是林修，直击她的弱点。

果然，倪燕归想了想，觉得这话很有道理。蓝队有四个班的人，万一谁透露出去，说她在战场上好斗嗜狠，就坏事了。于是她躲到了林修的身后。

尖刀组分成了两列，间隔距离大约一米。他们到的这个D区已经不在林间，幸好草丛一米多高，人猫着身子能躲一阵子。

林修玩得像模像样，往脸上抹了几把泥。

柳木晞的信息就是在这个时候到的："朱丰羽出来了，他是黄队。"

倪燕归冷下脸："朱丰羽？"

黄元亮："又是这个朱丰羽，他谁啊？"

柳木晞："我被他击杀了。"她切断了通话。

"大意了。他们有人出来，我们这边很难办。"林修说，"多撤几个去C区，可能要变成游击战了。"

倪燕归说："朱丰羽和我八字不合，我回去。"

"你别去，他很危险。"林修想把她拉回来，却发现她已经跑了，"燕归，燕归！"

她头也不回。

林修："……"

"我也回去吧。"旁边响起一个女孩的声音。

林修看过去，女孩不是他们班的，但也是蓝队的人。她长了一张娃娃脸，倒是可爱，不过眼神比较冷，哪怕面向自己的队友也并不热忱。

"如果对方够阴险的话，他们会猜得到后勤组大部分是女生。我觉得，他们可能想攻占我们的后方。"娃娃脸女孩说，"我是女生，可以混在后勤组里,混淆敌人的视线。"

另一个女生说:"我也回去。他们见我们是女同学,肯定会放松警惕。"见林修没说话,女生拍了拍娃娃脸女孩的肩,"放心吧,何思鹂的军训成绩,不少男生都比不过。"

林修点了点头:"自己当心。"毕竟不是一个班的,他不能像指挥倪燕归那样理直气壮。

那个名叫何思鹂的娃娃脸女孩提起枪,迅速地向后跑去。

倪燕归回到了B区。她不记得柳木晞的位置,用通信器问了几遍。柳木晞没有回答。

倒是乔娜描述了一下:"在林修所分的B、C交界处。"

好不容易,倪燕归终于见到了树下的柳木晞。

柳木晞到处乱望,担心四周埋伏了黄队的人。直到倪燕归到了面前,她仍然心惊胆战:"你就这样跑回来?"

"对啊。"倪燕归蹲下来。

"他们在暗,我们在明。你就不怕敌人躲在林子里放冷枪?"

"不知对方的军师是谁,林修真该去讨教几招。我们本来是攻方,反而躲躲闪闪的。"倪燕归看了眼柳木晞的脚,"重新上药了吗?"

"嗯。"柳木晞推推倪燕归,"你快躲起来,你站在这里就是活靶子。"

倪燕归问:"朱丰羽往哪个方向走了?"

"别和他杠。他这人……真的厉害。"

"我和他那笔十二支烟的旧账还没算,又添上今天的。"

"冤冤相报何时了。"柳木晞苦口婆心地劝她,"去玩吧,别管我了。"

"你干吗?不对劲啊。"倪燕归望着柳木晞。

柳木晞拍了下脸:"第一次尝到被击杀的滋味,总要有个过渡期嘛。"

"那我更要给你报仇了。况且,我和他是敌对阵营,这场仗免不了的。"倪燕归站起来,"蓝队想赢,首先要战胜黄队。"凭朱丰羽的实力,绝对是个祸害。

没错,蓝队要赢。柳木晞士气高涨,指向了左边。

第六章 告白

"等我的好消息。"倪燕归走了。

朱丰羽遇上柳木晞是个意外，但柳木晞被击败不是意外。凡是蓝队的人，朱丰羽见一个射一个。到了A区，没有再见到蓝队的同学，朱丰羽掉转方向往回走。走了不到一百米，迎面来了一个人。

倪燕归见到他，直接抬起枪，毫不犹豫地射击。朱丰羽敏捷地闪过。人是活动的，不是训练场上的靶子，何况才练了两天的枪，倪燕归对活动目标的射击没有那么精准。

朱丰羽很轻松地用枪对准她。她猫下腰，脚下一蹬，蹿到了大树后面。

朱丰羽压压自己的帽檐，接着用食指顶起。视野所及，只有蓝天白云、树木草叶。

倪燕归纤瘦的身子被粗大的树干遮挡住。除了这一棵树，她无处可去。

他踏着落叶，踩着枯草，他不介意自己脚下发出窸窸窣窣的声响。到了这棵树的旁边，他那一脚踏得更重，似乎有意要告诉她，他来了。他把枪口指向大树后面。然而，没人。

紧接着，他看见地上有影子，迅速抬头。

倪燕归不知何时上了树。她居然凭着双手双脚往后撑上了半空。激光枪别在她的腰间。她俯身一跳，同时向他扫腿。

朱丰羽的眼里有什么动了动。他闪过她的腿，但是枪支倏地滑落。他伸手要接，又被她追了一脚。那把枪直接被踢飞，落在地上。他不去捡，而是在倪燕归落地以后，冲上去挥拳。她自然要格挡，不料这招是声东击西。朱丰羽右手挥拳，其实左手是要偷她的枪。他收回右拳，左手已经握住枪口。倪燕归当机立断，突然扣下扳机。

激光枪之所以能做出射击的反馈，是因为他们身上穿了件有信号接收器的衣服。但接收器有一定的范围，射击时，如果没有撞击到接收器上，则射击无效。

而这时，枪口对准的是他的手掌，无效。但她也没能扣动扳机——因为朱丰羽向上一扯，把枪从她的腰带里解了出来。他正要把枪口掉转过来，没想到，倪燕归又飞起一脚。她是冲枪而去的，第二把枪也被踢落在了地上。

朱丰羽握了握拳头，他不擅长用枪。

倪燕归也是。这几天进行射击训练，她的肩膀酸痛不已，幸好她的下肢恢复得不错。他是练拳击的，她不和他比拳头，她用腿法。

她抬腿向他压过去，他以手肘挡住，一时没收住力道。她整个人被推得向后转了两圈，她轻轻跃起，没有摔倒。之后，她向前翻转，不只转回了刚才的两圈，还多转了一圈，贴近朱丰羽时，狠狠踹过去。

朱丰羽向来没表情的脸变得深沉了。她比他轻盈，比他柔软。散打讲究拳脚并用，但她的腿法不像散打的架势。要他描述的话，更偏向于武术。她的身手很轻，无法对他造成大力道的袭击，但这样的灵巧很缠人。

然而，男女之间的差别是天生的，况且都是练家子，她再灵巧也没办法赢他。

这场演习，真正定输赢的还是那两把枪。

朱丰羽确实很强，他不是单纯的拳击选手，也涉猎其他格斗术。倪燕归不得不承认，自己荒废技艺很久了，她渐渐吃力，忽然见到一片从树上飞落的叶子，她心生一计，暗暗调整自己的方向，尽量往枪的方向移动。

他看出她的意图，正好他也要速战速决。

二人目的一致，从缠斗变成了抢枪。朱丰羽刚要去捡枪。倪燕归勾起脚尖，从下往上划出一道弧，将碎草落叶扬向他。他被一根枯枝刺了下眼皮，眨了两下眼。

之后，枪到了倪燕归的手里。她是飞扑过去的，这时卧倒在地，朝他按下扳机。"砰"的一下，她冷笑说："Game over（游戏结束）。"

朱丰羽捡回另一支枪。他的接收器已经关闭，激光枪收不到信号，自动失效。

远处传来交战的声响，他又看见飞下的落叶。他抓了一片，放在掌心捻碎，撒向半空。

第六章 告白

他有时见到蓝队的人,有时遇上自己阵营的。他们都是战败的队员。好几个被"击杀"以后,坐在树下谈天说地,好不快活的样子。有两个蹲在草丛里,点评各方战力。

一个说:"喏,那个,浑身都是破绽。"

另一个说:"哇哇哇,我们这边又挂一个。"

前面的又说:"哎哎,对面的也挂了。一对一,打平。双方实力都很菜啊。"

两人似乎忘了,他们早就"挂"了,也很菜。

朱丰羽虽然也失败了,但没人敢上前调侃他。他背起枪,一路向山寨走。不久后,他遇到了陈戎。陈戎的帽檐盖得很低,几乎遮住了眉目。他的下半张脸没有惯常的浅笑,唇线锋利,冷漠难驯。

朱丰羽松了松身子,问:"不是稳坐中军帐吗?怎么出来了?"

"她在蓝队。"两队人马,都是到交战时才知道对方具体在哪边。陈戎没想到,倪燕归在敌对阵营。

朱丰羽点头:"她是主力。"

陈戎注意到,朱丰羽的接收器颜色灰了:"你被击败了?"

"没错。"

"是谁?"

"倪燕归耍了阴招。"朱丰羽扯起嘴角,"不过,我也放了水。"

陈戎摘下眼镜:"伤到她了?"

"没有。"朱丰羽拍拍身上的落叶,"你的女人生猛似海鲜。"

"这话中听。"

"哦。"

"我是说其中五个字。"陈戎露出一双长刃般的眼睛,"但我不喜欢有人动她。"

"嗯。"

两人擦肩而过的时候,陈戎向朱丰羽挥了一拳。朱丰羽直觉有股劲风袭来。他明白,他对倪燕归使用武力很不厚道。但训练已久,肌肉反应比脑子更快,他的格挡几乎是下意识的。

当他撤回手,想要正面挨拳头的时候,陈戎又收拳回去:"下不为例。"

"知道了。"

陈戎戴上眼镜,抬起帽檐时,脸上已重新拾起温和的笑。他望向走来的人:"蔡阳,你也被击败了?"

蔡阳灰头土脸,他狠狠地脱掉帽子,说:"对方有个女同学,是高手。我们三个人上去围攻,全军覆没。我们轻敌了。"

朱丰羽仰头望天:"是倪燕归吧?"

赵钦书跟在后面,大声说:"不是大姐头。是一个娃娃脸,看着玲珑可爱,没想到是个狠角色。我被她的外表蒙骗过去了。"

朱丰羽:"对方的大将全是女的?"

可赵钦书的接收器仍亮着灯。陈戎问:"你不是好好的吗?"

赵钦书深深一笑:"全靠跑得快。"

蔡阳摇头:"你是个逃兵。"

赵钦书:"留得青山在,不怕没柴烧。我回来请求支援。"

"我回去了,你们玩。"朱丰羽转身离去。

陈戎在通信器里和队友们交流了一会儿。没人知道倪燕归的位置。倒是说起娃娃脸女孩,众人表示,都是直接被打败。

蔡阳提醒剩下的同学们注意。

赵钦书说出了关键:"注意也没有用,实力太悬殊了。"

有人问她的真正身份。

有一个同学想起来了:"娃娃脸,眼睛大大的,留一个波波头。对不对?"

蔡阳:"没错,是她。"

那个同学说:"她叫何思鹂,长得可爱,其实是个很傲气的女生。"

蔡阳:"总之大家当心。不要被女同学的外表迷惑!"

陈戎切断了通信,有些漫无目的。真是不凑巧,他走的这一段路没有遇上倪燕归。

耳听八方的时候,他突然察觉到草丛里面有动静,他轻轻地走到树下。

第六章 告白

草丛虽然高,但比较稀疏。里面有一个身影,半伏着,只有草的一半高。

无法判断对方的标签,不知是敌是友,甚至是男是女也不确定。陈戎站了几秒,卸下防备的姿态,稍稍低着身子,向着那个人走过去。那人十分警觉,突然拨了下草丛。

两个人都躲在草丛里。陈戎无法蹲得很低,头部暴露在外,这让对方占了上风。草丛摇晃得厉害,那人在射击,但陈戎没有接收到中弹的信号。

陈戎继续往前,见到了那道身影。是个女孩,但不是他要找的倪燕归。

女孩直直地站立在他前面,上身就露出半米高。

他看清了她的样子,短发,娃娃脸。从特征来说,她可能是他们之前讨论的何思鹂。

她的动作非常敏捷地举枪指向他。与此同时,她也看见陈戎的枪口正对着她。

这个时候,无非就是比谁的手快而已。她没有立即开枪。陈戎也没有。他终于明白她为什么只有半米高,因为她整个人陷进了草丛。底下可能是土坑,可能是淤泥。

这片山林方圆几公里,就算有铁网围栏,也存在不可避免的危险。他继续向前,要一探究竟。

何思鹂快速地扣下扳机。

他侧身闪过,问:"同学,你是不是遇到麻烦了?"

"战场上没有同学。"她的声音很清很亮,极富穿透力。

他在记忆中搜寻,确定自己没有听过这个声音,两人并不认识。

她单手持枪,另一只手似乎正在支撑什么。

陈戎在草丛里卧倒了三秒,之后,他有了盘算。从他出现到现在,何思鹂没有移动过下半身。因此,她的腿脚肯定出了事。

他站了起来。

何思鹂就正如蔡阳所说的那样,直接开枪。

打中了。她反而惊讶:"你站起来做什么?"如果他一直伏在草丛

185

中,她不一定能射中,因为她行动受限。

陈戎微笑:"我现在已经是个伤兵。同学,需要帮忙吗?"

她狐疑地看着他。

他指指自己的接收器:"已经暗了。就算我要报复也没有办法,我无法作弊。"他到了她的跟前。

何思鹂所在的地方有一个直径一米五的大坑,不是太深。她没有站在坑里面,而是半蹲着。她的左脚陷进坑壁上的一个小缝,脚踝被小小的洞口箍着,她穿了鞋袜,但经过石块的磨蹭,陈戎猜测,她的脚已经受伤了。何思鹂从头到尾都没有喊疼,甚至刚才见到他,她也不向他呼救,而是坚持着完成战场上的任务。

陈戎不禁对她刮目相看:"我去找个东西把这个洞砸开。"其实手上的那把激光枪就可以当成工具使用,但这一把砸下去,教官要吐血。

何思鹂叫住了他:"对不起,我击杀了你。"

"你只是执行战场的命令。"陈戎去林子里走了走,捡了一个石块。

何思鹂望着那个大而且尖锐的石块,她的圆眼睛睁得大大的:"你和我是不同的阵营。"

陈戎一脚踏进了坑里:"出了这个基地,你我是校友是同学。"

他用石块冲着那个洞口砸去。土质比较硬,不知她是怎么踏进去的,不过,既然能进去,那就能顺着某些角度把脚扭回来。他砸了几下,掉出些碎石块。

他用石块向上撬。他不敢太大力,担心伤到她的脚。

何思鹂望着他。她以为自己没见过这个人,但突然她又想起,他是校会上发言的学霸,叫什么名字她忘了。他长得很俊,侧脸像是刀刻出来的,四高三低,是美术老师最喜欢的比例。是个好人。

突然,"啪嗒"一下,洞口裂了一个五厘米的孔洞。

陈戎用衣袖擦了脸上的汗,说:"你试试,能不能把脚稍微弯一下,从缝里缩回来。"

何思鹂的腿有些麻,她轻轻地转动着脚踝,卡在里面的脚趾也向外抓了几下。她向外抬脚,顺不到进去时的角度,又卡在了脚背上。

陈戎只好再去撬洞口。

几番折腾,她的脚终于可以出来了,白袜子上渗出了点点鲜红色的血迹。

陈戎问:"你们的后勤组呢?"

何思鹂说:"我们走散了。"其实不是,是她自己独来独往。

"我去给你找个后勤兵过来。他们有药箱,你这个伤要先处理。"

"谢谢。"

"不客气。"

何思鹂站起来,踮着脚:"我不喜欢欠人人情。"

陈戎笑笑:"这只是同学之间的互助。"

她握起枪。不过这一次,她的枪口是对准她自己的:"你被击杀只是因为你的同情心,我还你这一份同情心。"她朝自己射了一枪。

剩下的作战时间不多了,陈戎不知要上哪里去找倪燕归,索性自己在林子间闲逛。

学生们开始三三两两地聊天,还在战场拼命的同学反而成了异类。

陈戎关掉通信器,远离人群。某个时候他觉得有人跟着他。他的装备已经失效,从这次任务来说,他是一个没有价值的人。他突然掉转方向,向偏僻处去。近的是人声,其间还混杂有枪响。走了一段路,四周林木葱茏,他停住,突然回头。后面那个偷偷跟踪他的人踮起的步子停在半空。

"好巧。"他就知道是她。

倪燕归立即站直身子。她是偶然见到他的,没料到两人竟然在同一战区打对抗赛。他的身影在林间晃过,她立即追了过来。他身上的是黄布,而且灯灭了。她不意外,这种书呆子,走到哪里都是别人的第一目标。

她觉得两人好久没见似的。他比上次见面又黑了,人当然是帅的,更挺拔了。

"真巧。"她好奇地问,"你不是在守山寨吗?怎么出来了?"她以为,只有朱丰羽这种攻击型队员才会到处游击。

陈戎无奈地说:"我们队的作战计划是乱走一通。我不知道去哪儿,随便逛逛。要是在以前,我自己不敢进大山。但这里是基地,想着享受一下林间风光。否则军训结束,不知什么时候才能重新感受大自然。"

她笑着上前,牙齿白得闪亮:"训练还好吧?会不会太辛苦?"

"毛教练的训练提升了我的个人素质,这十来天的训练,我觉得还行。"陈戎扯了下自己的背心,"就是输得比较惨。"

"这有什么关系,大家都是玩的。你没见那些'挂了'的同学个个坐在草地上,高谈阔论的样子跟打了胜仗似的。"

他见到她的背心亮着灯:"幸好,你没有被击败。"

她不介意女强男弱,但是她太骁勇的话,他会自卑的吧。她说:"哦,其实我没有出去,一直躲在这里。"

陈戎惊讶地问:"你走散了?"

"嗯。我是后勤组的,之前这场攻防战太混乱了,我们要跟着去上场杀敌。听说,黄队有几个厉害的人物,到处挑战我们。后勤组也不安全,牺牲好几个同学了。我打不过他们,又怕自己成为累赘,只好躲在这里。"理由是现编的,说得磕绊。她时不时蹙眉,再咬咬唇,用小动作弥补语言的不足。

陈戎同意她的话,点点头:"我们队有拳击社的人,就是毛教练说的那个得奖的,战绩辉煌。"

"我记得你的话,不跟他们起冲突。如果我遇上他,肯定会被击杀的。"她顿了下,"不是说我不能输,而是……我害怕那种枪林弹雨的场面。"

"没事。"陈戎安抚她,"这里很安全,你会安全留到最后的。"

"前两天,刚开始射击训练的时候,吓死我了。"倪燕归拍拍胸口,"我第一枪脱靶了。幸好教官告诉我,不用计学分,否则我的军训成绩会不及格的,我最高只打了七环。"

陈戎看着她,她没有化妆,素面朝天,露出原来狭长的眼睛,撒谎时,眼珠子一溜一溜的,灵动有神,真是一只山间小妖精。他说:"我来之前,也担心军训成绩,特意去问了上几届的师兄,都说军训不会不及格。四舍五入,教官肯定会给六十分。"

"那就好。"倪燕归眼睛含水,"我们一起在这里等待战争的结束,好不好？"

"好，我陪你。"

正在这时，通信器突然响起来。

林修在那头咬牙切齿："你跑哪儿去了？"

倪燕归吓了一跳，生怕林修说出什么话，立即切断了线路。她说："不知道为什么，有的同学一进频道就凶巴巴的。"

解释的人是陈戎："难得有真人实战演习，大家热血沸腾吧。"

她叹气："一接入通信频道，我的耳朵就嗡嗡响。我是爱好和平的人啊。"

陈戎附和："我也是。"

"听到枪声起，我特别慌。"

"我也是。"

话音刚落，远处又传来"砰砰砰砰"。

倪燕归缩了下，两手捏住耳朵，低叫："天啊，太可怕了。"

"砰"，又响了一声。她趁机靠向他，低头，缩颈。

陈戎伸手捂住她的耳朵，说："听不到就不会害怕了。"

她抬头观察，他比她黑了两个色号，肤色削弱了他的书生气，但他依然温柔。她忍不住唤他："陈戎。"

"嗯。"

她可怜兮兮的："你会不会觉得我很胆小，太柔弱了？"

他笑着摇头："不会。"

"可是……我觉得女孩子要勇敢一点，才会可爱。"

"你很可爱。"

"真的？"

他郑重其事："真的。"

她挑起眼睛，媚色乍现："那我是不是很善良？"

陈戎听出她的言外之意，静了一会儿。

她催促："为什么不回答？我很乐于助人的啊。"

"是。"他凑近她的耳边，松开自己的一只手，说，"很善良，很可爱。"

同时响起的，有交战的枪声和喊叫。没关系，她当那些是鞭炮，为了纪念她和陈戎的这一幕。

他说："我很喜欢。"

他很喜欢。

倪燕归竖起耳朵，头稍稍向陈戎的方向偏过去，但没有听到后面的宾语。就说完了？他的脸靠得很近，放大的眉目莫名变得有压迫感。她无意识地数着他长而翘的睫毛，再瞥见他眼里流转的波光。她瞬间明白了，在两人脸和脸之间不到十厘米的距离里，不需要宾语。

他喜欢她。

不意外的，她早感觉他对她有好感。

但也意外，没想到捅破这层暧昧的人，是他。

倪燕归藏不住心事。哪怕这个时候，她知道女孩子要矜持清高，但眼角眉梢已经飞上了喜色。

陈戎的鼻息就在侧边，吹得她的脸颊烫热。

她本来打算卜一卦，挑一个花好月圆的吉日，故意挑逗书呆子。然而今天，她大战了一轮，满身是汗，头发也黏糊糊的。这里听得到远处激烈的枪战声，而且野地杂草丛生，林木参差不齐，树下野花的花语不知道吉不吉利。毫无浪漫可言。

但她又豁然开朗，去他的仪式感。他喜欢她，这就是一个胜利的仪式。而且，修剪出的灌木哪有大自然的鬼斧神工有感觉呢。

陈戎离她更近了，上翘的唇就在她的脸颊边。她记得，她和朱丰羽抢枪时，趴到地上，脸颊蹭了泥。想到这里，她忽然别了一下头。陈戎立即撤回去。

两人顿时无声。

她先打破了沉默，问："喜欢多久呢？"

陈戎好像在数脚下的落叶，没有立即回答。

她追问："只有今天吗？"

他踩了下落叶："不是。"

"那是多久？"

他低着头:"一直。"

"一直是多久?"

"一直是副词,表示动作或状态始终持续不变。"他答得认真,不像是开玩笑。

这回轮到倪燕归哑然。

他不说话,前脚掌在落叶堆间点来点去。

"我问你啊。"又是她开口,"你说的一直,是以现有条件为前提吗?万一哪天我不可爱了,你会不会把我甩了?"

"不会。"他搅乱了底下的落叶。

"我要是中年发福了,老年掉牙了呢?"

"我陪着你一起发福掉牙。"

"万一我没到中年就不可爱了呢?"对于"善良可爱"四个字,她多少有些心虚。

他抬起眼:"你是倪燕归,你就是可爱的,和你的外貌、年纪没关系。"

听他的意思,她在他心中的形象已经固化了。她想了想,像他这种乖巧男生,好骗好欺负。以后两人感情越来越深,到了那时,就算她露出本性,他也撇不下了。她点头:"姑且就信你一回吧。"

他的目光停在她的脸上:"那你呢?你对我……"他欲言又止,不好意思问下去。

她发现,他好像要退缩,情急之下,她掐住了他的脸颊。

他愣了愣,但没有挣扎,任由她揉捏。

"我也喜欢。"她的话同样没有宾语。就两个人,彼此心知肚明了。

"那……"他问,"我们今天谈妥了?"

她忍不住想笑,什么叫谈妥了?又不是开会。她没有真的笑出声,而是点头。

"太好了。"这句以后没下文了。

倪燕归想起来,问起白月光的那天,陈戎明显展示出不懂爱情小说。她猜测,大学以前,他天天泡在书堆里,除了学习还是学习,课程排得满满当当,没有时间去关注风花雪月。这场恋爱还得由她来主导。

她说:"我们到附近走一走吧。"这里的环境比不上公园,但荒郊野岭的初恋,别有一番意境。

走了几步,她突然"哎呀"一下,往前倾倒。瞬间过后,她又暗叫不妙。她演得太逼真,真的把自己绊倒了。她怀疑,就算她跌了个狗吃屎,书呆子都不懂拉她一把。眼见要扑向地面,她想伸手平衡一下,但她的腰被钳住了,一股力道将她勾回去。他的另一只手扶在她的侧腰。

"幸好没有摔倒。"他眼神磊落,似乎只是去拉人。

她眨眨眼睛,正要说话。空中传来尖锐的长哨——反恐演习结束了。

"要集合了,我们走吧。"陈戎发现自己仍然搂着她,连忙缩回手,"不好意思。"

"谢谢你,不然刚才我就脸着地了。"才说完,倪燕归看见了林修。

"燕归!"林修在战场上到处找她。她关了通信器,人联系不上。这时见到她和陈戎站在一起,他冲上前的脚步顿时收住了。

她向他挥手:"林修,我们赢了吗?"

他没回答。

她跑过去:"输了?"

林修的背心亮着灯。但是攻不下山寨,就是输了。他说:"你没事就好。"他掉头就走。

她追上去,窃喜地说:"我和陈戎谈妥了。"她也用了陈戎的用词。

林修侧头看她:"什么谈妥了?"

"互相告白了。"

"哦,恭喜。"

听着很敷衍。她横他一眼:"没诚意。"

"不然干吗?我还得向天上射三枪给你庆贺?"

"你是我的好朋友,他是我的男朋友。我给你们俩介绍一下。"她一副喜滋滋的样子。

林修回头向陈戎望过去。陈戎的军帽压得比较低,表情难辨。倪燕归沉迷陈戎的气质,她描述中的陈戎,憨厚过头了。这样距离的观望,林修反而觉得他像斯文败类。

第六章 告白

"行了吧。等你俩真成的时候,再来介绍也不迟。"

"什么意思?"

林修压低嗓子,到她耳边说:"你肯定是装淑女才谈妥的吧?"

果然,知她者莫若林修:"那又怎样?"

两人挨得近,他的声音很小:"迟早有暴露的一天,隐瞒没有好果子吃。"

"呸呸呸,不要乌鸦嘴。"

林修扯起笑,又向陈戎看了一眼。陈戎低着头,整张脸隐在帽檐投下的影子里。

倪燕归跑了回去。陈戎看向她,挂着浅浅的笑。

她说:"刚刚那个人,他叫林修,是我从小到大的玩伴。不过今天蓝队输了,他心情不好。改天我介绍你们俩认识。他人不错,就是容易情绪化,演习指挥失败了,暴躁着呢。你别介意。"

"你不用替他向我道歉。"陈戎笑笑,"我回去集合了。"

柳木晞拖着步子,慢慢走来。

倪燕归蹦过去:"我谈恋爱了。"

柳木晞愣了愣:"什么时候?"

"十五分钟前。"

这么迅速?

"和陈戎?"

"不然还能和谁。"

"你不是去找朱丰羽了吗?"

"哦,我把朱丰羽干掉了。"倪燕归扬起笑,"十二支烟,还有你的那份大仇已报。"

"你真的把朱丰羽打败了?"柳木晞难以置信,"他放水了吗?"

"我是经过一番苦战才赢的。再说了,他干吗对我放水?"

柳木晞想想:"说得也是。"朱丰羽听到她受伤,连句安慰都没有,真的没有人性。

第七章

倪倪

朱丰羽站在山寨的瞭望塔上。山坡地势高，这里更是将整个战场一览无余。

陈戎走来了，帽檐都要盖到鼻子了。

朱丰羽走下台阶，走到一半，向空中一跃，跳下了瞭望塔。他问："你被击杀了？"

"嗯，是计划之内的。"

两人并肩往回走。

陈戎忽然说："我有女朋友了。"

突兀的话题，但朱丰羽接住了："恭喜，如愿以偿。"

"情况特殊，暂时不能介绍你们认识。"

朱丰羽面无表情："已经打过架了，认不认识无所谓。"

前面围着一群人，赵钦书和蔡阳就在其中。

蔡阳拍了拍掌："没想到娃娃脸竟然被我们的人歼灭了。"

另一个同学伸出手指，一个个数着："她一个人偷袭了我们十来个吧。"

赵钦书喊："是谁立了大功，站出来吆喝一下。"

没有人回答，大家都摇头。

赵钦书抬头看见陈戎，笑着说："我们赢了。"

"嗯。"陈戎没什么太多喜悦。

赵钦书在通信频道里问是谁，仍然没有人回答。他琢磨一下，心中有了谱。

集合完毕，同学们坐车下山。

回到宿舍，赵钦书踩着拖鞋，到了陈戎的床前，一屁股坐下去，压平了上翘的床板。他轻轻拍上陈戎的背："戎戎啊。"

第七章 倪倪

陈戎脱掉了袜子。

"娃娃脸不会是你击杀的吧？"和陈戎接触久了，赵钦书从陈戎的沉默或者答非所问之中，学会了一套揣摩真相的思路，比如，陈戎这时候不回答，赵钦书就明白了，"果然是你。"

上铺的同学累得没脱衣服就倒下去了，发出规律的呼噜声。房间狭小，人和人的距离很近。对面床的同学正在讲电话，没有注意陈戎和赵钦书。赵钦书低了低声："你一个人对付那么强劲的对手，和你的柔弱人设不符啊。"

"我没有动手。我是一个换一个，不吃亏就行。"

"真好奇，你是如何修炼成这副人畜无害的样子？"

"我骨子里就是一个温润和善的人。"陈戎这时的笑容就特别温顺和善。

"骗鬼去吧。"赵钦书下床要走。

陈戎忽然抬头说："对了，我交女朋友了。"

赵钦书的脚步顿住，腰扭了扭，他回头："谁？大姐头？"还能有谁？围在陈戎身边的女生就那一个。

"嗯。"

赵钦书重重地坐回来。陈戎感觉自己这端的床板瞬间翘起。

赵钦书问："谁先开口的？"

"我。"

"你为什么不等她主动呢？"

陈戎开始解军训服外衣的扣子："那要等到何年何月？"

这话暗藏玄机，赵钦书问："你很着急吗？"

"可能。"

赵钦书眯起了眼睛："你对大姐头真的有意？"

"无意的话，我懒得花时间。"

"你不是喜欢可爱女生吗？譬如我们社团的黄静晨。"

"倪燕归很可爱。"

赵钦书拍了拍额头："我们对'可爱'的理解不一样。"

197

晚上，教官又组织了文艺活动。他说："军训结束，你们就能回学校学习了。"

柳木晞盘腿而坐，她捏住脚掌，磨水泡的日子满是痛苦，但是唱起军歌的时候，又觉得舍不得这里。

董维运借了把吉他，上去弹唱了首悲伤情歌，给油画系挽回了面子，起码这个班有一个才艺表演。

倪燕归鼓完掌，拎起大袋子，出去找人。陈戎的手绘地图画得特别准确，她数一数格子就知道他在哪里。远远见到他正和教官说话，她没有去打扰，站在建筑学系的方阵后面。

蔡阳往后撑手，仰起身子，看着天上的蓝天白云："终于熬过来了。"他松着脖子，整个头跟着向后仰，忽然见到了一张脸。他愣住，过了两三秒，正回了脖子。

他转过头。没错，那人是倪燕归。

蔡阳手机里的照片被陈戎删得一干二净，但他对倪燕归印象深刻。就像那位网友说的，倪燕归这个人眉目艳丽，轮廓却有幼龄感，这种在性感和单纯之间的平衡，构成了她独特的魅力。她拎了一个白色塑料袋，两手背在后面，那架势感觉是在等人。

鬼使神差地，蔡阳突然喊："倪燕归。"

她看过来。喊人的男生坐在倒数第二排的边上，她不认识他。

蔡阳问："你在这里做什么？"

"等人。"

"等谁？"

她的笑脸像是清澈湖面浮现了艳丽的花："等我男朋友。"

"你有男朋友？"蔡阳说完，才觉得这句话好笑。漂亮女同学的身边肯定围着大把追求者，有男朋友是再正常不过的事。

"有。"她昂起了头，特别骄傲。

蔡阳继续观看场上的表演，突然听见背后的喊声："陈戎。"

蔡阳惊讶地回头，只见她奔向陈戎。男朋友？陈戎？蔡阳半天回不了神。

第七章 倪倪

倪燕归和陈戎站在操场边上，周围嘈杂，两人无法讲悄悄话。

倪燕归只能提高音量，说："看了社团群消息没？温社长说，新的学员可以考虑买拳套了。我看中了一套情侣款，我一起买了，你戴金的，我戴粉的，好不好？"

"好。"陈戎点头。

然后两人站在那里，没说话，各自笑着。

过了一会儿，教官向两人投来视线。

倪燕归把袋子打开："这里的食堂比较素，我来的时候带了吃的。听说明天要阅兵结束才能吃午饭，你用这个填肚子。"

陈戎打开袋子，里面全是各种小零食："你自己呢？你吃的肉少，要注意营养。"昨天搂她的腰时，又细又柔，像是没有骨头，一用力就能掐断。

"我知道军训辛苦，来之前顿顿吃肉。放心，我不会饿着自己的。这里有牛肉干和压缩饼干，记得多补充能量啊。"她絮絮叨叨，"还有，多喝水，不要中暑。"

"知道。"他合上了袋子。

周围陆续有打量的目光。

她靠近陈戎的耳边："军训结束以后，我们回去谈恋爱。"

她的气息钻进他的耳朵，又热又痒。陈戎听不见同学们的吵闹，看不见场上女同学曼妙的舞姿，他面前只有她，眼神感人，唇瓣弯着娇笑，在这人来人往的场合也肆无忌惮。他自然答应："好。"

军训圆满结束。大巴车一辆一辆驶来，同学们按班级依次上车。

蔡阳坐在陈戎后排，他的食指像是不受控制，自动戳了戳陈戎的手臂。

陈戎回头，蔡阳的表情很诡异："你和倪燕归好上了？"

"是。"回答简短有力。

赵钦书挑了挑头发。陈戎不喜欢谈私事，但是关于他和倪燕归的关系，却是回答得最爽快的。

蔡阳："什么时候的事？"

199

陈戎笑笑:"我和她发展很久了,这次顺其自然在一起。"

蔡阳竖起大拇指:"深藏不露。"

回到了学校,个个累得不像话。

蔡阳冲了个舒服的热水澡,躺在柔软的床垫上,懒得再动了。他感慨:"和平年代真美好。"

他闭上眼,将要睡着的时候,听到赵钦书问:"戎戎,你在干吗?"

"这是我那天在现场录下的歌,环境声太杂,我处理一下。"

"你录谁的歌了?"赵钦书说,"说起来,隔壁班一个女同学的实力媲美歌手啊。"

陈戎直接按了播放键。蔡阳听到了歌,这首歌在军训期间循环了无数次,是《团结就是力量》,但音调很古怪。

赵钦书问:"是谁唱的?"

陈戎说:"倪燕归。"

听到这个名字,蔡阳睁开了眼睛。

陈戎又说:"她有自己的音调,和我们唱的不一样。很好听,天籁之音。"

蔡阳打了个冷战。只有陈戎受得住这歌声,活该他有女朋友。

宿舍里慢慢响起了蔡阳的呼噜声,另外两个室友也爬上床睡觉了。

陈戎将倪燕归的歌声剪辑完毕,这才去洗澡。

倪燕归给他发了两个视频邀请,之后是微信消息:人呢?睡了?

陈戎去阳台,关上了门。

陈戎:刚才在洗澡。

倪燕归:我洗完了。

接着她发了一个视频邀请过来。

倪燕归靠在床上,头发蓬松,没有化妆,露出一张小脸蛋。她见到他就藏不住笑:"我发现,"她的手指在屏幕上戳着,像在戳他的脸,"你长得真不赖。"

陈戎低声说:"你满意就好。"

"那我呢?你有没有哪里不满意的?"

他摇头:"没有。"

她听着高兴,又突然想到自己背上的伤疤。虽然她用狐狸盖住了皮肤的凹凸,但手感是骗不了人的。不知道他到时候会不会懊恼,自己的女朋友没有雪白柔嫩的背。

"你见到的只有脸,我的脸是很美啊。但我室友说,男人对女人的审美不只是脸,还有好多好多项。"

"倪燕归,你是完美的。"

她笑起来,笑声大到柳木晞从对面床伸出了头:"倪燕归,不要再散发这种恋爱的酸臭味了,让我睡个觉。"

大家军训了那么多天,确实需要休息。倪燕归悄悄地说:"明天上午我有课,下午就空了,你呢?"

"上午下午都有课,中午一起吃饭?"

"好。"

"对了,军训那么累,晨跑先暂停吧,明天别早起了。"

"嗯。"

倪燕归睡了一个美美的觉。

第二天上午的课上,她埋头在笔记上写着什么。之后,她撕下那张纸,折好了放进兜里。

下楼时,她遇到了毛成鸿。

因为军训,散打社暂停了新学员的教学,让同学们养精蓄锐,下周再继续。

倪燕归上前打招呼:"毛教练。"

毛成鸿回过头:"小倪同学,军训怎么样?"

她谦虚地说:"还行吧,及格线。"

毛成鸿转身,又想起什么。他刚刚打印了几张散打比赛的报名表,本打算下个星期再问,既然现在遇到了,他随口说:"对了,明年春天有一场散打比赛,你有兴趣的话可以去试试。"

他把表给她看。报名表标题后面备注了男子组。他解释说:"我这是男子组的,其实女子组也有比赛。你如果得了奖,社团跟着沾光。"

201

"毛教练,你这话说得,好像我很有把握得奖似的。"

"你进社团这么久了,我心中有数。你很有潜力,其他男学员没有你练得好。"一来,她有勇气,临危不惧;二来,温文说,她的动作很流畅很标准。温文猜测,她有相关基础。

"我对比赛没有兴趣,女孩子打打杀杀的,不行,不行。"倪燕归摆摆手,"毛教练,我先走了。"

午饭是在一家夹杂在烧烤店、火锅店之间的西餐厅吃的。位子靠窗,街景是各色餐馆招牌,称不上雅致。比起外面的风景,对面的男生更养眼。

但她有一件更重要的事:"我问你。"

她的话太突然,陈戎愣了下,正襟危坐:"您请说。"

"你以前有没有恋爱经验?"

"没有。"他老实地说,"你是第一个。"

"看你这书呆子样,估计也没有。"她伸直手,掐了掐他的脸颊,"你真的好乖呀。"她好喜欢。

他微微一笑。

"但是,你知道吧,我比你有经验。"她略有得意。

陈戎迅速抬眼。每当他的眼睛不笑的时候,特别寡情。她托起腮:"我说真的。"

"何以见得?"

"我看过爱情小说。"

他愣住:"就这样?"

"就这样已经比你行了。"

他唯唯诺诺:"是,是。"

倪燕归拿出那张纸,打开、摊平:"这个,给你的。你在新手村。"

纸上写了几个大字:男友指导计划。

陈戎好半晌没动静:"……"

"说话呀。"

"是。"他立即同意,"我很需要你这样有经验的玩家。"

第七章　倪倪

倪燕归还没细说计划，服务员来了。

"二位的牛扒套餐。"服务员看一看那张纸。

倪燕归用手掌盖住了上面的字。服务员没有看清，放下盘子就走了。

陈戎拿起刀叉："我们先吃饭吧。吃完了再详细讨论我们的计划。"

他刀工犀利，将牛扒切得均匀，再堆在她的盘子里，她光吃就行。用餐很愉快。

服务员收走了盘子，陈戎敛起笑："倪燕归。"

"嗯？"她瞥来一眼。

他庄重严肃："开始我们的计划吧。"

倪燕归轻轻抹了嘴，靠在椅背上，跷着腿，抱起手："你刚刚叫我什么？"

"倪燕归。"他的声音悠扬悦耳，叫她的名字格外动听。

但她挑挑眉："这是我们之间的第一个问题。"

"嗯？"

"倪燕归，倪燕归，太生分了。"她抿了抿唇，没了笑意。

"对不起，我错了……"

"我是谁？"

他沉默，生怕又讲错。

倪燕归把那张纸推到了陈戎的面前，纤长的手指点着标题下的一行字，说："接下来，我要对你进行全方位的指导。"

"是。"陈戎像是乖巧宝宝，认真地点头。

计划的第一项，就是针对两人称呼的提议。选项她已经列好了。

A：倪倪；B：燕燕；C：归归；D：亲爱的；E：宝贝儿。

还有个F，但被她涂黑了。涂得很用心，可能先是画一个矩形框，然后再用黑色笔填满了每一个缝隙。

陈戎的目光在这个黑框上停留了一会儿，颤颤手，指着问："这个是什么？"

"我涂黑是因为写错了。"她从书包里拿出笔，"来，给你觉得顺口的选项打个钩。别总是连名带姓地叫，跟叫街上的阿猫阿狗有什么区别。"

"你说得对。"他接过了，在每一个选项上停留，最终也没有打钩。他放下笔，拿起纸，先是凑近看了看，然后把纸举高。

杏黄灯光穿过薄薄的纸张。他突然问："涂掉的这个选项是不是……老婆？"

倪燕归猛然抢过了纸，她也向着灯光照了照。她涂了一层又一层，黑漆漆的，他怎么看出来的？

陈戎的手指捏了下镜框，有些羞怯："嗯，是老婆。"

倪燕归翻转了纸："胡说八道。"她不认账，他又能奈她何。

"哦。"陈戎不再追问。

她重新把那张纸拍在他的面前："你不是下午还有课吗？赶紧的，加快进程。"

陈戎把笔在五个选项中一一掠过，最后围着前三个绕来绕去。他问："你的家人朋友叫你什么？"

"大多叫燕归。我那个玩伴，就是林修，他有时候叫我燕儿。我爸叫燕，我妈叫归。"

"哦。"陈戎的笔点在 A 选项，"没人叫倪倪。"

"毛教练和温社长叫我小倪同学。"

陈戎在 A 选项上打了个钩："倪倪是我的。"

"嗯。"她以为，他说的"倪倪"是单指这个称呼。

所谓的指导计划只列了一个问题。陈戎好学地提问："之后的计划呢？"

"没来得及规划。来日方长吧，我们是初步阶段，以后再进行深化。"

陈戎要上课，倪燕归不好拖累好学生，说："我回去午休，等你下课。"

"嗯，你继续写计划。"他笑笑，"晚上我们再商议新的课题。"

西餐厅门口，一个穿着嘉北校服的学生无意中见到两人，投来了目光。

第七章　倪倪

比起倪燕归的千娇百媚，陈戎看起来就很低调。

这个同学可能并没有认出来两人是谁，只是因为两人的外表而打量。

迎面走来的另一个同学则特别留意二人，他或许在校会上见过，或许还留下了深刻印象，他的表现很直接，先是瞪了眼睛，一双小眼睛硬是从缝般大小瞪成了蚕豆大。他和同行的人说："学霸难过美人关啊。"

倪燕归轻轻瞥去一眼，同时在脑海里补充计划内容。

她和陈戎到了十字路口，交通信号灯的绿灯急速地闪着，过了三秒，亮起红灯。

"还有件事。"倪燕归站定，转头面向男朋友。

陈戎听着。

"如果别人议论的话，你就说是我倒追你的。"

他疑惑地问："为什么？"

因为两人大多数的相遇都是她人为制造的，但她不打算告诉他，只说："是我，就是我，是我追上了你。"

"可是……"陈戎迟疑地说，"是我先表白的。"

"不是谁先表白就是谁追的。"

"那我们互相喜欢，应该算两情相悦吧？"

倪燕归捏起他的脸："是我追上的。书呆子，你不懂，我要有成就感。"

"好。"每次她过来捏脸，他都很顺从，"是你追上了我。"

绿灯亮了，倪燕归抬脚往外走。然而，一辆踩着黄灯驶来的汽车，正好向着她的位置冲。陈戎手疾眼快，瞬间把她拉了回来。那辆车险险停在人行道边，并没有真的冲过来。

陈戎松了口气："没事就好。"

她望着他。她的手被他攥在手里，不知怎的，两人像是有了默契，各自松松手指，之后十指相扣，交叠在一起。他牵着她经过人行道，从这一头走到那一头。她没说话，只是笑，偷偷地把他的手捏了捏。

自从在军训期间表白以来，他没有更进一步的表示。她还以为，这个书呆子不知道原来情侣是要牵手的。

她调侃:"你也算很勇敢了。居然敢先表白,就不怕我不答应?"

"其实我有个险招。"可能因为吵,陈戎靠近了她耳边。

她倒是好奇:"什么险招?"

"霸王硬上弓。"

这句话就低得只有她能听见了。

倪燕归绽开笑颜:"凭你?书呆子懂什么霸王。"末了,她把话含在嘴边,"我'霸王'你还差不多。"

倪燕归为今晚的约会做足了准备。

她回去洗了澡,将头发吹得蓬蓬的,披在肩上,巴掌大的脸蛋娇小可人。她用五色盘画了个低饱和度的哑光眼影,妆感很淡。对于直男来说,看上去像是没有化妆。她习惯性地把眼线向下垂,修饰出一双楚楚可怜的少女明眸。再换一件红色上衣,配一条红白色的长裙,穿上小白鞋,整个人青春有活力。

她在镜子前转了两圈,满意极了,肯定能把陈戎迷得团团转。

柳木晞中午吃了饭回来,又倒在床上,她睁开蒙眬的双眼,戴上眼镜,望着镜中的倪燕归:"燕归。"

"嗯。"倪燕归调整腰带的位置,卡在最细的一段。

"你在不认识陈戎的情况下,如何确定他就是你的意中人呢?"

"凭直觉。"倪燕归拨了拨长发,"见到他的第一眼,我就知道他是我的白马王子。"

"你的直觉太神了吧。"

倪燕归拿起一个向日葵发饰,放在头上比了比:"说是直觉,也不尽然。其实吧,"她回过头,满面春风,"陈戎对上了我曾经的一个梦。"

"梦?"这更玄了。

"天意吧,我在梦里见过他。所以,我才会对他一见钟情。"

"哦。"柳木晞双手扒住床栏杆,下巴抵在手背上。

倪燕归问:"你怎么了?从军训回来就不对劲。"

"没什么。"柳木晞挥手扫扫空气,"到处是酸臭味。"

倪燕归笑了:"你相机的债,朱丰羽还得怎么样了?"

第七章 倪倪

"总共也没还几次,还给了我一枪。"柳木晞感觉,朱丰羽的那一枪,不只意味着任务失败,他打碎的还有沉在她心底的某些东西,"未来漫长的岁月,他都得背债吧。"

"这不就有折磨他的机会了。"

"再说吧。"柳木晞躺了回去。她折磨他?她可没有那本事。

"在哪里,在哪里见过你。你的笑容这样熟悉,我一时想不起。"倪燕归一路哼着歌,"啊,在梦里,梦里梦里见过你。"

她到了教学楼的花坛边。她精心打扮过,风情万种,路过的同学们纷纷向她张望。

陈戎走下楼梯,一抬眼就见到了她。

她轻轻地把左边头发别到耳后,露出两串流苏耳线,明艳照人。

赵钦书搭上陈戎的肩膀,使劲按了两下:"约会心机妆。戎戎啊,你要栽了。"

倪燕归撞进了陈戎的眼睛。那一个瞬间,她敢肯定,他眼里只有她。她莞尔一笑。

同学们的目光转移到了陈戎这边。

赵钦书放开陈戎的肩,在他背后推了推:"祝你好运。"

陈戎把书包交给赵钦书:"我出去吃饭。"

蔡阳像个幽灵,从赵钦书的背后浮出来:"陈戎走了什么运?"

赵钦书拎着陈戎的书包:"你该说,他倒了什么霉。大姐头安静的时候是一个大美人,但人来疯的个性,谁受得住。"

大庭广众之下,倪燕归记得,自己要含蓄矜持。她在原地等待,陈戎过来,向她伸出了手。她缓缓地搭上去,被他一把握住了。

他低低地说:"裙子很漂亮。"

她弯起红唇,回以同样的细语:"只是裙子漂亮吗?"

他顿了几秒,说:"人更美。"

倪燕归是故意来教学楼的,她就是要宣告他和她在一起了。觊觎他和窥伺她的,统统退散。

两人手牵着手,陈戎问:"今天晚上,你有计划了吗?"

"我想,要不晚餐加电影?电影我选了,晚餐由你来。"

"中午吃了西餐。晚上我们去尝一下东南亚菜色?"

"听你的。"她笑得温顺。

"嗯。"陈戎看着平静,不过握她的手紧了又紧。她被抓疼了,却甘之如饴。

半路上,陈戎礼貌地问:"倪倪,我们的交往会不会超出了你的计划?譬如……牵手了。"

"不会呀。冬天很快就来了,我的手会冰凉冰凉的。往年要抱着暖炉过日子。"倪燕归巧笑倩兮,"今年靠你了。"

"好。"

两人的手再没有分开。

倪燕归的心都飞上天了。路上堵车,她说没关系。吃饭排长龙,她和陈戎坐在等候区,见到旁边的人频频催促,她说不着急。

进去餐厅,坐下以后,陈戎看看时间:"可能赶不上电影了。"

她说:"赶不上这场,还有下一场,没事。"

"我发现。"陈戎浅笑,"你为人处事有一种天生的从容。"

"是吧。"她嘴上笑着,心里却在想,只有在陈戎面前,她才这么好脾气。

原定的电影泡了汤,两人随便挑了一场临近时间的片子。

进电影院前,陈戎买了两杯奶茶、一桶爆米花。

两人的目的不是为了看电影,于是坐到最后一排。

昏暗的影院里,倪燕归也舍不得放开陈戎的手。这么牵着,她摸到他指尖有茧。她在茧上蹭了蹭,还挺粗的。他果然爱做家务。她挽起他的手,有时用指尖在他掌心弹动,有时又掰着他的手指把玩,她的心根本没在电影上。她顺着他的手往上捏了捏他的手腕,然后继续,触到他手臂的肌肉,发现竟然蛮结实。

她拍拍他的肩,凑前说:"指导计划还有一些没有写上去的,我可以现场教你。"

"嗯。"虚心好学是陈戎的优点。她怎么指导,他就怎么做。

第七章 倪倪

她靠过去,把自己的头枕在他的肩上。

陈戎握着她的那只手又紧了好几下。

他是紧张?她暗自窃笑。

闪烁的灯光照在两人的脸上,和上电影鉴赏课的时候不一样,这里空间大,而且宽敞。估计这是部口碑不佳的电影,只有寥寥几个观众。

倪燕归微微地闭了闭眼睛,不一会儿睡过去了。

陈戎很轻很轻地唤了一声:"倪倪。"

她没有反应。

他低头,亲了亲她的长发,鼻尖有淡雅的清香,是她的味道。

睡到一半,倪燕归突然醒了。电影里传来"轰轰"的声音,是山河连环爆炸、火球烧上了天的大场面。她打了一个哈欠,坐直身子。

陈戎转头:"醒了?"

"嗯,军训太累了。"她拿起奶茶,直接啜了一口,将珍珠吸上来几粒。

突然,他说:"那杯是我的。"

她转头去看,发现她的那一杯放在了她的左手边。但手里的这杯,她已经啜了好几口,她把自己的那一杯递过去:"赔你一杯。"

陈戎接过,咬上了那根她咬过的吸管。

倪燕归突然心里一动。指导计划真是赶不上变化呀,很多事项没来得及罗列。

两人互相交换了奶茶,她觉得两人的亲密度更近了一步。

爆炸声过后,电影里暗了下来,主角进入了地道。灯光不足,洞壁上飘着几朵湛蓝的像是鬼火的光。

倪燕归拽紧了陈戎:"好可怕。"

他立即安抚说:"有我在。"

她仰起头,感觉自己的气息触到了他的脸,又回旋给她。她说:"好黑呀。"

他望向她。也没有太黑,她眼里的光那么亮。她也看见,影片的微光在他的脸上闪烁。两人像是被蛊惑般,视线撞上了就再也移不开。

倪燕归抱住他的手臂,几乎贴上他的脸。

陈戎问:"倪倪,我们会不会太快了?"

她觉得自己正在将正人君子拖入沼泽,但是罪恶感分外刺激,她轻声问:"会吗?"

"不会吗?"话虽如此,他没有抬头,反而低了下来。

昏暗的微光照着两人,朦胧不清。

陈戎压下来,挡住了所有的光。他缓缓地在她的额头印了一个吻。她要睁眼,又感觉他的吻到了她的眉心、鼻子,即将贴上她唇瓣时,他低不可闻地说:"倪倪。"

"嗯。"她刚启齿,就被他贴了过来。

他只是轻轻碰一下,就离开,停在和她的唇瓣大约两厘米远的位置。

两人睁开了眼,明明该是看不清的,可她觉得,有什么东西从他清澈的眼里浮出来。

接着,他啄了啄她的唇,又离开。

陈戎的亲吻也和他的人一样,温和有礼。

他低问:"可以吗?"

她不回答,轻轻噘了下唇,碰到了他。

陈戎彻底封住她的唇。不再是浅尝辄止,他直直袭来,掠夺她的气息。

倪燕归唇上酥麻,偶尔陈戎力气大了,她觉得微微泛疼。

但他很克制,不会太失控,至少待在新手村。他轻咬,舔舐,时而缓慢,在急速之后,他会稍稍离开,给她喘气的时间,然后再覆上来。

随着电影片尾曲的响起,两人才依依不舍地分开。唇瓣有光泽,是被对方滋润的。倪燕归的脸颊浮出桃色的红云,望向陈戎的眼神娇艳欲滴。

他突然伸手,盖住了她的眼睛,喃喃地说:"别看了。"

"为什么呀?"她无辜地问。

他抱住她,扣住她的头,按在他的肩上。他小声地说:"别看了,会出事的。"

第七章 倪倪

鼻间是他干净的气息,她转眼看见他的侧脸,故意问:"脸红了吗?"

他不回答。

片尾名单列了一半,影院的灯光突然大亮。倪燕归看得一清二楚,陈戎的耳朵有些红。

前排观众站起来,有一个望见最后一排的两人,知道是情侣,他打量几眼,只见到男的斯斯文文,女的长发飘飘,伏在他肩上。

几个观众一一离开了,陈戎才松开倪燕归。他为她整理头发。刚才吻得投入,他拨乱了她的向日葵发饰,他道歉说:"对不起,我太急了……"

"事后第一句就是道歉。"倪燕归重新戴上发饰,"是不是想不负责任?"

"不是,不是。我们刚交往,这些事……"他难以启齿,"不在新手村……"

"但你已经做了。"

"嗯。"陈戎用食指点了下她的唇,"没忍住。"

"书呆子。"她笑着拉起他,"走了。"

"倪倪,你不生气吧?"他跟着站起来,没什么底气。

她拍了拍他的背:"站直了。"

他立即挺直身体。

"事实是,你先表白的,你来亲我的。以后要是不负责任,你就是负心郎。"以防万一,她先把话撂下了。

他郑重地说:"你放心,我不会辜负你的。"

"暂时信你咯。"倪燕归牵起他的手,"我好饿,想去吃甜品。"

陈戎言听计从。

出了电影院,左转就是一家甜品铺。

点了餐,陈戎的手机响起来,他望一眼来电:"抱歉,我去接个电话。"他出去,站到中庭的栏杆处聊了几句,回来了。

倪燕归问:"谁的电话?"

"我妈,催我明天回去。"

"哦。"周末没法约会了。

陈戎看出什么,说:"到时视频聊聊?"

"好!"倪燕归大大地点头。

到了学校小树林,她故意和他往深处走,再水汪汪地望着他,提醒他:"这里没人。"

陈戎似是叹气,低头吻住她。

倪燕归照镜子时发现自己的嘴唇粉嘟嘟的,比什么口红都管用。

巧得很,她也接到了家里的电话。

倪景山正在省外出差:"女儿啊,我周日回去。你记得留在家里,等我来检阅一下军训成果。"

倪燕归仰头靠着椅背,左右转了转椅子:"爸,我在阅兵仪式上拍了好多照片,发给你?"

"来来来,赶紧的。"倪景山在电话那头忽然"哎"了一声,说,"翠翠叫我。记得这周回家,我们一家人很久没有见面了。"

翠翠,就是倪燕归的母亲杨翠,倪家都喜欢叠音称呼。

倪燕归查了查情侣拳套的物流详情,周末应该能到。

下单那天,她人还在军训基地,就填了家里的地址。正好,这周回家拿快递。

快递是周六下午到的,倪燕归迫不及待拆开了快递箱。

这对拳套除了是情侣款,商家还提供了绣字服务。金色的绣了一个雅致的"戎",粉色的绣了个霸气的"倪"。

她左手金拳,右手粉拳,互相捶了对方一下,拳套发出"啡啡"的坚实声音,好似在对话。

粉拳套羞怯地说:"好疼呀,戎戎,你下手好重哦。"

金拳套怜惜地说:"对不起,倪倪,快到我怀里来。"

"好幼稚。"倪燕归哈哈大笑。

她回忆上课时的动作,摆出散打的预备姿势。

第七章　倪倪

温文私下给她指导过不少。譬如，出拳时要以肩带动臂，不能敲击或者翻肘，快出拳，快收拳，不可停顿。

倪燕归记住这些话，猛然挥出一拳。她的动作偏向轻巧，真要练习这种击杀类的格斗，力道太弱。反恐演习那天，朱丰羽就是用拳，拳风猛烈。真要硬拼，她确实比不过。但是兵不厌诈，反正她赢了。

她摘下拳套，走到露台上做拉伸。

过了十来分钟，她听见喊声："女儿。"

她压腿的动作瞬间顿住了，父亲不是说明天才回来吗？

她收起腿就要回去，然而，倪景山已经出来了。他手里各拎了一只拳套，一金一粉。他只捏了系带，拳套在他手下晃荡。

"这是怎么回事？"倪景山的声音不重，但面色深沉。倪燕归遗传了倪景山的眉目，不过倪景山更阴柔，沉着脸时令人不寒而栗。

倪燕归还没回答，又见到母亲也来了。

杨翠没有穿鞋，大概是一脱鞋就见到拳套，然后过来了："这是怎么回事？"

夫妻俩问出了同一个问题。

"是林修。"倪燕归咬咬唇，说，"他想买拳套，我帮他下个单，一会儿我就给他送过去。"

"林修？"杨翠狐疑，"他买拳套做什么？"

倪燕归："听说加入了格斗社团吧，可能要壮壮他的小身板了。"

倪景山却说："林修没有去格斗社团。我上个月就遇见他，他说去了话剧社。"

倪燕归："……"没听林修说过话剧社啊，他胡诌的吧。

"谎话连篇，死性不改。"杨翠在商场上是雷厉风行的女强人，但是面对自己的女儿，她的严厉打在了棉花上。

倪燕归用食指刮刮脸颊，说："其实是给同学买的，不过叙述起来麻烦，那同学你们不认识，所以就用林修代替了。"

"撒谎不眨眼，做错事不知悔改，还嬉皮笑脸。"杨翠真是气不打一处来，"想想三年前遭受的苦，你怎么吃不够教训？"

倪景山脸色一变，搂住了妻子："燕燕玩心大，买来玩一玩的。"他转向倪燕归,"拳套我们没收了,你好好反省一下。不要打架!"

倪燕归忍不住说:"我没打架,拳套是正经的东西,奥运会还有格斗项目的。"

杨翠:"还敢顶嘴。"

倪景山使劲地按住妻子,给女儿打眼色:"好了,去,面壁思过!"

倪燕归回去,即将关门时,听见父亲低声说:"讲好不提那件事了。"

杨翠难得露出脆弱的一面:"我只要想到,她一个女孩子,留那么大片的伤疤,当时她直叫疼,我听了心也跟着疼,现在都难受。我这辈子最后悔的就是送她去武馆。要是不习武,她养不成嚣张的性子,也就没有见义勇为的事了。"

"事情过去了,别再提了。反正她对那事迷迷糊糊的,记不起来,我觉得是好事。你不要总是提醒她、刺激她。"

倪燕归关上了门。

父亲的话很有道理。她当然知道那个伤疤疼得不行,所以自己把那段记忆屏蔽了。

脱掉上衣,倪燕归从镜中观察自己的肩背。确实,好大的一只狐狸啊。幸好九尾狐足够张扬、足够狂妄,丰富的色彩完全遮盖了底下丑陋的疤痕。她真该感谢画出这只狐狸的那人。她甚至怀疑,他见过她的伤,才画出这样一只恰好遮住她疤痕的九尾狐。

其实,从小到大,她大伤小伤数不尽数。但她不会因此否认自己,她又不是历经劫难就能脱胎换骨的性情。同样的,她就算去练拳,也不表示她会重蹈覆辙。

受伤时的疼痛虽然淡了,母亲的哭泣却渐渐清晰起来:"归归,不要再去打打闹闹,你认真学画画。我太害怕了,妈妈只要想起当年的事就浑身发冷发慌。你的伤疤能用狐狸盖住,但是妈妈心里的伤口至今没有结痂,还会整日整夜做噩梦,多少次我醒来,以为自己还在医院里等待医生的审判。"

倪燕归穿回衣服,走到阳台上,一边欣赏风景,一边默默回忆。某些记忆仿佛要冲破牢笼,她仰望碧蓝的天,学着和云朵一样飘浮,彻底放空自己。

第七章 倪倪

放空结束，什么片段也没有记起。

她回到房间，拉开柜子。最底下的抽屉有一个黑色袋子，里面装着她曾经的荣耀。

有些是小打小闹得来的奖状。那时她年纪小，虚荣心却很大，什么都留着。如今已经很多年没有去翻过。她拿起上面的一张奖状，年月太久，纸张已经泛黄，字迹也淡了。

她不是想去练散打，她进社团只是为了陈戎。如今两人两情相悦，社团活动确实可有可无了。

倪燕归伸了个懒腰："退隐江湖咯。"

陈戎收到了视频邀请后，按下了确认键。弹出的窗口是女朋友撇嘴的一张脸，嘴巴鼓成小包子样，可怜巴巴的。他立即问："怎么了？"

"情侣拳套被我爸妈没收了。"倪燕归双手托腮，捧起自己的小脸，"戎戎和倪倪的爱情，没几天就遇到了挫折。"

陈戎忍不住笑了："把链接给我，我来买。什么颜色，什么要求，你说吧。"

她并没有展颜，还是撇着嘴。

他又问："不会是限量版吧？"

"戎戎啊，我这么温柔的女孩子。"她重重地叹气，"练散打真的太累太辛苦了。"

"嗯。"陈戎点头，"你多休息。情侣信物有很多，不一定要拳套。"

"以后我看着你练。"

"好。"

"不久后，你就可以脱下腹肌神器了。"

陈戎低下眼睛，看向自己的腹部："我一定多加训练，让你有一个结实的男朋友。"

"别急，慢慢来。对了，我还没见过腹肌神器，你穿来给我开开眼界，好不好？上次听毛教练说，我就很好奇了。"

屏幕里的女孩早已卸下刚才的愁容，眉开眼笑的。陈戎答应了："好。"

215

他离开以后,屏幕上露出了墙壁上的插画。虽然只露出一角,看不到整幅画,倪燕归却突然觉得……在哪里见过?不过她没多想,这种装饰画谁都能买到。

陈戎回来后没有坐下,他站着调了调摄像头的角度,正对他的腹部。

她立马坐正身子:"穿上了?"

"嗯。"他的嗓子变得有些沉。

她满怀期待地催促:"来吧。"

他犹豫着问:"你不会觉得……我缺少男子气概吧?"

"不会。"她对此满不在乎,"腹肌又不是稀奇东西,练练就会有。"

她看出了他的紧张,陈戎的手放在衣服下摆,攥得紧紧的,把衣服都捏皱了。

他慢慢地往上掀,倪燕归目不转睛地盯着。无非是一个假道具,但他这么慢,倒是把她的期待挑起来了。她惊讶地发现,肌肉上的线条居然蛮自然的。她以为腹肌神器是填充起几个像是方块的小格,最多骗骗外行人。

陈戎的这个做工精致,没有过分突出的肌肉,下凹的阴影令人很有想象空间。

随着衣服向上,他的整段腰呈现在她面前。她早知他腰细,这时更加确定了,而且他的腰部线条清晰简洁。

倪燕归赞叹不已:"你这个太逼真了。"

接着,她听到他的声音:"是吗?"

声音应该是往常温和的样子,但尾音又不同。

"你喜欢这样的?"他问得很慢,声音有些沙哑。

明明面前的是一块假腹肌,她却莫名感到脸上热得烧了起来。

摄像头里看不清倪燕归脸颊上薄薄的红云。她一本正经地问:"你这是哪里买的?我在电商平台没见到有这种。"

"赵钦书有门路,代购的。"说话间,陈戎的腹部肌肉微微动了。

倪燕归感受到其中厚积薄发的力量,她连忙招手:"好了,放下来吧。"

他把衣服拉下去,又坐了回来。

倪燕归细看屏幕,这样一张乖巧的脸搭配野性十足的腹肌,挺违和的。没见到腹肌神器之前,她以为那只是粗糙的假道具。如今她却担心,万一陈戎练不到腹肌神器的程度……

她异常体贴地安慰陈戎:"练不成腹肌没关系,不要有压力。"

然而她的男朋友不大受用,他看了她好一会儿,问:"你不喜欢腹肌?"

"只要是你的,我就喜欢。"没有腹肌也不要紧。后半句将要出口,被她咽了回去,怕伤到他的自尊。

"你的身材很好吧?"他闷闷地问。

"不是。"为了不让他自卑,她说,"我天天吃肉,吃肉就会长肉。长肉最先长的地方绝对是肚子,其实我有一个圆肚子。"

"没关系。"他似乎很满意,"食得是福,说明你有福气。"

"你不会嫌弃我吧?"

"不会。"

话才说完,陈戎那边传来一句亲切的呼唤:"吃饭了。"

倪燕归耳朵一动,觉得这声音似乎在哪里听过。

"我妈要开饭了,先这样吧。"陈戎关了视频。

倪燕归仍在思考,那是他的妈妈?是不是太年轻了?

"燕燕,吃晚饭了。"倪景山在外面喊。

她没有细想,答应道:"来了。"

星期天,晚饭后,倪燕归回了学校。

她一推门,其余三人望过来的面色都不大好。

倪燕归放下书包,坐下以后,又将三人的神色打量了一遍,她直觉有事发生过。

"燕归。"柳木晞郑重地开口,接着看了看于芮。

"我来说吧。"于芮走了过来,"刚刚我回学校的时候遇到同学,聊了几句。她和张诗柳的关系比较好,她说……张诗柳可能会去举报你。"

倪燕归站了起来:"举报我,举报我什么?"
于芮抿了抿唇。
乔娜刚才在整理床铺,这时下来了,说:"你不是常常对着陈戎举望远镜吗?这种事不大光彩。张诗柳那人你也知道,逮住机会就报复的。"
"是啊。"于芮说,"经过吴天鑫的事件,学校对偷窥这类行为查得很严。"
倪燕归一时没说话。
柳木晞说:"不知道张诗柳什么时候去找老师?如果还没有,可以让于芮去找她谈谈。"
宿舍四人,只有于芮和张诗柳的关系还算可以。乔娜和倪燕归同张诗柳的关系明面上已经崩了,柳木晞和倪燕归是好朋友,自然也被张诗柳拉入黑名单了。
倪燕归问:"她要是已经举报了呢?"
于芮说:"这就麻烦了。同学之间吧,最怕较真的人。"这就是为什么于芮贯彻"谁也不得罪"原则的由来。毕竟谁都无法预料会不会遭到一记冷枪。
倪燕归叹了口气:"我是把她狠狠地得罪了。"
柳木晞问:"张诗柳有没有什么把柄?"
于芮说:"大的没有,小事犯不着学校出面。"
乔娜提议:"这样吧,张诗柳男朋友的神经比较大条,我去套套话。如果她已经上报到学校,你只能自求多福了。"
倪燕归摆了摆手:"算了。"乔娜是非常清高的。说到底,是张诗柳男朋友缠着乔娜,乔娜对那人爱理不理的,如果乔娜主动放下面子去跟张诗柳男朋友周旋,太委屈乔娜了。
乔娜看出了她的念头:"我和那个男的可以说是学习上的交流,要套他的话很容易。"
倪燕归低着头靠在桌子边,没有说话。柳木晞和于芮也各自安静了下来。
张诗柳男朋友对乔娜很殷勤,回复的速度特别快。

218

第七章　倪倪

过了十分钟，乔娜放下手机说："张诗柳星期五就去找辅导员了。"

四个人沉默下来，事情似乎没有转圜的余地了。

最后，于芮说："还是由我出面吧。劝劝张诗柳，看能不能和老师解释，说是个误会。"

"张诗柳不是好说话的人。"乔娜忽然走过来，齐刘海下的眼睛黑漆漆的，"我觉得，与其让张诗柳改口，倒不如去找另一个当事人。"

三个人不约而同地看向倪燕归。

乔娜说："张诗柳举报你偷窥陈戎，那，由陈戎出面反而更好。"

柳木晞表示赞同："对呀，陈戎是你的男朋友，他肯定站在你这边的。"

然而倪燕归却不见喜色，她无法保证陈戎一定会站在她这边——毕竟那不是淑女行为。

之后再和陈戎聊天时，倪燕归整个人都心不在焉。

不经意间，耳边飘来林修的那句话："隐瞒没有好果子吃。"

聊天界面里，陈戎的头像上有一个红圈。

她没有点开，而是直接翻到林修的聊天界面，冲着他打了一句：你个骗子。

林修莫名其妙，一连发了六个问号。

然后，倪燕归满腔的怒火又泄了：难道我没有一丁点的善良可爱吗？

林修：有是有，但是倪燕归与大众不一样。不知道你的那个他懂不懂欣赏了。

听完林修的话，再面对陈戎的聊天框时，倪燕归的心继续往下沉。她滑到了柳木晞的身边，一脸幽怨。

柳木晞拍了拍倪燕归的脸："我还是喜欢你散发酸臭味的样子。"

倪燕归靠在柳木晞的肩上："发不出来了。糟糕，恋爱没几天就遭受考验。"

"你认为，你和他通不过这次考验？"

"陈戎是生长在阳光下的人，肯定会讨厌我的吧？"

柳木晞失笑："难道你是生长在月光下的？"

"林修说我不是偷窥,我当时觉得蛮有道理的。我沉迷陈戎的脸,看不清楚就用望远镜。"倪燕归顿了一下,"要是我这么和陈戎说,像不像狡辩?"

"我没见过陈戎几次,不了解他这个人。"柳木晞斟酌着,"从你的描述来说,他似乎……和张诗柳是同一类人?看不惯灰色行径。"

倪燕归却反驳:"胡说,他怎么会是张诗柳那样的人。"

"你觉得,陈戎的立场是更像我们几个,还是像张诗柳那样的?"

"能和我合得来的人,可能像你们吧。不过,我在他面前做了伪装,他也有可能看错了我。"倪燕归垮着脸,"难道他真是张诗柳那边的?"

柳木晞笑了:"如果陈戎和张诗柳是同一类人,你不会喜欢上他。"

"所以,他可能会原谅我?"

"事情既然上报学校了,你豁出去,跟陈戎直接谈。"

也只能这样了,倪燕归沮丧不已。

陈戎出去上写生课了,中午在外面吃饭,赶不回来。正好,倪燕归觉得自己还要组织一下语言。

一行人在食堂吃饭时,黄元亮听完整件事,脱口而出:"会不会被开除啊?"

林修猛地拍了一下黄元亮的脑袋:"乱说什么?"

"我担心嘛。"黄元亮揉揉脑袋。

卢炜却摇头:"画室是公共场合,又不是去男生宿舍盯着陈戎,学校会酌情处理吧。"

倪燕归没说话,从昨晚到现在,她都很沉默。

林修突然说:"燕儿,你要是对陈戎开不了口,我替你出面。"

她懒懒地抬眼:"你出面干吗?"

林修说:"给你做证啊。你除了在画室,没有打探他的私人行为。"

"算了,这是我和他之间的事,我不至于当鸵鸟。"倪燕归说,"横竖都是一刀,我要正面挨这一刀。"

林修挑起眉,忽然伸手到她的眼前。

她愣了一愣。

第七章 倪倪

他打了一个清脆的响指:"这才是我认识的倪燕归。"

她笑骂:"吓死我了。"

"吓不死你,要不要喝椰子?"

"你请,当然要了。"

快刀斩乱麻,免得时时忐忑。倪燕归早早去了社团,她懒得打扮,穿的是最简单的运动服,连妆也没化。

陈戎和赵钦书还没到,迎上来的人是温文:"小倪同学,军训怎么样了?"

"马马虎虎吧。"

温文望着她素面朝天的脸:"不错,更健康了。"

"温社长真是直男不懂拐弯抹角的,你就直接说我晒黑了吧。"

"小麦色,是很健康啊。"温文笑了笑,"对了,今天毛教练可能要教步法,但是你的话,我觉得可以直接练拳法,腿法也可以要开始了。"

"嗯,温社长。"倪燕归这才想起散打的事,"我要跟你商量一下。"

"什么?"

"就是我觉得,练拳……不只练拳,练散打吧,太辛苦了。我的学业越来越忙,我还报了心理学课,散打社团这边,我可能没时间来了。"她的声音越来越低了。

"你是不是遇到了什么事?之前你练得很积极。"

"太累了,时间分配不过来。"

可惜是可惜,但温文不会勉强:"行吧。确实,学生要以学业为主。"

散打社团氛围很友好,毛教练和温社长特别照顾她,但她又不愿父母担心,只能说:"对不起,温社长。"

"反正你有空余时间的话,我可以继续教你。"

"谢谢你。"倪燕归转头看见,陈戎进来时朝她笑得很温柔。

她要上断头台了。

"集合。"毛成鸿戴着帽子进来,喊了集合。他剪短了头发,寸发几乎要成为光头。平时他的表情也很严肃,但今天除了严肃,还有几分凝重。"有个消息跟大家说一下,学校要翻新实验楼,这幢楼的社团需要再申请新教室。"

温文很惊讶:"什么时候的事?没收到学校的通知啊!"

毛成鸿:"过两天学校就会发通知。我们社团的情况比较特殊,可能需要各位努力一把,才能争取到教室。"

毛成鸿的话很委婉,大家听出了其中的意思。"特殊"指的是经营惨淡——正是因此才被分配来实验楼。反之,风风光光的拳击社,教室又大又敞亮,就在体育馆边上。

"明年春天有个比赛,我希望学员们踊跃报名。如果能有好成绩,申请到新教室的概率会更高的。"毛成鸿说,"温文报名吧?"

温文:"那是当然的。"

毛成鸿:"我也会代表社团去参赛的,大家一起努力吧。"

一个学员低声说:"天赋这种东西,快马加鞭也追不上。听说拳击社的朱丰羽,是骨骼清奇的奇才。"

另一个说:"为什么我们这些庸才就到了散打社呢?"

一个又说:"因为拳击社不收我们呗。"

毛成鸿只当听不见那些话,他看向倪燕归:"小倪同学,我给你拿了女子组的申请表,怎么样?"

倪燕归望一眼温文,刚才的那些话,要她在毛成鸿面前重复一次,她怪不好意思的。

温文接收到她的求助目光,说:"毛教练,小倪同学有些困难。"

毛成鸿问:"什么困难?"

温文解释说:"她是大一学生,学业排得满。而且她不是专业的散打队员。"

毛成鸿不解:"我们也不是,拳击社也不是。"

倪燕归只好说:"毛教练,我没时间,而且很累,我吃不了苦。"

毛成鸿仍在坚持:"可是你有天赋。"

"毛教练。"陈戎站到了倪燕归的旁边,"她的成绩退步了,要把重心放到学习上。"

毛成鸿叹了叹气:"好吧,比赛以自愿为原则。"

陈戎低声问:"今天怎么了?真的很累?"

第七章 倪倪

倪燕归点点头，她现在是那种有气无力的累。

"要不请个假，早点回去休息？"

她抬头看着他。她第一次见到陈戎的那天，她不敢相信，她见到了梦中的身影。她是肆无忌惮、行为出格的，他却澄净明朗。她发慌了："我们出去走一走吧？"

"我和毛教练请个假，我陪你。"

两人沿着湖东走廊向外走。

"陈戎。"

"嗯？"陈戎心知，她没有叫"戎戎"，可见要说的是一个严肃的话题。

看着如清风明月般胸无城府的他，倪燕归咬了咬牙："其实是这样。"

她丝毫不敢大声："有件事我要跟你说，说完你可能会打我。"

他笑着安慰她："我不会打你。"

"你还没听。"

"我还没听，我就知道我不会打你。"他牵起她的手，"你是我的女朋友，我喜欢你都来不及，为什么会打你？"

"那我说了啊。"倪燕归一鼓作气，"就是我有个小玩具望远镜，然后我们的画室正好在你们的对面，我就用小工具望了望你。"她没有底气，磕磕绊绊的，一句话停了好几次。

陈戎没料到，两人不过交往几天，她居然就这么坦诚了。

他的沉默让她不安："戎戎，你是不是生气了？"

"没有。"

"没有吗？"

"为什么突然说起这事？"

"我被举报了，说我偷窥，我可能会被开除。"

他沉思一下："其实是这样，你望过来的那次，正好赵钦书在拍照，他把你拍进来了。"

"啊？"

223

"偷窥是指，在未经他人同意之下窥探他人的隐私。一来，我在画室，画室上方有摄像头，我的一举一动受到保安监控。公共场合，并非居住场所。二来，我没有要追究你的打算。"

倪燕归仰头，似乎看见陈戎头顶上洒满圣洁的光芒，照得她自惭形秽。

"放心，你和吴天鑫性质不一样。"陈戎问，"今天就是因为这件事愁眉苦脸？"

"我昨天晚上知道的，想了一晚上。我还做了个梦，梦见我被开除了，是你送我出学校的，你还跟我说，永远不要见面了。"

陈戎抱住了她："学校真的要调查，我就说，这是我们情侣之间的小情趣。"

"委屈你了。"

"不委屈。"

她不知道，他是故意坐到窗边的。

一门心思回到恋爱上，倪燕归又懊恼了起来。

早知如此，之前哪怕吊着半口气，也要把自己打扮得漂漂亮亮的。她今晚没梳头，随便扎了个马尾，只用清水洗了把脸就出来了。

夜色美，她却不美。

埋在陈戎的肩上，她抬不起头。

"三公里。"远远地传来马政的吆喝声。是他特有的，经过散打社时故意拉长的嗓音。

不愿见到那人，倪燕归索性赖在陈戎的怀里。

她没看到朱丰羽和陈戎交汇的眼神，更没看到杨同那双几乎要脱眶的小眼睛。

之后又传来毛成鸿的喊声："三公里，跑起来。"

小情侣的拥抱结束了。

回到宿舍，其他三人不用问，看倪燕归容光焕发，就知道事情解决了。

第七章 倪倪

临近关灯时间，宿舍突然停电，整幢楼陆续响起此起彼伏的叫声。

手机没电了，一时睡不着，倪燕归和柳木晞搬了凳子到阳台上聊天。

倪燕归咬着吸管，两三口喝掉了半罐牛奶。

听完她的讲述，柳木晞趴在栏杆上，仰望天上的明月："这么说，陈戎是一个很靠得住的男朋友。"

倪燕归表示大大的赞同："嗯，是的。"

柳木晞感慨："你运气真不错，难得的好男人被你追上了。"

倪燕归很得意，但觉得不能太骄傲，于是数落起陈戎的缺点："他这人老实巴交，不解风情，不会风趣幽默，笨得跟木头似的。"

"你们到哪一步了？"柳木晞觉得，可能牵手了。

倪燕归用手指点了点自己的唇。

柳木晞震惊得连眼镜都滑下了鼻梁："这么快！"

"有气氛，水到渠成咯。"

事情的进展太颠覆柳木晞的设想了。说好的老实巴交，说好的不解风情呢？这才几天，一步登天了。柳木晞说："进展神速，可见他不是木头啊。"

"他是。"倪燕归吸牛奶时，故意发出几声"啾啾啾"，像是在亲吻，"我们简单亲了几下而已。"

"什么意思？难道——"柳木晞刚抬上的眼镜又滑下来，"陈戎的吻技很烂？"

"中规中矩吧。"

"他不懂什么技巧？"

"你的话题太高级了，他呀。"倪燕归捏起自己的双唇，"他胆子小，哪敢舌吻。"

柳木晞点头："很符合他的人设。"

"我就喜欢这样的木头。"倪燕归把剩下半罐牛奶喝完了，"没关系，有我指导他。"

对一个克制、理性的男生来说，首先得刺激他的原始本能。

周末,倪燕归被父母喊回了家。临睡前,她和陈戎开了视频聊天,她换了一件小吊带,在镜头前不停摆弄姿势。

低领下的暗影时深时浅,卡在视频窗口的边缘,陈戎想不注意都不行。

她嘴角弯起天真烂漫的笑,眼睛却充满了狡黠。

陈戎叹了叹。

倪燕归早就注意到了,他叹的是他不再六根清净了。她故意引诱他时,他常常叹气,然后忍不住与她亲热。

教学楼没有二人世界的空间,他们大多时候都去树林里。那里情侣多,互不打扰。

经她的指导,他学会了肢体接触,摸摸肩,搂搂腰。总的来说,规规矩矩。

倪燕归意在培养他对她其他的兴趣。她不是丰腴那一卦的,可是努努力,也能凹出一条深深的线。

陈戎连连叹气,他低着声音说:"天气凉了,多穿点。"

她在心底笑骂他木讷呆板,拉了拉细细的肩带:"我不冷呀,不知道冬天什么时候才到。"

陈戎沉默了好久好久。

倪燕归一觉到天亮,又香又甜。男友指导计划很成功,倪燕归正在把憨厚朴实的男朋友一步步带离新手村。

第八章

坦白

美食街不只有餐馆，很多流动商贩也会到这里摆摊。商贩的小车基本都停在机动车道两侧，因此，这里塞车已经是日常了。

星期五，轮到陈戎要回家，倪燕归拉他出来喝下午茶。

回程路上，她依依不舍地说："又要两天见不到了。"

"有视频，想我了就见。"

"我天天想。见不到的时候想，见到了也想。"

两人正在热恋期，肉麻的情话简直可以用箩筐装。

太阳还没落山，已经有流动商贩在路边候着了。沿街餐馆不仅仅有中餐、西餐、面馆，还有几间烧烤店、酒吧，一天二十四小时都有生意。

前方一个烧烤店，几个男人从里面出来，他们浑身酒气，走路很霸道，边走边聊，说着不入流的笑话。

其中一个穿黄色圆领衫的人差点儿撞上商店雨篷的柱子，剩下的几个人则在一旁嘲笑他。

他面色涨红了，向着店里面喊："柱子要换了。"

眼见就要和他们擦肩而过，陈戎搂住倪燕归的腰，避开了这群人。

黄衣男瞥一眼陈戎，不屑地哼了一声。

几个男的走了，他们那充满嘲讽的笑声越来越远，可倪燕归还觉得耳朵嗡嗡响。

这时，迎面过来了一辆煎饼摊车。

这是一辆电动三轮车，煤气罐挂在外面，用铁丝网做了个罩，锅盆碗筷摆在车架上。

摊主是一个女孩，十八九岁。她选的摊位并不好，离垃圾桶比较近，而且路面经过汽车的碾压，留下了不少碎石。车轮碾过碎石，颠簸了一下，三轮车架子上的一个桶晃了晃，在接下来的又一个颠簸中，突然翻倒下来。

铝桶撞到了黄衣男。

"哗啦"一下，随着"哐啷哐啷"的响声，铝桶滚落下来。

和铝桶挨得较近的几个男人都被桶里的酱汁溅脏了裤子。他们露出嫌弃的眼神，其中一个脸色通红，愤怒地吼着："不长眼睛啊！"

女孩很惊慌，匆匆停了车，跳下来向着几个人鞠躬。她嘴里说出的"对不起"三个字很机械，听起来似乎欠缺诚意，这更加激怒了黄衣男。

女孩想要抱回铝桶，黄衣男一脚踢过去，直接将桶踢出了三米多远。他大声喊道："道歉有用吗？我们几个人的洗衣费总得赔吧。"

说到钱的事，女孩就踌躇了。她才刚来，一天的生意还没开张，但赔偿确实比嘴上的道歉更实在。她捂了一下自己的挎包，拉开拉链以后，从里面拿出几张皱巴巴的钱。有五十的，也有二十和十块的，加起来可能有一百。她看了看几个人的裤腿，嗫嚅地重复："对不起。"对方人多，而且很凶。她胆小怯弱，只盼能给钱了事。

黄衣男望着那几张皱巴巴的纸币，啧啧两声，向上抬眼，盯住她的脸。仔细打量以后，才发现她长得清秀，一副小媳妇的模样，不过还没到当媳妇的年纪。他笑了两下，没开口，手先伸向了她的脸蛋。

铝桶翻倒以后，倪燕归就留意着这群人。不是说女孩完全没错，但对女孩动手动脚就是另一码事了。

"喂。"倪燕归直接上前，挡住了黄衣男的手，"'对不起'她已经说了，也愿意给予赔偿。你还要欺负人，未免太过分了。"

女孩是秀气可人，但突然冒出一个艳光四射的大美人，令黄衣男愣了一会儿。他的手忍不住伸向倪燕归："今儿个怎么回事？仙女下凡啊。你这人也细皮嫩肉的。"接着，他的手停在半空，并且传来了一阵疼痛。

一个戴眼镜的斯文男生紧紧地握住了他的手。黄衣男的手腕像被卸了力，他连忙要挣脱。

不料，眼镜男生的力气挺大。

黄衣男开始喊疼了："哎哎哎，打架啊，欺负人啊，小心我报警啊。"

倪燕归大力地把他一推，陈戎很配合，立即放开了手。

倪燕归冷笑："谁打你啊？你自己占人家便宜，倒是很多人拍了视频呢。"

黄衣男喝高了，但他旁边还有没醉的同伴，那人上前搭住他，说："拿了钱，我们就走了。"这几人很识趣，架着黄衣男就往外走。

黄衣男回过头还在呼喊："报警，报警。"

没到高峰时间，路上行人不多，看热闹的路人很快散了。

女孩把挎包的拉链拉上，倪燕归见到里面只剩一堆的零钱，说："没事了。遇事不能像小白兔，对付这些人，你比他凶，他们就怕了。"

"谢谢你。"女孩低头要鞠躬。

倪燕归连忙拦住："别别别。"

陈戎此时也把路边的铝桶提了回来。

女孩垂下的眼睛见到了铝桶，她刚要向陈戎道谢，却突然愣住。她的圆眼睛睁得很大，露出的惊惧，竟然比见到那几个男人时更深。

陈戎把桶放回三轮车，轻声说："桶里的东西倒了。"

女孩颤颤巍巍地张了张唇，仿佛面前站的是什么可怕的怪物。她后退两步，差点儿撞到她的三轮车。

倪燕归讶然，疑惑地转向陈戎。

他扶了扶眼镜，无奈一笑，表示自己不清楚原因。

倪燕归安抚女孩说："别怕，他不是坏人。"

女孩继续后退着，直到退无可退，连肩膀都缩起来了。

倪燕归很奇怪，问："你认识他？"

女孩掀起眼皮。

陈戎站在倪燕归的后面，将食指抵在唇上，比了一个"嘘"。

女孩看到他的镜片，映着夕阳余晖，是血红色的。她使劲地摇头："不认识，不认识。"

另一辆三轮车驶过，也在碎石上颠了下，响起清脆的声音。

女孩像是突然惊醒，她猛地冲向自己的三轮车，坐上去后拼命蹬车，逃也似的跑了。

第八章 坦白

女孩的电动车电量不足,得靠她使劲蹬,特别费劲。

倪燕归觉得莫名其妙,她抱住陈戎的手臂,质问他:"你见过这个女孩吗?"

"没有。"陈戎表现得更加疑惑,"她好像很害怕男性?"

"可能是。"她掐起他的脸,"但你是温顺乖宝宝,有什么可怕的。"她牵了他就走。

到了路口,在等绿灯的空当,陈戎回过头。

女孩的三轮车停在一个路灯柱边,一个男生牵过她的车,听她说了几句,转头向这边望过来,正好对上陈戎的目光。

那是朱丰羽,他冲陈戎挑了挑眉。

这时陈戎感觉到手上被拽紧了,倪燕归仰头问:"戎戎,我送你去车站,好不好?"

陈戎轻笑:"天气预报说晚上有雨,你别去了,来回奔波很麻烦。"

天空的红霞像是油彩,没有丝毫下雨的征兆。但在这座城市里,之前天上挂着大太阳,转眼就会下倾盆大雨。她没有伞,握住他的手不肯放:"好想陪你走走。"

他把她的头发别到耳后:"我坐车上也能和你聊天。"

她把脸蛋凑上去撒娇道:"网上聊天没有你的体温啊。"

他和她贴了贴脸:"下周见。"

南方的雨,说下就下。没有前奏,一来就是豆子大的雨点,"叨叨叨"地敲在玻璃上。

丁建龙站在窗前,望着楼下的人群匆匆跑过,没有伞的人正聚集到商铺的雨篷下。

丁建龙得过金腰带的奖项,是这家格斗馆的主教练。这个行业竞争激烈,方圆五公里以内就有五家格斗馆。这些格斗馆大多不进行单一的拳击训练,而是涵盖了各项格斗技术。商家们花样百出,好比丁建龙,他在点评网站开设了一个"暴击沙袋"的团购课。

格斗馆和健身房不一样,来练习的会员目的性很强,人也比健身房少。遇上大雨,格斗馆里更是空荡荡的,鲜有人来。

丁建龙松了松肩膀，正要去收拾拳套，门外有个人走了进来。

少年把伞放在门口的大桶里。他被雨水沾湿了裤脚，衣服下摆也被淋湿，紧紧贴着腰。

丁建龙是练家子，对颀长挺拔的身材见怪不怪。在他眼里，少年的那张脸更加令人印象深刻，线条明锐冷漠，攻击性极强。

少年来的时间很固定，半个月一次。他话少，不需要教练的指导。他来这里，把团购课项目名称展示得淋漓尽致——暴击沙袋。

丁建龙没有见过这少年笑。他向少年挥手，然后亲切地打招呼："嗨。"

少年不爱理人，冷眼藏着碎冰碴子，很亮，也很尖锐。

丁建龙发现，最近少年的拳法有了改变。从前，少年大多用直拳和勾拳，后来练上了踹腿、横打腿、蹬腿等等。这不是拳击的招数，更偏向于散打。

少年不是为了听课而来，和教练全程无交流。他全程沉默，只对一个沙袋集中攻击。

另外两个教练没有学员来上课，他们和丁建龙打招呼，说到楼下吃完饭再上来。

两人一走出去，整个馆里丁建龙只听得见拳套和沙袋撞击的声音，"砰砰砰砰"，非常坚实。

丁建龙到了少年的身边。少年瞥他一眼，又击出狠狠的一记直拳。沙袋在空中旋转了一圈，上面的绑绳跟着扭转。

丁建龙问："不错啊，你什么时候开始练拳的？"

他不是第一次问这话，但少年是第一次回答。他有一口清亮的嗓音："初中。"

丁建龙又问："有几年了啊，练得相当不错。"

少年快速挥出两拳。

换作平时，场上只剩丁建龙和少年，丁建龙不会说话，因为太安静了。今天，玻璃不停被雨水冲刷，就算他自言自语也不会冷场。他继续问："能坚持练这么多年，是兴趣吧？"

少年："说不上。"

第八章 坦白

丁建龙对他的回答感到惊讶:"不是兴趣?是想进职业赛?"

"我的兴趣是沙袋,不是拳击。"这就解释了,为什么少年从不参加理论或者实战课程,而只报了"暴击沙袋"这个项目。

沙袋是格斗术的训练道具,但从某个方面来讲,这也是一项发泄的运动。

这个少年不间断地来发泄,可见压力山大。

对丁建龙来说,少年还是个孩子。他起了怜惜之心,对少年灌输心灵鸡汤说:"后生仔,疏解压力的方式之中,暴击沙袋属于治标不治本,想要和自己达成和解,还是要和自己的心灵对话。"

少年的拳头继续击在沙袋上。

丁建龙听不到空心声,这是实打实的力量。偌大的空间里,拳风猛烈。

丁建龙查了查自己的外卖单:"吃了晚饭没?要不要叫个外卖,吃完了继续打?今天人少,不给你算时间了,想打就打个够吧。"

少年说:"不用点外卖,我九点走。"

八点来,九点走。少年从不缺席,这是一个自律到极致的人。

丁建龙观察到,少年的拳法腿法里有他的门路。丁建龙说:"报一门课程,能更上一层楼哦。格斗的技巧还是需要有人指点迷津的。"

没有得到回应,看来他又自讨没趣了。

外卖到了,是比萨。

丁建龙凑到比萨前闻了闻,尽管他屡败屡战,还是又冲少年喊:"要不要吃比萨?"

少年回答:"谢谢,不用。"

等丁建龙吃完了比萨,少年已经脱了拳套,慢慢解下手上的绑带,准备要走。

丁建龙拿出会员登记册:"留个联系方式?"

仔细数数,这句话他说了不下十次,每次,少年都回以冷眼。

破天荒地,少年这次停了下来,在登记册上写下了姓名和电话号码。

丁建龙望过去,电话号码是一个座机号码。这年头还有人用座机?

丁建龙立刻猜出,少年不想留下真实信息。他再看少年的名字,陈非。

"你这个名字,令我想起一个人。"

少年抬起眼。

少年的眉眼真漂亮,也真凉薄,薄得像剑刃,锋芒毕露。丁建龙说:"我们打拳的,多多少少会听过江湖传说。有一个拳头特别硬的人,他的绰号叫拳狼,真名嘛,反而大多数人不知道。"

少年背起书包。

丁建龙继续说:"他和你同名,不同姓,他叫周非。当然,他是刀口舔血的人,出手比你狠辣多了。"

窗外的雨变大。少年没有说一个字,直接走人。

丁建龙站在窗前。楼下有人推门而出,是那个少年。和刚才不同,他戴了眼镜,和装伞的保安说着话。

丁建龙就在二楼,他清楚地见到,少年脸上挂着亲和的微笑。

微笑?亲和?

雨声凌乱,盖住了车声。陈戎见到前方有一束车灯扫过来,照出他脚下的一个浅坑。

他让了路,车子随即停下。

车窗摇下,露出一张精致的女人脸,在雨夜里美得发亮。她轻声笑道:"陈戎。"

陈戎把伞压低了些,跟着笑了笑:"妈。"

陈若妩下了车,一跳就跳到了儿子的伞下。她朝驾驶位的男人挥手:"亲爱的,拜拜。"

雨刮器摆了两下,男人透过前车窗,向陈戎点点头。

陈戎也点头。按照辈分,他应该叫那个人叔叔,不过他们没说过几句话。

车子驶过,留下淡淡的尾灯的光。

陈若妩穿了条黑色礼服裙,裙摆宽,撒到了伞外。陈戎把伞移了过去。

她挽住儿子的手说:"回来得很晚啊。"

第八章 坦白

"雨太大了,只能躲一阵雨。"

"不下雨的时候,你回来得也很晚。"很明显,这是抱怨。

"下课晚了。"陈戎的解释永远如此。

只要说起学习,陈若妧很宽容。

回到家,她卸下脸上的温柔,收紧了神色。甩掉高跟鞋后,她伸了伸懒腰,坐上沙发:"对了,你叔叔问我,明天要不要回他家聚餐?"

"嗯?"陈戎挂起伞。

陈若妧低了低头:"可能他想和你培养一下父子之情吧。"

陈戎笑笑:"最近忙,以后再说吧。"

"也对。他那个家太多规矩了,我还是喜欢我自己的这一个家。"可自从陈戎上了大学,她就不怎么回这个家了,她甚至把大卧室让给了陈戎。她有另外一个家,那里有男人,还有他们的一个两岁的小女娃。她的现任丈夫,并没有心胸宽广到可以容忍她的其他孩子。陈若妧呼出了一口气:"陈戎,等你毕业,有了成就,我就放心了。"

"嗯。"陈戎没有多话。

"哎呀,身上沾了古龙水的味道。我去洗澡。"陈若妧说着走进了浴室。

陈戎回到房间,关门,手指轻轻一挑,上了锁。

他摘掉眼镜,坐上窗台,一脚屈膝,一脚随意地伸直。

手机响起,是倪燕归的信息:到家了吗?

陈戎:到家了。因为下雨回来晚了,没有第一时间通知你。是我的错。

倪燕归发了一个可爱的包子脸:淋雨了吗?

陈戎:没有,雨已经小了。

接着,倪燕归传来一张照片。可能是刚洗完澡,她的脸颊浮着雾气一般的红润。

她很注意角度,正面向他,后背的印记没有露出半分。

倪燕归:有两天见不到面,我怕你惦记。

陈戎:已经开始惦记了。

倪燕归:你借这张照片解解你的相思之情吧。

陈戎：好。

外面传来了陈若妡的声音："陈戎。"

陈戎从窗玻璃中看见自己的眼睛。眼中没有笑，露出的全是刺。他走下窗台，双手捻住镜框，把眼镜架上鼻梁。眨一眨眼，已是一脸温顺。

他开了门："妈。"

陈若妡站在门外，扯着自己的黄 T 恤。T 恤尺码偏大，松松垮垮，上衣袖子都垂到手肘了。她指着衣服上的图案，图案是一只臃肿笨重的企鹅："记得吗？这是我们俩的亲子装。"

"记得。"那是小学六年级的事了。

陈若妡陷入回忆，说："当年你穿上这件衣服，好可爱呀。"

"妈。"陈戎抱歉地笑笑，"我已经长高了，那件衣服穿不上了。"

陈若妡用手掌比了比两人的身高，他已经比她高了一个头："是啊，长成大人了。"

"妈，吃晚饭没？要不要给你煮点什么？"

"不用忙了。"陈若妡说，"对了，你记不记得我上次回来的时候拎了一个绿色的包？"

"嗯，你说那个绿颜色不好看。"

"确实难看，拍鬼片才用那种阴森森的绿色。"陈若妡伸出了尾指，很是嫌弃，"你叔叔的审美太差了。但好歹是他送的，而且很贵。过两天我陪他去应酬，就背那个吧，丑就丑了，当哄他开心。"

"我把包包放在你的衣柜里的。"

陈若妡进屋拿出绿色包，把今天红色包里的东西一一倒出来，放进绿色包里。包里东西不多，大多是化妆品。直到她拿出一张纸，不屑地丢到了一边。

陈戎看了一眼。

那是一张邀请函——来自李育星，陈若妡曾经的丈夫。

李育星是当今知名的建筑师。他进建筑这行纯属偶然，他高考失利，那时他的父亲在嘉北大学任董事，他就进了美术专业。中途，大学新设了建筑学专业，他转系了。三十多岁时，他在建筑行业名声大噪。

关于建筑学是艺术类学科还是理工类学科的争论由来已久，但没想到半路出家的李育星既不是理工科佼佼者，也没有好好学过美术，竟然能在艺术和理工科兼具的建筑专业取得骄人成绩，以致有一段时间，业内人士对他的设计争议非常大。但他为人谦逊，低调不张扬，舆论平息过后，他跳出了设计院，自己开了一间建筑师事务所。

这封邀请函，说他即将要举办一次个人建筑设计展。

陈戎又看向电视。

陈若妩定定地望着儿子，她说："我不会去。"

"嗯。"他没有发表其他意见。邀请函是给她的，不是给他。

陈若妩把这张纸丢到垃圾桶，但似乎不够解气，她又拿回来，撕成碎片，再次撒向垃圾桶。

陈戎洗完澡出来，陈若妩正在看综艺，哈哈大笑。她指指陈戎的手机："振个不停，你和大学同学关系不错。"

"嗯。"

振那么多次，肯定是倪燕归。

她在信息里让他去看散打社团群信息。社团群里，同学们正聊得热火朝天。

温文家里是种果树的，他提起家里的果园到了收成季，于是一群人七嘴八舌，话题突然拐到了要去温文家聚餐的事。据老学员说，这是每年的"特训"之一。去年和前年都有，今年还没组织。

一人说：择日不如撞日，就明天？

温文热情好客，关键是不懂拒绝。学员们一起哄，他就答应了。

倪燕归问陈戎想不想去。

陈戎说：我这两天陪我妈，就不去了。

她发了一个"亲嘴"的表情：那我也不去。戎戎，我去睡觉了。

陈戎复制了那个表情，回复过去：晚安。

陈戎没再看群里的消息，而是陪陈若妩看完了那场综艺。

陈若妩笑得眼泪都出来了，转头向儿子，问："这么好笑的节目，你都不笑啊？"

"我有笑。"陈戎扬了扬嘴角。

陈若妧歪着头看他:"你啊,情绪太平缓了。没脾气,老好人,在学校里会不会被欺负?"

"不会。妈,同学们很友好。"

"这我就放心了。"陈若妧说,"对了,明天我们去逛街,买一套适合我们现在年纪的亲子装,好不好?"

"好。"陈戎起身,"妈,很晚了,你早点休息吧。"

"对。"陈若妧捏了捏自己的脸,"熬夜会憔悴的。"

桌上的手机响了起来,她看过去:"是你叔叔打来的。"

她接起一来,不一会儿,突然脸色大变:"淋雨了,发烧了?怎么那么不小心?行,我知道了。"

她挂上电话,着急地说:"囡囡发烧了,哭着要见我。我必须马上赶回去。"

陈戎刚要去拿伞,陈若妧在外说:"拿伞做什么?雨已经停了啊。"

"好的。"他又把伞放回去,"妈,我送你下去拦车。"

两人匆匆地下了楼。

时间晚,这里又是岔路,很久没有出租车经过。

陈戎叫了一辆网约车,车在三公里外。

陈若妧的额头沁出了冷汗,嘴里不停地说:"囡囡身体弱,一发烧就要病好几天。今天耽误了送医,她又要受罪了。"

陈戎安慰她说:"妈,没事的,有叔叔在。他会照顾好的。"

陈若妧摇头:"他不会,照顾孩子全是靠我,家里的保姆也粗心大意的。"

陈戎给网约车司机打了电话,司机说,他正被红灯拦在两公里外。

"妈,我出去等车。"陈戎朝主干道方向跑去,雨停了,路面湿答答的。他一脚一脚踩上去,溅起的污水飞上他的手,中途突然踩到一个浅坑。他想起来,这正是今晚车灯照过的那个坑。

到了主干道,网约车过来了,他指了指自己家的方向:"师傅,就在前面。"

司机回头喊:"哎,你不上车吗?"

第八章 坦白

"我不了,鞋子很脏,会弄脏你的车。"陈戎拿出手机给陈若妩打电话,告诉她这辆车的车牌,"妈,安全到达以后,和我说一声。"

"我走了啊,车来了。"陈若妩说完电话就挂断了。

陈戎往回走,到了路灯下才看自己的鞋子。鞋上满是脏水,连白袜子的圆口都黑了。

只有再洗一次澡了。

回到家后,陈戎抓住镜片,把眼镜取了下来。他的力气有些大,金属镜腿刮过了太阳穴。

洗完澡后,他只擦了一半身子,凝在皮肤上的水珠接触到空气,体感非常凉快。

房间的抽屉里一直备着香烟。

他拿了支烟,靠在阳台栏杆上,按一下打火机,跳出一截摇摆的火焰。

他咬着烟,看着火苗烧上烟丝。那一刹那,烟丝亮了一圈黄色的光。慢慢地,眼前飘出浅浅的烟雾。

没有星星,没有月亮,天空是一块大黑布。他冲着黑漆漆的夜空,呼出了嘴里的烟雾。

快十二点了,他问倪燕归:睡了吗?

也许睡了,因为之前的聊天记录停在"晚安"上。

她回了信息:本来要睡觉,但是在看书。

什么书?陈戎叼着烟,知道她看的不是正经东西。

她只能说:课外书籍。

嗯。估计又是什么霸道王爷、总裁弃妇之类的。

明天去不去摘果子?

你不是不去吗?

我现在想去。

你去我就去。

陈戎把烟灰弹进花盆:早点休息,明天见。

抽完最后一口烟,陈戎翻着和倪燕归的聊天记录,见到了她今晚

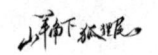

的照片。

她没有化妆,眼睛不再无辜,而是自然上挑,堂而皇之在勾魂。

忍耐力的极致考验是有一个妖精女朋友。

温文的家在邻市。大家随他到了村子里,他抬手一指:"这片果园是我们家的,最近是摘苹果的季节。"

赵钦书冲着果树张开双臂:"哇,温社长,你是地主啊?那片山都是你家的吧?"

"不是。"温文说完,突然向另一个方向指过去,"那片山才是我家的。"

赵钦书把手臂的角度转向温文:"温社长,我能抱一下你的大腿吗?"

温文:"别胡闹。"

陈戎是从家里出发的,没有跟社团的大巴。他搭了公交车,在村子路口下车,温文开着小货车出来接他。

陈戎觉得有些抱歉:"温社长,不好意思,我来晚了,还得让你出来接。"

"没关系。"温文熟练地换挡,驶上了水泥路面,"我平时送货的时候,这条路不知来回多少趟。"

陈戎随口问了问:"温社长,你们家的果园有上电商平台吗?"

温文答:"就在朋友圈卖。我们只卖村里地里的,产量不高,只做熟客。山那头的批发出去了。"

不一会儿就到了果园。

陈戎还没下车,就看到了前面的倪燕归。

她穿了件绿色条纹衫,配上米白色的运动裤,正欢快地向小货车跑过来。

温文望着她灿烂的笑脸,恍然大悟:"毛教练说你们是情侣,我还半信半疑。原来真的是。"

"对,我们是情侣。"陈戎说完就下了车。

倪燕归到了跟前,拉起男朋友的手:"我尝了温社长果园的苹果,非常非常甜，我打算买一箱。你帮我抬？"

"好。"陈戎笑了笑。

"陈戎训练这么久，确实有效果。现在跑三公里不怎么喘了吧？"毛成鸿走了过来。

陈戎笑着说："是，谢谢毛教练。"

"继续努力。"毛成鸿说，"哎，小倪同学，你最近怎么完全不参加社团训练了？"

倪燕归摇头："训练就不去了。但像今天这种活动，我觉得我是可以的。"

毛成鸿惋惜地说："多少人付出99%的努力，就差了1%的天赋。"

倪燕归全当是耳边风，拉起陈戎："走，我们去挑苹果。"

走得远了，她踮起脚："没想到提前见面了，有想念我吗？"

"有。"陈戎声音低沉，"想了一晚上。"

她笑得很坏，揶揄他说："又失眠。"

"以后不要乱发照片。"

"我发的是正经照片，是你有不正经的想法，所以才会失眠。"她戳戳他的手臂。

陈戎很无辜："我是按照你的计划走的。"

"走得挺快。"

摘完了果子，大家吆喝着去后山逛一逛。

赵钦书喊："走，去温社长家的山头！"

温文领着大家过去，说："昨天下雨，幸好早上地面干了。不过有些土层比较松，大家当心。"温文常走山路，沿着秃草就知道前进的方向。

不得不说，这处风景清新自然。倪燕归站的地方是矮矮的山坡，但有视觉差，乍看像是凶险的悬崖。远方的天空一望无际，浩瀚蔚蓝，倪燕归觉得这座山比军训的野林子还有氛围。

她和陈戎还没有合过影。她对着毛成鸿喊道："毛教练，你帮我们俩拍一张吧。"

"你真当今天是来旅游的？"毛成鸿接过了她的手机，无奈地问了

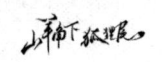

一句。

"陈戎。"倪燕归向男朋友招手,"快过来拍照。"

"好。"陈戎被赵钦书拖着,像是在研究什么珍贵林木,被她一叫,他得以脱身。

她大张手臂,越挥越夸张,像是画了个圆圈。末了,她蹦跳起来。

跳起的第一下,她觉得脚下的土比较软,再跳第二下时,她就知道不对了。

她落下去的脚没有踩到实地,而是整个陷进了泥里。她立即要去抓旁边的树,可树枝太高,她够不着。由于脚下没有支撑点,她越陷越深,直至一脚踏空。身子后仰的时候,她见到陈戎飞身扑了过来。

他一手要来抱她,一手要去抓树枝,然而还是慢了一步。她失去了平衡,跌落在山坡上,肩背直接撞到了坡上的土。幸好土质松软,并不是很疼。

陈戎落到她的身边,双手抱住她的脑袋,沿着山坡滚了下去。

坡度不高,两人一会儿就滚到了底。

她趴在他的胸膛,怔怔地抬头:"戎戎,你有没有事?"

"倪倪,你有没有事?"

两人几乎是同一时间开口。

"陈戎,小倪同学。"毛成鸿面色冷峻,作势要滑下来,但被温文强行拉住。

"不能下去,这里曾经出过事。"温文朝底下喊,"你们俩从那条路走,赶紧走。"他的手指往西边。

倪燕归立即坐了起来。陈戎的动作非常快,抱起她就顺着西边快步而去。

之后,软土从上而下轰然塌陷,"噗噗"地掉落。温文的话说得及时,否则,那堆土埋下的就是他俩了。

见两人到了安全区域,温文又对他们喊道:"向着外面走,沿着那条山路往上。"

见山路蜿蜒曲折,还是上坡路,倪燕归说:"先放我下来吧。"

陈戎放下她,把她从脸到脚仔细地观察一遍:"有没有伤到哪儿?"

"撞到了背。"她可怜巴巴地说。

他望了望手："我抱你的时候,是不是碰到你受伤的部位了?"

"情急之下嘛。我理解,而且真的不疼。"

陈戎转过身,在她面前半蹲下："我背你上山。"

"我又没有伤到脚,自己能走得上去。"

"我是你的男朋友。"

"山路好长呢。"

"再远我也会走下去。"

倪燕归伏在他的背上,双手搭着他的脖子问："戎戎,我会不会很重?"

"身轻如燕。"

"我发现,毛教练的训练真的有效果,你刚才好快,有个形容叫……迅雷不及掩耳之势。"

"说起来还是谢谢你。无论晨跑还是说训练,你一直在鼓励我。"

她甜蜜地笑着说："是你自己有毅力。"

山路很长,但陈戎很稳。

倪燕归偷偷地看他,突然朝他的颈后吹了一口气,他的步子立刻顿住。

她又听到他那低不可闻的叹息。

山路无人,林间响起鸟雀的"叽喳"声,以及风吹过树林的"沙沙"声。

倪燕归的眼睛不舍得从陈戎身上离开,看着他的颈后,看着他的耳朵,又看着他流畅的下颌骨。电光石火之间,她的脑海里浮现一个场景。似乎,曾经也有一个少年这样背起负伤的她。这可能是梦。她的父亲告诉她,她是电影看多了,才会幻想危急关头时的英雄救美。

可这场梦太真实了。后来她的母亲拆穿了她："你当时已经昏迷了,什么都不知道。哪有什么少年?当然是在你的梦里。"

原来她昏迷了。昏迷好,昏迷了就不知道疼。

出了意外,一行人不再往山上走。

温文的家是自建房，有四层楼高，门前圈了一个大院子，十来个同学站在院中也不拥挤。

村里人在山里走动，家家都有常备药。温文妈妈捧着一个大罐子，对倪燕归说话。她的普通话有当地乡音，比较拗口。倪燕归集中注意力，大概听出了意思，是想给她上药。

温文补充说："这是村里老人秘制的跌打药，效果不错。"

温文妈妈是果农，穿了件紫色格子围裙，双手戴了同色系的袖套，围裙和袖套应该是她自己裁布缝制的。她面上慈祥，朝倪燕归笑笑。

倪燕归担心狐狸印记会吓坏这个朴实的妇人，说："没事，我自己可以敷药，这是轻伤。"

温文妈妈又说了什么，这一次，倪燕归没有听懂。

温文解释说："你的伤在背上，不方便上药。"

社团的其他三个女生周末都有安排，没有参加这场临时起意的活动。温文不清楚倪燕归和陈戎发展到哪个阶段，想着让自己母亲去上药是最适合的。

倪燕归却摇头："我小时候调皮，大伤小伤多的是，我练就了一身上药的本事。"

既然她这么说，温文就和自己母亲解释。

温文妈妈笑着点点头，放下了大罐的药膏。

伤是轻伤，但还是疼。倪燕归到镜子前看了看，后背蹭到了土坡上的砂石，刮出一条血痕，有十二三厘米。对于普通女孩来说，这道伤痕很长，但倪燕归的半个背都是疤，多一道少一道，没差别了。

她的手由上往下弯，把撞击的瘀伤抹了抹。接着，又由下往上，给蹭出的伤口敷上药。

之前不疼，清凉的药膏贴到皮肤后倒是疼了。

望着镜中的大片印记，倪燕归想到了一个现实的问题。如果她要和陈戎更进一步，那就得先交代这个印记的由来。不知道陈戎这样的三好学生会不会对她有偏见？她这样出格的女朋友，就是来挑战他底线的。

倪燕归心不在焉，转过身，拖鞋踩到了倒下的软水管。她脚下一滑，

第八章 坦白

立即抓住门把,人没有摔倒,但这一刻,她计上心头。遭遇意外,正是卖惨的好时机。

她拟订了计划。先从她被林修带坏作为铺垫,暗示她误交损友,步入歧途。正是跟着林修嚣张惯了,以为自己是盖世英雄,才不自量力,落下一身的伤。最后关键点来了,因为伤疤丑陋,才不得不用狐狸遮盖。

抛开这个意外,她还算符合陈戎的择偶标准。

毛成鸿从树下捡了根又直又粗的树枝。他学着武侠片,把树枝当剑舞,扬起地上的一堆落叶。透过纷飞的落叶,他见到了陈戎。

他收起树枝,问:"小倪同学没有大碍吧?"

陈戎说:"还好。幸好是矮坡,土比较软,没有摔太狠。"

"这事我有责任。"毛成鸿说,"小倪同学叫我一声教练,我该及时去救她的。"

"事情紧急,大家都措手不及。"

"是啊,措手不及。"毛成鸿的双手背在身后,盯着他,"但你却反应过来了。"

陈戎愣了下:"毛教练,我是离她最近的人,只差一步就捉住她了。"

训练那天,陈戎腰上戴的究竟是负重钢板还是腹肌神器,毛成鸿没有再次确认。

在社团里,陈戎毫不起眼。这样一个出色的少年,存在感却极低,被压制在风流倜傥的赵钦书之下。

赵钦书说陈戎不擅长运动,进社团是滥竽充数。假如训练不过关,睁一只眼闭一只眼就过去了。于是毛成鸿先入为主,略过了陈戎。然而,毛成鸿把今天的情景看得一清二楚。陈戎的速度非常快,他离倪燕归不止一步距离。那一瞬间,他像一只迅猛的豹子,脚从蹬地到跃起再到落地,手去抓树、抱人,动作连贯,行云流水。

毛成鸿说:"陈戎,如果我站在你同样的位置,未必有你的速度。"

"毛教练,我是被赵钦书拉进社团的。我很抱歉,我跟个废物一样,什么都垫底,一开始连三公里都跑不下来。上一次温泉之旅以后,我每天早上勤加训练。"陈戎低头看着自己的双手,"我从前以为自己手无缚鸡之力,只能拿笔。可是进了社团我才知道,我能跑三公里,我的手可以出拳。虽然我还没有练到腿法,但之后的训练我一定会加倍用心。今天我之所以能够救下倪倪,全靠毛教练和温社长的指导。"

毛成鸿听完这一大段话,默不作声,暗暗打量这个少年。

面如冠玉,有时候还比较软弱。如果不是今天亲眼所见,毛成鸿万万想不到,陈戎居然有勇敢的一面。

毛成鸿把手中的树枝向上一抛,握住了树枝的中间:"以后要好好努力。明年的春季赛,你有机会。"

中午聚餐,十几个人分成两桌吃火锅。火锅简单,烫熟了就行。

赵钦书来的时候扛了几斤冻肉:"当然不能白吃白喝。我早就把大鱼大肉冻在温社长家的冰箱了。"

毛成鸿:"找社团报销吧。"

赵钦书:"我们有吃喝玩乐的经费?"

还真没有。

倪燕归拿起筷子去夹肉,忽然"哎呀"一声,收回了手,她蹙起眉。

陈戎注意到这一幕,问:"倪倪,是不是伤口很疼?"

"没事。"但她的眼睛没有笑意,又要去夹菜,却再次缩回来。

"想吃什么,我给你夹。"

倪燕归的眼睛漾着一汪湖水,对他猛放电:"戎戎,谢谢你。"

陈戎低头:"为什么说这么客气的话?"

她叹气:"之后再告诉你吧。"

这一顿饭,倪燕归恨不得把头埋在碗里。陈戎夹什么,她就吃什么。

吃完了午饭,她也没有展颜,拉过长长的木凳,坐在门前,仰头向天空轻声哀叹。

"倪倪,你怎么了?"陈戎关心地问,"伤口要不要紧?"

"不要紧。"她继续仰头望天。

陈戎不放心,说:"我们去医院,让医生处理一下。"

"伤是小事。"她深深地叹气。

"你有什么大事?"陈戎坐在旁边,搂过她,"我以前见你,你总

第八章　坦白

是笑得很美。我第一次看你这么悲伤。"

她怕自己绷不住，紧紧抿着唇："戎戎，你知道恋人之间最重要的是什么吗？"

"你觉得是什么？"

"是坦诚。"

"嗯。"他同意。

"我明白了世事无常，今天是小小的山坡，万一哪天是断崖绝壁……"

他按住她的唇："别说。"

"我要向你坦白一件事，关于过去。"

"你说。"

"这是一件坏事。我说了的话，你会不会生气？"

"不会。"

"真的？"

"真的。"

计划通。倪燕归靠在他的怀里："戎戎，我不是你想象中纯洁无瑕的女孩。"

"嗯。"陈戎搂住她，手上用了用力。

"我从小和林修一起长大。他这人很坏，他……他……把我带坏了，我们俩有段时间，特别荒唐。"对不住了林修，为了她的爱情，只好牺牲他了。

不再纯洁无瑕的荒唐事，和林修？陈戎静了一会儿，才问："是……什么时候？"

"初中吧。"

"你那时未成年。"

"是啊。当时年纪小，不懂事。我很想和你解释清楚，但我已经不大记得了。"

陈戎抬头看见有人出来，忽然喊："赵钦书。"

赵钦书转过头。

陈戎扶正倪燕归，向着赵钦书说："不是说要给温社长开拓新的销售渠道吗？我有时间。"

247

"正好啊。"赵钦书招手,"过来跟温社长商量商量。"

陈戎站起来要走。

"戎戎。"倪燕归喊住他。

"哦。"他回头,"倪倪,等我冷静了再听你说。"

"等等——"她正事还没讲,刚才是铺垫前的铺垫,只起了个头。

然而,陈戎的身影不见了。

毛成鸿又拎着树枝出来。

倪燕归低着头,在院子里踢石块。

他说:"小倪同学,我有件事,想跟你谈谈。"

她却说:"毛教练,我遇到了感情危机,没空跟你谈。"

"谈的正是陈戎。"毛成鸿指了指角落的两张塑料矮凳。

两人坐下以后,毛成鸿用树枝在地上点了点:"我不会拐弯抹角,直接问了。"

"问吧。"倪燕归坐姿端正,膝盖并拢,挺直腰板。

"你了解陈戎吗?"

她以为是什么重要的事,没想到竟然是这个问题:"了解啊。"

"你见到他今天在土坡扑过去的样子吧?有什么感想?"

倪燕归的手肘放在膝盖,托起两腮:"他对我是真心喜欢的吧。"

毛成鸿用树枝在地上画了条直线,从一端跳到另一端:"你不觉得,他的动作太过敏捷了吗?"

"这是训练的成果呀。"

"这么说吧,陈戎和赵钦书是同时进来的,一起训练,一起上课。赵钦书有那样的速度吗?"

"我和陈戎都是寒窗苦读十二年,为什么他的分数比我高那么多?一样米养百样人,陈戎很刻苦很认真。就算他和赵钦书接受同样的训练,但他付出了加倍的努力,肯定比赵钦书厉害。"

毛成鸿的树枝不再点地,而是拍地:"小倪同学,我差点儿被你说服了。"

"是吧。"她灿烂一笑。

第八章 坦白

"这样啊。不拿陈戎跟赵钦书比。我拿他跟你比。你们摔到山坡上,温文喊赶紧走。你傻愣愣坐在那里,偏偏陈戎反应过来,迅速抱起你就走。"

"对呀。"倪燕归想,至少陈戎是紧张她的。感情危机应该没有到最焦虑的时刻。

"而你喜欢运动,他还不喜欢运动。"

"对呀。"

"为什么他的临场反应比你的快?"

"因为他思维敏捷,控场能力强。毛教练,我偷偷告诉你,我每次上电影鉴赏的课,从来不做作业,影评全是陈戎帮我写的。他很厉害,写的两篇完全不一样,我交上去都不用担心老师查重。他的脑子转得比我的快。"

毛成鸿把树枝移到她那边,点了点。他想问,她是不是一丁点都不怀疑她的男朋友,最终也没有问出口。他说:"你遇到什么危机了?"

倪燕归收起笑,严肃地说:"危机就是,我是个坏女孩,但陈戎是个好男孩,极好的那个。"

毛成鸿看着她天真的脸:"我觉得,你的这句话可以反过来说。"

"毛教练,不要在我和他之间埋下怀疑的种子。尤其我俩的感情基础还不牢固,稍有不慎就崩塌了。"

"你去谈恋爱吧。"毛成鸿扔掉了树枝,"让我一个人静一静。"

倪燕归守在门前,里面不知在聊些什么,不时传来笑声,其中似乎有陈戎的声音。

笑声越来越近,她屏住呼吸,出来的人却不是陈戎。

温文提着一个箩筐进了院子,箩筐比较大,他向旁边腾了一下位置,差点儿撞上门边的人。

倪燕归闪得很快,后退两步。

"小倪同学。"温文转过头,"背上的伤处理了吗?还疼不疼?"

"已经上过药膏了。"倪燕归的眼睛往里面溜,不见陈戎的身影。

温文问:"找陈戎吗?"

她摇头，又向后退两步，小声地说："温社长，我跟你打听一件事。"

温文放下箩筐，站到了门边。

见倪燕归的脸色郑重，温文跟着压低声音："什么事？"

"你刚刚是不是和陈戎、赵钦书商量事情？"

"没错。我们家的果园，前面这一片的果子是由自己销售的，量不多。山那边的，我们批发给别人，但是批发价很便宜。陈戎和赵钦书给我提了新思路，说把山那边的也可以自己销售。"

倪燕归："陈戎有和你进行一来一去的问答吧？"

温文："有啊，我们是三个人一起讨论的。"

"温社长，你觉得陈戎的情绪怎么样？"

"陈戎？一切正常啊。"

"他冷不冷静？"

"当然冷静。"温文笑了起来，"说实话，陈戎进社团以来，我没见他发过脾气，他很友善，情商高。"

冷静就好。然而她转念一想，从来不发脾气的人却在她面前失去冷静，可见她真的触及他的底线了吧。

"小倪同学，你是不是有心事？"温文就没见过惆怅的倪燕归，就连遭遇吴天鑫事件的那一天，她都挂着笑脸。

阳光洒下，她垂着眼睛望向地面，似是心事重重："没什么，谢谢温社长。"

温文家的前院，用围墙圈了一块地。至于后边，没有围栏，很宽阔，边上有一口井。陈戎站在井边，双手撑在井口，正低头向里望去。井水倒映着蓝天，他的脸也在里面，冷得跟井水一样。

察觉到背后有人，他正要戴上眼镜，突然听到一道细细的声音："戎戎。"他戴眼镜的动作停住，两指捏住金属框，把眼镜搁在井边。除了在他面前做伪装，其余时候，倪燕归总是耀武扬威的，这样讨好的音调非常罕见。

她的影子渐渐地靠近他。她问："戎戎，你冷静下来了吗？"

"没有。"他望着井水，懒得抬眼。

倒是奇怪，人不冷静，音调却是冰凉凉的，倪燕归第一次和他这样对话："那你要冷静多久啊？"

"一天，或者两天，或者一周、两周。"

幸好他的量词只是到了周。倪燕归听着他数日子，心吊到了嗓子眼儿，就怕他牵扯出一年、两年。她嘟囔着："你不冷静的时候，我要怎么办啊？"

"你自己玩。"

话里的意思不会是分手吧？

"为什么你不能一边冷静，一边跟我玩呢？"

"有你在，我冷静不下来。"

倪燕归懊恼。她太着急了，明明她自己和毛教练说，她和陈戎的感情基础不牢固，却又得意忘形，想要把自己的底牌亮给陈戎看。这不，遭嫌弃了吧？她早该知道，他这样浩然正气的少年，无论什么瑕疵在他眼里都是暴雷。

当务之急是承认错误。她低下头："戎戎，我向你保证，我会改邪归正的。"

"嗯。"

"过去我确实太放肆了，从今往后我一定洗心革面。"

"嗯。"

两人交往时，有时他也只回她一个"嗯"，但那时她觉得这个字跟裹了蜜一样。然而此刻，大太阳也暖不了陈戎的声音。他没有赶她走，但字字句句是无声的逐客令。她自觉理亏，悻悻然走了。回到前院，她坐在塑料矮凳上，托起下巴仰望蓝天。

有人走过来了，又有人走过去。但她没留意那些人是谁，只知道陈戎没有出现在她的面前。

四点多，一行人要回去了。

倪燕归一下子站起来，腿有些发麻。她背起了书包，又见到了陈戎。

陈戎轻轻地笑着："温社长，今天多谢你的款待。"他又是和煦的，脸上没有哪里不冷静的样子。

赵钦书说:"温社长,你家那山头的果园,我们俩会继续给你想办法的。"

"谢谢你们了。"温文望过来,"小倪同学。"

倪燕归不自觉做了一个立正的姿势。

陈戎转头和赵钦书说话,仍然浅笑。

温文再迟钝也看得出小情侣闹矛盾了,他有意护着倪燕归,说:"陈戎,你是不是忘了帮小倪同学抬那箱苹果?"

"对。"陈戎终于转过头来,"我帮你抬。"

他的声音不一样。以前的话,随便一个语调,她都听得出他喜欢她。

大巴车来了,陈戎抬了苹果去车里,然后坐下。

同学们知道他和倪燕归是情侣,不会主动挨着他坐。他旁边的位子空着,直到倪燕归上去。她闷声闷气地坐下了。

陈戎的右手搁在腿上,倪燕归悄悄地探手。他似乎想缩,但又不知怎的把手放了回来。她握住了,然后拽紧:"戎戎。"

他转眼向她,没有笑。

"你看上去很冷……"倪燕归说,"静哦。"

陈戎转头向窗外,他没有甩开她的手,任由她握着。

她又叠了一只手过去,两只手把他的掌心揉来揉去:"戎戎,你为什么不看我?"

"看了冷静不下来。"

"我以后好好学习,天天向上,好不好?"

"你喜欢就好。"

"我跟你一样,不早退,不迟到,不翘课,上课认真听讲,下课完成作业。"

"你喜欢就好。"

"我以前的事,你就原谅我吧?早知会遇到你这么好的男孩,我肯定努力当一个好女孩。"倪燕归叹气。

他抽回了手:"别再提以前,尤其是你的那些荒唐事。"

"不提了,我们展望将来吧。"

"哦。"

第八章 坦白

她提议说:"明天我们出来玩?看看电影,逛逛街?"

他伸出另一只手,拇指揉上了她的唇:"你别说话。"

她点头,真的闭嘴了。

陈戎在她的唇上抚了又抚。下午在井边,四下无人的时候,就该咬她一口的。否则,满腔的气不知道从哪里出去。他松开她的唇:"有一个小时的车程,休息一下吧。"说完,他闭上了眼睛。

他愿意沟通,就有希望。倪燕归又拉起他的手,把脸贴在他的手臂上,靠着他的肩。

他没有推开,她也闭目养神。

大巴进了服务区,司机把两只食指交叉,喊:"休息十分钟。"

同学和司机商量停车地点,司机讲了一下行进路线。

陈戎一路上没有睁眼。倪燕归知道他醒着,问:"戎戎,你回哪里?"

"我回学校。"

"我也回学校。"

"你的那箱苹果怎么办?"

见他主动提问题,她立即回答:"我一个人抬不动,你帮我搬回宿舍吧。我爸妈不在家,放在家里没人吃。"

"嗯。"

倪燕归蹭蹭他的肩膀:"戎戎,坐了一趟车,你冷静下来了吗?"

"没有。"

"可是,你的样子看上去很冷呀。"

"冷和冷静不是一个词。"

"你要多久才能静下来?有没有其他办法?"倪燕归提议,"我请你吃冰激凌?或者我们去游泳?去冰场滑冰?"

"不去。"

"真的没有方法吗?"

"没有。"

倪燕归掐了掐他的脸:"戎戎,你要静静。"

"不要动手动脚。"

她却掐得更起劲。

大巴车停下，后排的赵钦书第一个站起来，大概坐车途中被这对情侣给刺激到了。他面无表情："走了。不要打情骂俏。"

倪燕归先下了车，刚才说要走的赵钦书却拉住了陈戎，两人在座位上聊起天来。

倪燕归去了卫生间，回来时，看见陈戎在路边一个墙角讲电话。他完全背对人群，肩膀有些内拢。之后，他握着手机的手放下来，头低了低。她冷不丁想起，军训那天，他也藏在暗处讲电话，像是在面壁思过。她走近了，他又拿起手机，低声说："妈，谢谢你。"

倪燕归的脚步很轻。陈戎突然察觉，回过头来。这一个瞬间，他的肩膀打开了。

她吓一跳，立即道歉说："对不起，戎戎，我不是故意偷听。我以为你讲完电话了。"

他的五官停滞，接着重组。突然之间，如沐春风："倪倪。"

倪燕归反而惊讶："戎戎？"

"嗯。"他收起手机，向她伸手，"车停到加油站那边了，我们过去吧。"

她不明所以，但伸手过去。陈戎牵住了她，和以前一样，治愈而温暖。之前的冷漠像是幻影，消失得无影无踪。

上了车，两人坐在刚才的座位上。

倪燕归忍不住问："戎戎，你不生气了吗？"

"不了。"从聊完电话，陈戎的笑就没停过，他拨了拨她的碎发。

她更加惊讶："冷静了？"这才叫迅雷不及掩耳，她就去了趟洗手间而已。

"嗯。"

"为什么？"

他的笑容无懈可击："你不是希望我冷静下来吗？"

"我以为你讨厌我了。"她是稀里糊涂通关了？

"不是。"他搂过她，"累不累？在车上休息一下？"

她腻在他怀里："好。"但也睡不着，时不时抬头望他。

陈戎温厚柔和，看来是真的冷静下来了。她诚心道歉："戎戎，我很抱歉。"

第八章　坦白

"对不起，是我的错。今天不该失去冷静。"他捉住她的手，放到唇边亲了一下，"以后不会了。"

"怪我年少无知，铸成大错。"她握住他的手。

陈戎的笑淡了淡，之后又变得更深："没关系。我们认识得晚，来不及参与对方的生活。"

他不计较，倒是她不好意思了："戎戎，我本来要跟你坦白的，但我胆小，今天鼓起勇气才开口的。"她抬眼瞄他。

"嗯，我知道。"

"其实……我之前，还有事没讲完。"她咬了咬牙，说，"我背上有一个巨大的印记。"

"嗯。"他笑意不减。

她又说："虽然面积大，但画得很漂亮，和左青龙右白虎的混混流氓不一样的。"到底是惭愧，越说越小声了。

他点点头："嗯。"

"嗯？就这样？"

"嗯。"

她这才用倒叙的手法说："我背上有只狐狸是因为我后背有很大的伤疤，那片皮肤不平整。"

她翻出了手机里的照片，递过去之前有些踌躇："很大。你怕不怕？"

"我不怕。"

她把照片给他看。焰火般的尾巴盘踞了半个肩背。九尾狐狸，目空一切。

"很美。"陈戎用额头贴了贴倪燕归的额头。

倪燕归问："你不介意呀？"

他轻笑："画很漂亮，人更漂亮。"

她眉开眼笑，窝进他的怀里："我休息。没有睡午觉，好困。"

"嗯。"陈戎望了望窗外。

一切都回到了原来的轨道。过段时间，他的腹肌可以当是训练成果。再选择一个恰当的契机，解释他身上的印记。他和她细水长流，相濡以沫。

大巴的终点在学校的生活区。

倪燕归挥手:"毛教练、温社长,我回去了。"

毛成鸿望一眼陈戎,陈戎搬起了箱子,似乎有些吃力。

看那两人的状态,危机解除了。毛成鸿说:"去吧。"

陈戎搬起箱子去了女生宿舍楼。

倪燕归送了一个大苹果给宿管阿姨。

宿管阿姨笑着收下,说:"我认得你们俩,晚上分别的时候每次都回眸八百次。"

周末,同宿舍的另外三人回了家。

倪燕归拿钥匙开门:"进来吧。"

陈戎放下箱子。他恢复了常态,喘喘气,面色泛红。

这是倪燕归心中的完美男朋友。她拿起纸巾,给他擦汗:"戎戎,你越练越结实了。"

他赧然:"希望早日脱掉腹肌神器。"

"你有毅力有恒心,没什么难得倒你。"

"谢谢,倪倪。"

之前的僵凝一散而去,她拉起陈戎:"这是我的座位。"

桌上放了一盏台灯,堆了化妆品、镜子。书架上,专业书籍和课外书籍混在一起。不乱,井井有条。

陈戎不经意地望向对面,有女同学在阳台晾衣服,他局促地说:"我还是先走吧。"

倪燕归却掩上了窗帘:"戎戎,有个事。"

"嗯?"

她站在他的面前:"之前你只见到了照片,照片是平面的,看着很漂亮。其实……近看很吓人。你要不要验证一下……"

陈戎明白了,他把窗帘的左右两边叠在一起,不露丝毫缝隙。

她站到他面前。他按着她的左肩胛,隔着衣服,可以触及皮肤的凹凸:"当时很疼吧。"

"肯定疼,但我忘记了。那时的情况比较混乱,我只记得前一段。我以前有一个武侠梦,年少气盛,不知天高地厚,后面的事,因为我受伤昏了过去,想不起来了。醒来之后,我妈哭着告诉我,我背上的皮肤全毁了。"她三言两语就将曾经巨大的伤痛讲完,"四下无人,你可以细细观赏。至于手感,是比较差的……"

"倪倪是最美的。"陈戎没有笑。

倪燕归搂住他:"我最喜欢你了。"

"我也是。"

她主动亲他。二人唇齿相依,激烈炙热。她的唇被他滋润得粉嫩可人。

她靠在他的肩上:"上次我说,给你实战一下。"她双眸含水,扑闪扑闪望着他。

陈戎伸手盖住了她的眼睛:"好。"

狐狸肆意嚣张,如同她这个人。上面有一道新添的血痕。细看之下,底下的皮肤东一块,西一块,有的揪起团,有的坑坑洼洼,几乎没有完好的地方。

陈戎问:"疼吗?"

倪燕归背向他:"蹭破皮而已。"伤痕很浅,可能划出那一道口子之后,不到几秒血就止住了。

当他吻上她的左肩时,她知道,他怜惜她。她问:"戎戎,会不会很丑?"当然很丑,可她想从他口中听到赞美之词。

"很漂亮。"他由衷地说。

至此,倪燕归心中的大石头落了地。

陈戎走在雪地上。

雪白如玉,山峰上晃起晶莹的光。雪慢慢融化,他居然见到雪上荡起了水波。山巅上立了一株寒梅,在满天飞雪中,傲然挺立。他攀爬雪峰,直到摘下这一株红梅。花瓣绽放,娇艳欲滴。他低头尝了尝。

这座雪峰上的一切都是香甜可口的。他伸出手指,在雪地上戳了戳。雪很暖,而且柔软。他在雪山里流连忘返。山不算高,但是地势并不平坦。比例恰恰好。

陈戎走遍山峰的每个角落,再回望尖上的那株红梅,似乎更加妖冶了。

倪燕归背靠梯子，凉凉的金属梯贴上来，梯子的做工较粗糙，几处凸起压在她的背上。她呼了呼气："哒。"

陈戎敏锐地察觉到什么，立即抬起头。他咳了一下，单手握拳，抵在唇上，连咳几声。

她以为就咳几声而已。谁料他一手扶住桌子，咳个不停了。

她拍拍他的背："戎戎，怎么了？"

陈戎喃喃地说："自己被自己呛到了。"

倪燕归用手在他脸上戳了戳："书呆子，这种事不能急。你着急，憋着气了。"

"是。"他顺过气来的时候，脸色涨红了，"对不起。"

她的上衣被他堆到肩上，这时慢慢滑下，遮住了雪白。她的头发被他无意中抓了一把，有些凌乱。她瞄过来的眼睛灵动有神。

陈戎叹了叹气，给她整理了上衣，搂她入怀："到晚饭时间了，我们先去吃饭吧。"

"哦。"她还以为……木头果然是木头，没有情趣。

回到美食街，两人去了一家火锅店。

选择汤底的时候，倪燕归指了指酸汤肥牛。

陈戎的目光在"酸"字上，停了几秒，她笑问："戎戎，你吃不吃酸汤？"

"你想吃就吃。"什么酸汤也比不上他心里止不住地发酸，他很想揪出某人算一算账。

他调了酱料，一人一碗："尝尝。"

倪燕归用筷子蘸了蘸酱料，尝一口："真好吃。"

席间，陈戎的手机铃声响起："是我妈。"他出去接。

回来的时候，他说："我妈说生病了，吃完饭我回去一趟。"

"好。"倪燕归心想，看来他的家庭关系很和睦，经常通电话。而且，今天他能冷静下来，就是因为得到了家人的安慰吧。

倪燕归弯起嘴角笑，对他的家人有了莫名好感。

第九章

误会

倪燕归一个人在宿舍，无聊得很。

她接到林修妈妈的电话："燕归啊，你们班这个星期是不是有课外活动啊？"

"是啊。学校安排的。"倪燕归说，"阿姨，美术和普通课程不一样。老师说，我们要培养一双可以发现美的眼睛。"

"明白，好好学习啊。"林修母亲挂上了电话。

倪燕归问林修：从实招来，你去哪里鬼混了？

林修：我和卢炜去看演唱会。对了，我爸妈如果问起我去哪里了，你说班级旅行。

倪燕归：已经完成任务了。从小到大，两人经常互串口供。她能练就撒谎不眨眼的本事，林修功不可没。

林修虽然桀骜不驯，但他欣赏的女歌手是个温婉动人的小清新。为了追她的演唱会，他跑遍了五湖四海。

倪燕归：不会又花了三千的机票钱去演唱会现场吧？

林修：不，就在邻市。今晚八点的票，我明天回去。

过了五秒，他又发来信息：今天我妈生日。她知道的话会打死我。

确实，倪燕归也想打死他。

陈戎坐了动车回去，大概他也无聊，给她拍了张动车的车票。倪燕归望着车票上的城市，这下，和她关系亲密的两人同在一片天空下了。

破天荒地，柳木晞突然提前回来了。

倪燕归正在追剧。小众影视，全员恶人。可惜删删减减之下，剧情错乱，她只好去其他网站搜索完整版。

柳木晞开锁的声音响起时，电视剧里，发现尸体的人也拧开了锁头。声音一模一样。

倪燕归转过头，愣住了。

第九章 误会

柳木晞居然化了妆,穿着鹅黄的连衣裙。她平时懒得倒腾自己,素面朝天。真正打扮起来,倪燕归觉得眼前一亮。

她调侃说:"惊艳啊。"

柳木晞望过来,见到电视剧里死者的惨状,她说:"惊吓啊。"

倪燕归按下了暂停键,画面停在死者鲜血直流的嘴角上。她一手撑住脸颊:"怎么突然回来了?"

"朱丰羽给我联系了一个修相机的高人,明天和他一起过去。"

"听上去,他是不打算还钱了。"

"他还不上。"

"他的色相也不值钱吗?"

"值钱,我以他为原型画了人设图,发到读者群,尖叫连连。"

"真的假的?"

柳木晞掏出了一张立可拍的照片,照片上没有脸,只是敞开了衬衣,露出肌肉线条。

倪燕归点头:"你迷上这个了?"其实早有征兆。

柳木晞收起照片,摇摇头。

"我和'十二支烟'的恩怨已经在军训的时候一枪了结了。你喜欢就去追。"

"我没有你的胆量,燕归。"柳木晞解下了发绳,长发披散下来,脸色有些脆弱,"你为什么敢去追求陈戎?"

"我喜欢,就去追了。"

"万一被拒绝怎么办?"

"你不追你哪知道会被拒绝呢?我现在不就成了。"

然而柳木晞和倪燕归终究不一样。她坐下,拿起笔画画。

倪燕归的视线回到影视剧里,按一下继续播放。

死者惨死的面孔过去了,凶手出现在镜头中,露出阴森的牙齿。

倪燕归又按下了暂停:"说真的,你和朱丰羽究竟怎么样?"

"不怎样。他人话很少,没表情,而且旁边经常跟着一个人。"

"橘色小圆头?"

"对,头发亮,像电灯泡一样。"柳木晞说,"而且,我觉得……朱丰羽有女朋友。"

"你觉得？你没问？"

"我和他又不熟，不方便问他的私事。我听橘色小圆头说，他身边的厉害人物都交女朋友了。"

"与其在这里患得患失，不如直接出击。"

"算了，你的追求经验不是我们这些凡夫俗子可以套用的。"

但是倪燕归的话提醒了柳木晞，她忽然想起来学校网站有一个"表白墙"。名为表白墙，其实是扯皮、八卦、表白三派鼎立。柳木晞看了看，有诗情画意的，有抒情暗恋的，或者"某某某，你今天坐在食堂的第几根柱子边，我注意到你了，我想和你交往"，评论里却有另外一根柱子边的人去回应。

看了一会儿，柳木晞纠正一下自己的想法。这里的表白大多以起哄为主，对她而言，借鉴意义不大。

她的鼠标一个一个帖子往下滚，突然注意到了一个前缀为"八卦"的帖子。帖子的内容很简单，只是贴了一张照片，问图中人是谁。照片上男生捧着一只小猫，与小猫对视，镜头就定在他和小猫的侧脸上。

柳木晞的鼠标差点儿就滑了。

照片是在较远距离拍的，比较模糊，但看得出男生俊美的轮廓。

评论里已经有人认出来了，他是陈戎。

倪燕归沉浸在凶杀案中，眼看着凶手就要再次犯案的时候，一只手伸到倪燕归的面前，上下不停地晃动。

她转过头去，摘下了耳机。柳木晞说："是陈戎。"

倪燕归凑到柳木晞的手机前。

匿名发言的地方，言辞总是有偏激的。有人指出陈戎已经有女朋友了；有人怂恿可以去挖墙脚；有人说陈戎的女朋友是一个大美人；当然也有人批判陈戎的女朋友长得妖里妖气的。

巧了。这张照片倪燕归见过，而且她当时就在现场。

那是一个大晴天，但并不是万里无云。

倪燕归出门的时候，望着天上的云朵。她要从学校的东边走到西

第九章 误会

边,盼着大太阳可以躲进云层里,别那么辣人。然而烈日一直追随着她,到达目的地,她满脸是汗。

学校的西边有一间小书店,一半卖书,另一半随缘出售手工艺品。倪燕归相中了一个全铜的木马摆件,今天过来取货。还没走到店里,远远地看见了陈戎。

这是倪燕归第二次和他见面。三天前,她对他一见钟情,她正发愁要去哪里打听他的姓名和班级,没想到她又见到了他。

陈戎骑着共享单车,慢悠悠地从路口向她的方向骑来。

炙热的空气瞬间变得活跃,倪燕归觉得眼前的风在发亮。

就在她即将走到他面前的时候,他停了下来,一只脚点在地上。自行车的座椅调得比较高,腿放下来更显修长。

一只小猫到了他的车轮旁,踱着步子走到他的脚边,陈戎笑着俯下身,一把捞起小猫。乖巧的小猫坐到他的手臂上,他抚了抚猫耳朵。一人一猫就这样对望着。

倪燕归走上前,他转头望了她一眼。

少年亲和的笑脸俊得像是从画里出来的。倪燕归万万没有料到,这一幕居然被人拍了下来。

构图是陈戎和那一只猫。她被剪掉了。

倪燕用自己的账号留言:他有主了,我的。

林修和卢炜到酒店后,订了一间双人标间,然后拦车去会场。

两人品位一致,都喜好温柔婉约、甜美动人的。

卢炜有些费解:"燕姐跟你从小玩到大,你的品位竟然没有被她给重塑?"

林修笑起来:"现在是重塑之后的。"

卢炜叹气:"不知道陈戎制不制得住燕姐。"

林修:"她和陈戎八字都没有一撇。"

卢炜:"两人不是成了吗?"

林修:"结了婚还会离。"

"对了。"卢炜见到前方的路牌,"我们学校的校花评选,你投给了李筠?"

　　林修爽快地承认:"是啊。"

　　卢炜:"她的住址在这条路。"

　　林修挑了挑眉:"你知道李筠的地址?"

　　卢炜毫不谦虚:"我,江湖人称'情报小王子'。"

　　"小王子。"林修勾住卢炜的肩膀,"李筠有没有男朋友?"

　　卢炜:"你别以为李筠温柔大方,其实是个很清高的女孩。"

　　林修了然:"她没有男朋友。"

　　"男朋友可能没有,但……"卢炜迟疑。

　　林修:"什么?"

　　卢炜:"算了,我承受不住燕姐的怒气。"

　　林修十分敏锐,问:"李筠和陈戎关系匪浅?"

　　卢炜做了一个缝嘴巴的动作。

　　林修:"燕归不在,来跟你修哥讲讲。"

　　卢炜的嘴唇扭曲地撇了一下:"没什么好讲的,只是传言,当事人没有承认过。"

　　林修:"无风不起浪,是从什么地方传来的?"

　　卢炜:"上次燕姐请客,我们都见到了李筠和陈戎,两人有说有笑的。"

　　林修点头。

　　卢炜:"据我的消息,李筠的手机里有和陈戎的合影。"

　　林修不以为然:"这说明不了什么。我和燕归有大把的合影。"

　　卢炜:"你和燕姐跨越了性别,搭建了兄弟情。李筠的情况跟你们不一样。"

　　卢炜的闹钟突然响了。

　　两人匆匆地在快餐店买了外带餐。

　　林修拿起可乐,嘴上咬着汉堡包。

　　卢炜直接将外带袋子折两下按紧了,快步地向外跑。结果,卢炜的汉堡包没有吃。他去到演唱会现场,嗨翻了天。

第九章 误会

回到酒店大堂，卢炜的汉堡包已经凉了，他咬了一口。

林修笑说："小心拉肚子。"之后，他的笑容僵在嘴角。

前台处站了一对男女，那对男女双双把身份证递过去。

"汉堡包冷了真的很难吃。"卢炜抬起头，一口汉堡哽在了喉咙里。纵然他自称"情报小王子"，此时也大为震惊："陈戎和李筠来酒店？"

林修推开了玻璃门："走，跟过去看看。"

陈戎和李筠办完了入住手续，走向电梯，谈笑风生。李筠笑起来很温柔，陈戎和颜悦色，俊男美女，一对璧人。

林修则目露凶光。

卢炜把外带的纸袋子攥得"哗啦"直响："我们是去……这事要是被燕姐知道……她可是能把天都拆下来的人。"

陈戎和李筠进了电梯，林修连忙拉住卢炜，躲在墙后。

电梯门关上。林修望着闪烁的电梯灯——二十楼。他和卢炜上了另一部电梯。

林修双手插着裤兜，靠在电梯扶手上，很潇洒，只是眼睛阴冷。能和倪燕归从小混到大的人，是见过大场面的吧。卢炜只是个收集情报的，动手的事，他全都不在行："我们要不要把燕姐喊过来，她才有立场去抓现行啊？"

林修看过来，说："我替兄弟把关，理所当然。"

"别闹大啊，我们是学生，不是社会人。"卢炜光是幻想那一个场面，手就轻微地抖了下，纸袋子在安静的电梯里发出细碎的声音。

"叮"，电梯到了二十楼。

林修走出去，左右张望，正好见到了陈戎和李筠的背影。他望着那两人进了一间房，记下那个位置，缓缓踱步过去。

卢炜紧张，但八卦天性又在沸腾，他跟在林修的身后。

林修说："一会儿你负责拍摄。"

卢炜比了一个 OK 的手势，无须林修提醒，他早已经把手机的相机 App 设了快捷键。

林修停在 2006 号房门口。

订房的时候林修问过，十五楼以上是套间，他和卢炜住的是楼下

265

的普通标间。看来陈戎家境不错。

酒店的木门隔音相当不错,林修贴近门板,听不见里面的一丁点声响。他按下门铃,盯着猫眼。门开了,但没有全开,里面用锁链扣上了,只留了十几厘米的门缝。

是李筠,她礼貌地询问:"请问您是?"

林修说:"哦,我是里面那个男的的女朋友的兄弟。"

拗口的关系令李筠顿了有三秒,她睁大眼睛,惊讶不已:"他有女朋友?"

林修冷笑:"他没告诉你吗?他有一个很漂亮的女朋友,又善良又可爱。"

李筠似乎难以置信,转头望向房间里,问:"你有女朋友吗?"

林修差点儿嗤笑出声,看来陈戎是两头通吃。

"是谁?"陈戎的问话传来。

李筠看了林修一眼,又回头说:"他说,是你女朋友的兄弟。"

林修从门缝里观察李筠眼睛的焦距,判断陈戎正在走过来。他用手指挑了下刘海。

链扣被解下,门开了,李筠贴着墙,仰头望陈戎。

陈戎盯着林修:"你有什么事?"

林修说:"我们见过,军训时。"

后面的卢炜举着手机。

李筠厉声呵斥:"你在干什么?"

卢炜讪讪一笑。

李筠走上前去,卢炜立即把手机对准了她。

陈戎将李筠拉了回来,猛然伸手,卢炜还没反应过来,手机就被夺走了。

陈戎快速地删除了刚才录制的画面,看向林修:"你有什么事?"

林修歪了歪头。

这个动作倪燕归有时也会做,甚至连做动作时的滑稽的眼神,两人也如出一辙。陈戎忽然呼了一口气。很轻,却很长。

"我叫林修。今儿个赶巧,撞见你们俩,过来问候几句。"

第九章　误会

　　李筠不是傻的，林修的口气里满满的全是挑衅。她猜也猜得到，面前的两个男孩不是朋友。她拦在陈戎的面前："林修同学，今天不在学校，现在是我们的私人时间，想要同学叙旧的话，还是改天吧。"

　　李筠确实温柔，就连逐客令都说得莞尔动听。

　　林修挑着笑："我和他没什么可叙旧的，不认识。给我们串联关系的只是他的女朋友，就是我那个傻乎乎的兄弟。"

　　陈戎："你也知道她傻乎乎的。"

　　"天底下最了解燕儿的人，是我。"林修用右手的大拇指向内，指了指自己。

　　"对了，我正要找你。"陈戎的话变轻了，惯常的笑容变淡。

　　林修："这不是巧了吗？我也是来找你的。我们真是心有灵犀呀。"

　　李筠推了一下林修："你到底想干什么？莫名其妙，赶紧走。"

　　没想到李筠这人看着柔弱，推搡的力气挺大。林修一个踉跄："这是我和陈戎之间的事，你别插嘴了吧。"

　　"嗯，这是我和他的事。"陈戎摘掉了眼镜，"由我来解决。"

　　林修看了看李筠："李筠师姐，麻烦让一让。"

　　李筠张开双臂，拦住林修的去路。

　　"我来。"陈戎低头说。

　　林修突然见到陈戎的手指动了几下。他想要嘲笑几句，不会是在散打课上学过几招，就以为懂得撩架技巧吧。然而，林修的嘲笑还没有出口，又被李筠推开了。

　　"你赶紧走！"她转身按住陈戎的双手，回头喊，"快走！"

　　林修看见，陈戎的手指颤动得更厉害了。

　　学校同学对李筠的评价都是婉约脱俗，然而这时的她，摆出降龙十八掌的架势，双手把陈戎往房间里面一推。陈戎猝不及防，后退两步，回到房门以内。

　　李筠进去后迅速地关上了门。

　　两个人没有说话。李筠清晰地听见了陈戎手指关节的"嗒嗒"声。

　　"胡闹。"她回头。

他用左手拇指一个个按响其余四个手指的关节。

李筠问:"你和他有什么过节?见面就要动手?"

陈戎把指关节按了一轮,开口说:"他睡了我的女朋友。这是不共戴天之仇,没错吧?"

李筠的关注点是:"你真的交女朋友了?"林修说的时候,她半信半疑,以为谁和陈戎传了绯闻。

陈戎斜靠着墙,眉目冷峻:"是。"

李筠的表情似有惊喜,但又想起陈戎话里复杂的男女关系。李筠问:"她和刚才这个叫林修的人,发生关系是在认识你之前吗?"

"是。"

"她和林修是自愿的吗?"

"是。"

李筠突然觉得自己问错了问题,安慰说:"既然是过去,你把他揍一顿,又能怎样?"

陈戎冷冷地说:"他自己送上门,我不会放过他。"

李筠扣上了锁链:"刚才林修说,他是你女朋友的兄弟,不应该叫前任吗?"

陈戎换了一个姿势,双手插进裤兜,背靠在墙上。他看着衣柜上的花纹,像是玫瑰:"不是恋人,只是年少无知。"

这话听起来很冷静,但李筠发现,他的脸色都要冻成霜了。她低声说:"听着是个前卫的女朋友。"

陈戎站直了:"她只是胆子大。"无拘无束,奔放洒脱。

"可以向男朋友坦陈以前的关系,确实是需要勇气的,尤其面对你。"李筠看着陈戎的侧脸,"你没有冲动到对小姑娘做什么吧?"

"想。"陈戎扯起凉薄的笑,"我无法冷静,她却在我面前讲个不停。如果我再不克制,我真的会做出什么。不过,在我讲完一通电话之后,我想到了妈说过的一句话。"

李筠望着陈戎。他能想起的,不会是好话。

陈戎说:"我不配得到完整的感情。"

李筠上前扶了扶他的脑袋,将他的脸压向她的肩膀,温柔地说:

"你记忆力强,才会把妈无意间说过的话记在心里。感情的完整与否与过去无关,无论她以前爱过谁,只要她现在爱你,她给予你的就是完整的爱。"

陈戎把额头抵住李筠的肩上:"姐。"

李筠抱住弟弟:"嗯?"

"她最讨厌的男人就是我这样的。"

李筠:"……"

李筠到便利店去买日用品。

今天和陈戎见面比较突然。

陈若妩和现任丈夫闹矛盾,她回了陈戎的家。家里没人,她从冰箱里拿出一个不知冻了多久的橘子吃。吃完不到半个小时,肚子不舒服,腹泻三次,她头晕眼花,匆匆地叫了陈戎回来。之后,没等到陈戎,陈若妩拨打了120,上了救护车就昏过去了。

医生查到她登记的亲属号码,第一时间通知了她的丈夫。

李筠和陈戎去了医院。陈若妩丈夫对妻子和其他男人生下的孩子态度冷淡,说他来陪护。姐弟俩和陈若妩匆匆见了一面,陈戎送李筠回来。

李筠发现弟弟偶尔有点冷脸,于是说要和弟弟多聊聊天。

李筠没有独立居住的房子,去弟弟家住又不方便,平时如果要长时间和陈戎相处聊天,两人会来这个酒店开一间套房。陈戎住外卧,李筠住内卧。酒店离李家近,若李筠要突然回去,也能立即动身。哪里想到,今天居然被林修撞见了。

李筠买完单,拎起袋子要走。

巧的是,林修从门外走进来。

他早从玻璃门外见到她,进门就主动打招呼:"李筠师姐。"

她不想理他,推开了玻璃门,他却拦在外面:"学校里有许多关于你和陈戎的传说。"

李筠昂起头:"清者自清。"

林修冷笑:"你们俩都来酒店了,还讲什么清者自清?"

李筠没料到他的话如此直接，当下涨红了脸："你这话真龌龊。"

林修气笑了："李筠师姐，你干的事，很难让我不龌龊啊？"

有两个顾客从外进来，听见林修的话，诡异地打量二人。

两人不自觉地向旁边移了两步。

李筠低下声，解释说："我和陈戎不是你想象的那种关系。"

"那是怎样？"林修的右手拨了下草丛，"我的想象力很贫瘠，只能往那个方面去。"

"我和陈戎是一起长大的。"李筠只能这么说。

"青梅竹马？"有这么巧？到处有从小到大的一对人？

李筠不承认也不否认，说："总而言之，我和陈戎清清白白。你不要破坏他和他女朋友的感情，否则……"

"否则如何？"林修捻下草丛里一朵花，放在掌心把玩。

"否则我不会放过你。"李筠到底是柔和的性子，想了几秒只憋出这一句。

林修看着她："师姐，你放狠话的样子真逗。"

"他们既然已经是男女朋友，你就别在背后挑拨离间。关于我和他的关系，陈戎会和女朋友解释，轮不到你一个外人来讲。"

"哦，陈戎也会交代跟你一起来酒店的事？"

"当然。"

李筠的目光太过坚定。林修暗自揣摩，难道真的有隐情？他看看时间，不早了，于是让开了路。

李筠却没有走："林修，我希望能得到你一个口头的承诺。"

林修挑眉："李筠师姐，白纸黑字都能反悔，口头承诺，你觉得能作数吗？"

李筠："我看你的样子很讲义气。"

大概是很少吵架，她的样子有些委屈。林修觉得好笑："行吧，我给你一个承诺。他们俩的事情由他们自己解决。不过，一旦我有确凿的证据，那就不叫破坏感情，我是助人为乐。"

"好。"仿佛做了交易，李筠郑重地点头。

林修回了房间，卢炜洗完澡，坐在床上。他有一个收集情报的

App，这时正在更新资料。

"卢炜。"林修说，"今天的事情，你给我瞒着。"

卢炜回头："不用通知燕姐吗？陈戎是负心汉。"

"我们没有直接证据，万一他们俩是交流学习呢。"这假话连林修自己都不信，"反正这事别声张，当没看见。你抹掉记忆吧。"

"好。"

"对了，你帮我打听一下陈戎的过往。"

小王子目露精光："我去问问。"

林修陷入沉思，陈戎今晚的状态非常古怪。他和陈戎没有接触过，都是听卢炜或者倪燕归描述，大家的印象里，陈戎是一个弱质书生，但今天……

林修说："我觉得陈戎有问题。"

周日，林修回来了。在校门口给倪燕归打了个电话："燕归，下来吧，在校门口。"

"突如其来，去校门口干吗呀？"倪燕归正在纸上分析凶手。

"我妈来了。"林修用牙齿磨出了话。

不愧是多年的玩伴，倪燕归听明白了。

林修在那边说："哎呀，燕归呀，一回来就奔去宿舍了。我跟她不是一趟车，比她晚。妈，我真的和同学去旅行了。"接着，他挂了电话。

倪燕归扎了条长辫子，穿着卡通T恤就出去了。

林修的母亲名叫甘妍丽。她的车停在校门外，亮红色的车身映出晶亮的太阳光。她手里的提包和车漆的颜色差不多，而且还穿着一条大红的连衣裙。

林修低着头，恨不能埋进地洞，好让自己低调些。

甘妍丽远远地见到倪燕归，招起手来："这边。好久不见燕归了，她为什么越长越迷人了？"

"可能因为倪家的大米比我们林家的贵吧。"林修很敷衍。

"你呀你，要用正眼望女孩。"甘妍丽勾起儿子的下巴，"正眼，抬起头来。"

271

林修的头向上仰，歪了脖子，朝倪燕归扯了扯嘴角。

倪燕归过来，礼貌地喊："阿姨。"

"燕归啊，昨天我生日，收了许多许多的礼物。有两份，我朋友说给晚辈的，我一想，正好就是你们俩嘛。"她打开车门，坐进去拿盒子。

倪燕归转头问："什么东西？"

"天知道。"林修指了指天空。

"收你妈妈的礼物不对劲啊。"

"你每年就收这么一回，知足吧。我爸生日，我生日，我都要收礼。"

甘妍丽拿出两个盒子。白色的方盒，空白无字，上面绑了两条红色的彩带，打上了一个蝴蝶结。

她微笑看着两人。两人回之同样的微笑。

甘妍丽："来，一人一个。"

林修："妈，我打开盒子，里面会不会蹦出一个拳头，正中我的鼻梁？"

甘妍丽："什么想象力？你说的这东西，我去年已经送过了，我不送重复的。"

电话响了起来，她说："稍等，我接个电话。"

林修悄声说："我们来打个赌，猜猜里面是什么？"

倪燕归："可能是蜘蛛吧。"

"我猜，青蛙。"

两人对视一眼。

"修啊。"

"燕啊。"

两人想抱头痛哭。

甘妍丽挂了电话，说："翠翠的工作太忙了，我跟她见不到面。等她跟倪景山出差回来，我们两家人一起吃个饭？"

倪燕归："好的，阿姨。"

"我先走了，我赶时间，我来这里就是路过。"甘妍丽戴上墨镜，坐上了车。

两人微笑地看着红色跑车绝尘而去。

之后，倪燕归把盒子塞到林修的怀里："送给你啊。"

林修如避蛇蝎："倪燕归，朋友不是这么当的。"

"去年还是前年，你妈送了一条喷墨八爪鱼，我手上沾的墨洗了三天才洗掉。"倪燕归转身要走。

林修忽然扯住她宽大的袖子："盒子，拿走。"

"不要。"

"拿走。"

"不要。"

"倪燕归，是兄弟不？是兄弟我们就站在这里拆。"

倪燕归甩了甩袖子："你想丢脸，我还要脸呢。"

"你要脸？你一个在校会上读检讨书的人，你要脸？"

"嗯哼。"她高昂起头，不经意望见对面一个人。她眼睛一亮，蹦跳两下，朝他招手。

绿灯亮起，陈戎从人行道走过来，满面笑容，站在她的面前。

林修捧着两个礼物盒，没什么好脸色。

"上一次在军训的时候，我们是敌对阵营，不方便互相介绍。今天是校友，是同学。给你俩介绍一下。"倪燕归挽起陈戎的手，"我的男朋友，陈戎。"

林修从鼻子里哼了声。

倪燕归："这是我的玩伴，他叫林修。"

陈戎："幸会。"

林修："久仰。"

两个男生面对面，似笑非笑。

倪燕归站在旁边，满面春风。

"初次见面，没准备什么东西。"林修把手上的两个方盒子递过去，"这个当是我的礼物，祝你俩百年好合。"

陈戎接过了："谢谢。"

倪燕归瞪大眼睛："不能收。"

林修歪着头，问："难道你不想百年好合？"

倪燕归快被气死了，无声地用唇语说："你给我等着。"

陈戎望着她轻翘的红唇，是向着林修的。

林修猜到她的威胁，阴阳怪气地笑一下："我走了啊，再见。"他留下一个洒脱不羁的背影。

倪燕归指着盒子，悄声说："可能是两个炸弹。"

"是吗？"陈戎一手环着两个盒子，另一只手的食指顶了顶眼镜框，"他确实如你所说，人品恶劣。"

"啊？"她愣住。

"你在中学时被林修带坏了。"

倪燕归想起来了，她之前的铺垫，是拿了林修当肉垫："是啊，就是他。这两个盒子里肯定不是好东西，但是他用百年好合作为咒语，把我们困在里面。"

陈戎拉起她的手，攥在自己的掌心里。他握得很牢，眼神在方盒的蝴蝶结上停了不到一秒，又抬起来："既然他人品不正，你就不要和他来往了。"

"但是吧……我和他是同班同学，而且他的妈妈跟我的妈妈是好闺密，二十年的交情了。两家人经常一起吃饭。"

"就算是同班同学，完全断交也不是难事。至于家族上的关系，做做表面功夫就可以。"陈戎有些黯然，"倪倪，我不希望你跟着他学坏。"

美男伤神，杀伤力极大。倪燕归点头说："好吧。"她是不是要再编一个林修改邪归正、悬崖勒马的故事。否则，林修会反过来追杀她吧……

陈戎牵着她向校内走："我回宿舍换洗衣服，晚上一起吃饭。"

"好的。"她望着那两个盒子，"你不丢掉吗？"

"既然他赋予了百年好合的咒语，就留着吧。"

"你千万不要打开，里面装了很可怕的东西。"倪燕归叮嘱说。

"好。"

"不可以好奇哦。"

陈戎听话地点头。

第九章　误会

校网"表白墙"是一个绝佳的素材收集地，柳木晞沉浸多时。

男生胆子大，"表白墙"上贴了不少美女的照片，却没有多少俊男的。

陈戎和一只猫同框上镜，俊男搭配萌宠，帖子居然火了。倪燕归在上面敲下的"名草有主"宣言，不知沉到哪儿去了。学校有校花的投票，自然会有校草的。有人爆料，陈戎在投票环节连十强都没进，众人纷纷惋惜。

柳木晞说："早干吗去了？"

很突然的，短短两天时间，陈戎成了风靡万千少女的校园红人。

"燕归。"柳木晞把转椅滑到倪燕归的身边。

除了和陈戎谈恋爱，其余时间，倪燕归都在追剧。兴致高昂的时候，她手绘线索图，结合心理学的课程，自己推理。"怎么了？"她按下暂停键。

柳木晞望一眼："陈戎红了。"

倪燕归："什么红了？"

柳木晞把手机界面给她看："上一次的照片突然火了。"

柳木晞是看着帖子热度上涨的。按理说，陈戎曾上台发言，不是默默无闻的人。但直到这时候，他才被人注意到那张完美俊俏的脸。

"我的评论呢？"倪燕归翻了翻，一时半会儿找不到她的宣言了。

她又去发了一条：不要觊觎别人的男朋友！

一条不够，她每间隔半个小时就去发。

有人认出来了：是读检讨书的倪燕归。

然后开始讨论陈戎和倪燕归般不般配的问题。

倪燕归不痛快，和陈戎说："如果有女生跟你表白，你别客气，直接拒绝。如果她们不放弃，我来教训她们。"

陈戎失笑："网络的热度，不出七天就会烟消云散。倪倪，你的男朋友没有那么受欢迎。"

她捏捏他的脸，怜爱地说："那是因为你和赵钦书这只花孔雀走在一起，被艳压了。"

"放心。无论谁来，我都会告诉她，我已经有女朋友了。"

275

倪燕归扑进他的怀里:"戎戎,你是我一个人的。"

陈戎笑:"对,我是你一个人的。"

这一天的社团活动,温文看看手机里的请假条,说:"小倪同学不来训练了。"

毛成鸿本想通过旁敲侧击,打破倪燕归对陈戎的滤镜。没想到,她居然不露面了。

温文:"毛教练,小倪同学说,她忙着帮你做犯罪特写?是什么事?"

毛成鸿说:"哦,是山羊面具的事。你听她说说就行,别指望她。"

或许因为女朋友的关系,陈戎到社团的时间晚了。

赵钦书也还没来。

毛成鸿望了一眼墙上的时钟,先喊了集合。

毛成鸿仍然严肃凝重:"相信大家看见了学校的公示。"他的食指向下指了指地面,"这幢实验楼要翻新了。"

这是之前已知的事。今天,毛成鸿补充了新的信息:"工程的招标很顺利,可能明年春天就要动工了。"

学员们面面相觑。

黄静晨:"毛教练,我们要搬去哪里?"

毛成鸿:"学校暂时没有通知。我只能说,大家做好最坏的准备。"

胡歆:"最坏的准备是?"

"社团解散。"毛成鸿说出口的时候很平静,但话音落下,他滋生出了满腔惆怅。说出"解散"两个字,意味着他不得不要承认自己的失败。他只能自嘲地想,社团解散以后,他就有时间去其他社团观摩请教,总结一下他人的成功经验。

一个学员比较激动,正是那位山东的同学:"毛教练,我们不能重新申请一个教室吗?"

毛成鸿:"社团这几年不景气,学校拨的经费有限。新申请的手续比较烦琐,而且希望不大。大家呢,在这几个月里多聚一聚。像是摘果子、吃火锅,都是可行的。之后,如果对格斗真的有兴趣,我可以推荐你们去其他的社团，比如跆拳道，名气也很大。搏击术花样众多，只是我这个人死脑筋专攻散打而已。"

一个学员问："毛教练，你不是要去竞争什么奖项吗？这能争取一下吧？"

毛成鸿："对，我一定去争取。"但可能动工时间赶在了比赛前面。

"毛教练，我也会努力的。"温文站出来。

毛成鸿嘴角扯出了笑，笑纹很浅："还没到分别的时候，大家不要垂头丧气。我们今天还是按照老规矩，从三公里开始。"

一行人正要往外走，外面有人进来。

夜色深沉，毛成鸿以为是陈戎和赵钦书，刚要喊人，及时止住了口。

来的是一个女孩，长着可爱的娃娃脸，波波头剪至下巴。她穿一套紫色运动服，站在门的边上，挺拔有型。

毛成鸿和她打了个照面，问："这位同学，你是？"

她没有立即回答，目光在所有人的脸上扫了一圈，环视教室，望见角落里的道具架。杆上挂了十来个拳套，五颜六色。

毛成鸿再问："同学？"

女孩收回了目光："请问这里是散打社团吗？"

"对。"毛成鸿点头。

女孩从裤袋里掏出了一张折纸，慢慢地展开。她双手各抓住纸的上下两个短边，展示出来："这个人在这个社团吗？"

纸张的折痕很直、很深。彩图上的人被折出几个小方格。那是陈戎的脸，他低头望着一只小猫。这年头，很多人把照片留存在手机上，像这样打印出来的人，比较罕见了。

毛成鸿说："对，他在我们的社团。"未知对方来意，直接坦白，并不稳妥。但毛成鸿对陈戎抱有怀疑，觉得直截了当，会更快接近真相。

"好。"女孩儿收起了纸，按着原来的纸痕，一片一片折好，放回裤袋。她说："我叫何思鹏，我来申请加入散打社团。"

毛成鸿皱了下眉头："你来？你现在来？"

"对，现在。"何思鹏问，"你是社团的负责人吗？"

毛成鸿："我是教练，真正负责社团业务的是我们的社长。"

温文走上前来，笑着说："同学，我们社团的招新活动结束了，今年不再收新学员了。"

何思鹏问："为什么不收？社团招新有截止日期吗？"

按理是没有的。但刚刚毛教练说，社团可能解散，再招新就浪费同学的时间了。当然，这样晦气的理由，温文不会说出来。他解释说："明确的日期倒是没有。但是我们的课程已经进行了大半，你中途加入的话，无论是理论课程还是初步知识，没有办法重新开课。"

何思鹏却说："没有关系，我可以买书回来自学。"

温文："同学，散打讲求实战。入门的很多知识是需要真人教学才能掌握的。"

何思鹏点头："我知道，你们谁抽空给我摆几个姿势，随便讲解一下就行了。"

温文和毛成鸿互望一眼。

温文斟酌地问："你是为了陈戎来的？"

何思鹏大方地承认："是的。"

温文："你们是朋友？"

何思鹏："不是。"

温文："有积怨？"

何思鹏："没有。"

温文："那是……为什么？"

何思鹏："我见到了他的照片。"

毛成鸿说："同学，要接近陈戎，有许多方法，不一定要来散打社团。"

何思鹏："其他方法我会尝试，进社团是其中之一。"

毛成鸿想了想，说："实不相瞒，我们这个社团下学期要搬了。"

何思鹏点点头："我和你们一起搬。"

当着陌生的同学的面直言社团可能解散，毛成鸿终究开不了口，只能委婉地说："不知道什么时候才能找到新教室。"

"没关系。"何思鹏很善解人意，"我待在这里练习，直到你们找到新教室。"

第九章　误会

毛成鸿摸了一下鼻子,看了看温文。

温文这个人,比毛成鸿更温和,对着女孩子从来说不出重话,他说:"我们这里的练习很辛苦。"

"我有武术的底子。"何思鹂说,"如果你们不相信,可以出一个人和我比试一下。"

毛成鸿忽然觉得,这是不是天意?走了一个倪燕归,又来了一个何思鹂。

夜色中,又有两人走了出来。

何思鹂察觉到有人,回头看见了陈戎。

陈戎到了门边,发现众人的目光聚焦在自己身上。看清来人,他推了推眼镜:"是你。"

何思鹂转过身:"是我。"

毛成鸿和温文又望了一眼。这时候是不是该说一句,陈戎也能招人了?

联想到倪燕归的性格,毛成鸿心说:"男人也是红颜祸水,我们社团这下不得安宁了。"

何思鹂望向温文,说:"我想要申请加入社团。"

毛成鸿听说她有武术底子,心中有了计量,说:"这样吧,我们这里出一个今年的新学员,如果你和她水平相当,就等于追上了我们之前的课程。"

"好。"何思鹂应得很爽快。

"但是我话说在前头。"毛成鸿提醒说,"教室要搬。教学只剩一两个月时间了。"

何思鹂:"没有问题。"

何思鹂是女生,毛成鸿挑了黄静晨来跟她比试。

黄静晨站了出来。

何思鹂看过去,摇摇头:"她不行,太弱了。"

黄静晨很不好意思,她在社团里三心二意,除了跑步练得比较好,其余都一般。毛成鸿常常称赞她不错,这是第一次被人揭穿,她是一个菜鸟。

四个女生之中,除了倪燕归,就是黄静晨的水平最高。

毛成鸿再次打量何思鹂,说:"那你挑个男学员?"

何思鹂回头看陈戎,毛成鸿并不意外。

陈戎愣了愣,摆手说:"我不行,我是练得最差的。"

毛成鸿露出莫测高深的表情:"要是遇上太强的对手,恐怕会伤了女孩子,陈戎——"他想说,陈戎正好。

温文却说:"还是赵钦书来吧。"温文有自己的考量。何思鹂既然是为陈戎而来,肯定怀有旁的心思。应该尽量安排她远离陈戎才是。温文觉得自己捍卫了陈戎和倪燕归的爱情。

毛成鸿沉默,望着温文。

温文笑了笑。

毛成鸿说:"赵钦书,多让着女孩子。"

赵钦书不会让她。军训演习那天,她一个人灭了他们十个男生,他还想问,她能不能多让着他呢。

他站到她的面前,何思鹂瞥过来,没把他放在眼里:"你是那天的逃兵。"

赵钦书没料到,她居然记得,他明明跑得飞快:"巧了不是,又见面了。"他摆了个预备姿势。

何思鹂出拳很快,"砰"的一下,赵钦书来不及做防卫动作,直接被撂倒在地。

教室里响起"咚"的一声。

赵钦书跌坐在地上,好在他及时把手往后撑,勉强保住了帅哥的形象。

何思鹂生得娇小,脸也很嫩。毛成鸿不可思议地看着她,无论如何也没想到,她的拳风这么凶猛。

毛成鸿上前,拉起了赵钦书。

"领教了。"赵钦书冲何思鹂潇洒一笑。

"好吧,同学。"毛成鸿说,"从今天开始,你就是我们散打社的一员。"

第九章 误会

这一堂课下课，温文过去说："同学，你登记一下名字和联系方式。"他看着她写下名字，"小何同学，你是哪个系的？"

"我叫何思鹂。"

"嗯，何思鹂同学。"

何思鹂停住笔，抬头看温文："我叫何思鹂。"

"是，何思鹂。"

赵钦书回到宿舍，第一时间和同学们说起何思鹂。

听到这个名字，蔡阳心有余悸："这女的杀人如麻。"

赵钦书揉了揉自己的肩膀："你们好歹是装备作战。我今天实打实挨了她的一个拳头。"

蔡阳问："输了？"

赵钦书："我要是能赢，当时就不会逃跑了。"

蔡阳问："她去散打社啊？是去踢馆的吧？"

"英雄难过美人关。"赵钦书向陈戎抛了一个媚眼，"听黄静晨说，她是奔着陈戎来的。还打印了一张照片。可惜，我去晚了，没有见到照片。"

陈戎没有太大的反应，推了推眼镜："可能有误会。"

赵钦书笑："你是不是很吸引有格斗基因的女孩？"

蔡阳调侃说："可能因为陈戎比较需要保护吧。"

赵钦书勾着眼睛，瞟向陈戎："大姐头还不知道这件事吧？你艳福不浅，我堂堂万人迷，都要让位给你了。"

陈戎没有理会。

赵钦书却不死心，凑过来问："我很好奇，大姐头是不是击败你的白月光了？"

陈戎沉默，上了床。

手机铃声响起，是倪燕归。两人的对话无聊透顶，就是聊各自几点睡觉，明天天气怎样。

两人若是恩爱，无聊也甜蜜。

281

实验楼里不止一个社团。曲艺社已经申请到新教室，她们要提前迁出去。曲艺社全是女生，抬不起重物，于是拜托了散打社的同学帮忙。

一群人很有干劲，取消了当天晚上的社团活动，全部用来帮忙搬东西。

何思鹂也在其中。

毛成鸿说："你一个女孩子，好好待着。这些书有几十斤，我们来就行。"

何思鹂却不听，扛起箱子往外走，毛成鸿想帮忙也没机会。哪怕是倪燕归，也懒得干重活。这个新来的同学是真没把自己当女孩。

毛成鸿扛起两箱东西，走得非常轻松。

陈戎背了两个乐器，步子比较沉重。

即便陈戎看起来体力较弱，两个女生还是把乐器交给了陈戎——毕竟是个子高的男生，能有多弱呢。

陈戎走出教室。

何思鹂正好回头，她一眼看出他步子拖沓。她慢下来，站在原地等他。

陈戎左右两肩各背一把乐器，其中左肩上的是大提琴，像是要把他的背压垮了似的。

他躬着腰，她叫他："陈戎。"

陈戎抬起头来，见何思鹂扛着一个大箱子，为了搬东西，把袖子全部卷了上去，露出结实的小臂。

"要不要我帮忙？"何思鹂很热心，或者说，她对着陈戎尤其热心。

陈戎站直了，挺起腰，比何思鹂高了一个头："谢谢。我自己能搬，倒是你，要不要找个人帮忙？"

何思鹂的目光从平视变成抬头："不用了，再加一个箱子我也扛得动。但是你不要太勉强，说实话，男人瘦弱没有错，不要打肿脸充胖子。"

陈戎露出腼腆的笑容。

后面一个女生替他说话："这个琴很重，本来扛一把就好。两把琴一起，确实强人所难了。"

陈戎笑笑："没事，我扛得住。"

第九章　误会

　　毛成鸿回想，曲艺社的这两女生有时会遇上，似乎和陈戎说过话。从前，陈戎身边有倪燕归，他被垄断了。一旦女朋友不露面，他就桃花朵朵开了。

　　倪燕归不是不想去教室里陪陈戎练习。而是担心去了以后，她要面对毛成鸿的参赛邀请。

　　陈戎说："听毛教练的意思，社团明年就不在了。"

　　倪燕归心里不是滋味儿。这是社团最艰难的时刻，她却一个人跑开了："戎戎，你觉得我要不要回去？"

　　"你想不想回去？"

　　"说不上来。"她上课是勤快。但她只是例行任务，为了和陈戎谈恋爱："算了，还是不去吧。"

　　林修将要过生日，他在六人的微信小群发了几个礼物的表情包。

　　柳木晞上个月听说林修生日，早准备了一份钢笔墨水套装，当是礼物。

　　倪燕归光顾着恋爱，见到林修的提醒才想起来。

　　键盘？鼠标？已经送过了。

　　刷微博的时候，见到了最新的天气预报，林修生日那天有一股冷空气南下。

　　正好，送他一条另类的围巾。

　　第二天，林修问："你们准备了什么礼物？"

　　柳木晞："到时候你就知道了。"

　　倪燕归："复制，粘贴。"

　　林修吸了下鼻子："不如直接给现金吧，我比较拮据。"

　　倪燕归："不早说，我已经买了。"

　　柳木晞："我上个月就准备了。"

　　"行吧。"林修每次听完演唱会，都要吃上一段日子的泡面。这一次正好撞上他的生日。他和倪燕归的规矩是，谁生日谁请客。他望着窗外："我的钱包单薄得就如同那片落叶。"

倪燕归:"这次不是千里迢迢打飞的去听演唱会呀,怎么这么落魄?"

林修托了托颈:"住的酒店贵。"

倪燕归:"是你自己太讲究。"

林修:"对了,你和陈戎怎么样?他有没有说起其他什么?"

倪燕归眯起眼睛:"其他什么?"

林修:"没什么了。"看来陈戎没说。

卢炜仍然关注李筠,他私下和林修说:"李筠是书香世家,性格好,人品好。我觉得不像是会当小三的人。"

"嗯。"林修随口应了一声。

生日这天,气温确实冷。

倪燕归收起昨天的短袖,穿上长衫,加了件外套。风吹来,卷起萧瑟的气息。

冬天快要来了。

林修在点评网挑了一家人均最便宜的火锅店,先在群里发了链接。终究觉得菜品一般,他咬一咬牙,又说换成常去的那家。

倪燕归琢磨着,等她编一个林修痛改前非的故事,再和陈戎解释。

她说今天是柳木晞过生日,她抱了抱陈戎:"晚上再跟你吃饭。"

他和她贴了贴脸颊:"嗯。"

倪燕归对陈戎撒谎无数,都没有今天去吃林修请的饭,莫名让她觉得心虚。她把兜帽戴起来。兜帽宽大,盖住了她的额头,她鬼鬼祟祟地进了火锅店。

照常的,抽烟的人被安排在窗边位。

柳木晞看着倪燕归的兜帽:"干吗?冷成这样?"

倪燕归想了想,陈戎是去食堂吃饭,撞不见她,于是她摘了帽子,又不知为何,突然想起墨菲定律,一时有些忐忑,吃肉也心不在焉。

席间,林修接到了甘妍丽的电话:"儿子,晚上回家来,妈妈给你庆祝生日,我准备了一份礼物。"

又礼物?别了吧。林修说:"我明天要上课。"

第九章 误会

"这是一份大礼。"甘妍丽说,"对了,之前的两个礼物你们拆了吗?还满意吧?"

"啊,很棒,有被震撼到。"林修敷衍了事。

甘妍丽笑了笑:"喜欢就好,记得晚上回来啊。"

挂了电话,林修改变主意,说:"下午我回家一趟。"

"回去收礼物啊。"倪燕归咬着筷子。

林修认真地说:"回去问我妈要钱。"

生日餐吃完,倪燕归重新戴上了兜帽,一行人走出火锅店。

北风袭来,她有借口把帽子盖得更低。一路上,她的眼睛到处溜着,没有见到赵钦书,自然也没有陈戎的身影。

从西北校门走到生活区,倪燕归的忐忑安定了下来。陈戎的生活比较规律,这个时间段是他的午休时间。

墨菲定律只是概率事件而已,她不至于这么倒霉。

转了个弯,北风扑面而来。

林修早就拆了倪燕归送的礼物,戴在脖子上。他把围巾打了个结,往上拉起,盖住自己的下半张脸:"这个世上最懂我的人就是燕归呀,知道我怕冷,送的还是加厚款。"

他的感慨透过厚实的围巾传出去,迎面走来的人恰好能听见。

卢炜先发现了陈戎。

林修搭着卢炜的肩膀,察觉卢炜的面色古怪,他转过头去,扯了扯嘴角,勉强算是笑。

陈戎看不见,因为视线被林修的围巾给挡住了。

倪燕归说要送一条另类的围巾,那就是真的另类。

大红的底色,整条围巾用粗犷的黑线刺绣了一列书法字。狂草龙飞凤舞,文字被拢起来,堆在林修的脖子间。乍看之下,不知道那是书法字,还以为是图腾纹路。

倪燕归的视线被挡住,她没有第一时间看见陈戎,直到把兜帽抬了抬,她倏地睁大了眼睛。

陈戎嘴边有笑,眉目却凉了下来。他撞进了她的眼睛,没有说话,要往另一条岔路走。

倪燕归跟了过去:"戎戎呀,你今天没有午休吗?"

"嗯。"他步子很快。

倪燕归敏锐地发现,陈戎的声线已经冷了。她小跑着追上去:"戎戎,今天是几个同学聚餐,我不好意思不去,对不起了。"

陈戎停住:"是林修的生日,还是柳木晞的?"

对上他的眼睛,倪燕归一下子说不出谎了:"戎戎,是我的错,我认错,你要冷静哦。"

"我约了辅导员,先走了。"

倪燕归留在原地,她见过他这样子,上回怎么道歉都没用。直到她去洗了个手的时间里,他突然又没脾气了。早知道,她当时就该问一问他冷静的真正原因。

撒一个谎很简单,圆谎才艰难。她可能需要准备一份恋爱谎言,否则她记不住自己编了多少个故事。

下午第一堂课,陈戎在专业的制图室。

倪燕归没课,将要下课的时候,她去洗了手。

下课铃响。

"戎戎。"她到了陈戎的跟前,伸出双手放在他的眼前。

陈戎望着她一会儿翻手心,一会儿翻手背,没说话。

她看着他的冷脸,缩回了手。看来摘果子那天,确实不是因为她洗了手,他才没脾气的。她微笑着说:"戎戎,等我下了课,一起吃晚饭?"

陈戎不想理她,安静了有五六秒,才开口说:"今天有摄影的选修课,我要提早去。"

"早去或者晚去,你都要吃饭的吧。"

"我和赵钦书在晚上的选修课前一起吃饭。"

"哦。"倪燕归自觉理亏,低着头。在他的淡漠之中,一时半会儿找不到和解的契机。

上课铃即将响起来,为了不给陈戎留下一个翘课学生的坏印象,

第九章　误会

她回了教室。

都是同班同学，没有意外地，她在教室门口见到了林修。比起和林修断交，倒不如承认她当初的谎话算了。

她见到林修对着窗边一个女孩喊："李筠师姐。"

倪燕归挑起了眉头。

他指指相邻教室，对女孩说："我在这里上课。"

上课的时候，倪燕归用笔戳了戳林修的后背："你认识李筠？"

"嗯。"

"很熟吗？"

"还行。"

"哦。"倪燕归不意外，林修一直喜欢美丽大方的女孩。真神奇，她和林修从小玩到大，居然是对方理想对象的反面教材。

倪燕归趴在桌子上，半闭着眼睛，差点儿睡了过去。迷迷糊糊之际，她听见林修说："我先回家了。"

她没有抬头，竖直了手："拜拜。"

课间休息，倪燕归去了洗手间，遇到了李筠。

倪燕归站到镜子前望了一眼，发现李筠也在看她。

倪燕归低下头洗手，李筠继续和同学聊天。

电光石火之间，倪燕归突然想起一个场景。她和陈戎视频的那一天，他那边响起亲切的呼唤。那年轻耳熟的声音，她当时以为是陈戎的母亲，现在才发现那是李筠。像在玩拼图，这之后，另一个场景浮现出来，是林修问她，陈戎有没有说什么。

陈戎和赵钦书晚上去上选修的摄影课，出来得比较晚。

赵钦书是摆弄相机的高手，然而今天，赵钦书觉得自己被冷落了。女生们围着陈戎叽叽喳喳问着摄影的问题。陈戎很有耐心，一个问题解答完，再解答另一个。

一个女生对陈戎竖起了大拇指："比老师讲解得更清晰。"

赵钦书说："要不我给你俩拍张合照？"

话音落下，他听到后面响起声音："陈戎。"

赵钦书只觉背脊一凉，对陈戎做了一个自求多福的眼神。这不，他早就跟陈戎分析过，和大姐头交往，必须吃得苦中苦，方为人上人。

陈戎转过头来，眼神很淡，然而倪燕归也冷若冰霜。

她向离陈戎最近的女生瞥过去一眼，只一眼，那个女生就被吓得挪了两步。

围在陈戎周围的几个女生像是不约而同地遭到了无形攻击，自动向外退，陈戎周围瞬间腾出了直径一米的空间。几个女生你拉着我，我牵着你，躲到另一边聊天去了。

赵钦书走过去，和她们热情地讨论，把冰凉的世界留给陈戎和倪燕归。

两人出了教学楼，走上校道，在一棵树下站了一会儿，双方都不说话，见到来往的同学，两人又向路旁走进去，直到身影被挡在路灯外。

树影重重。陈戎双手插进外套的袋子，静默着。

倪燕归抱起手："没有什么想说的吗？"

"没有。"确实没有。就算有，今天也不宜开口。谁知道他在失控边缘时会对她干出什么事。

"装傻这招在我这里行不通。"倪燕归昂起头，"我问你。上个月二十五号，星期六，我和你视频，你说你妈要开饭了。其实，那天李筠在你家，对吧？"

陈戎不说话，他没料到，她能只凭一个叫唤就猜出那人是李筠，她明明神经很大条。

倪燕归逼问："你和李筠是什么关系？坦白从宽，抗拒从严，否则今晚别想走出这里。"

可能是她的威胁起了震慑的作用，他开口了："从小一起长大的，跟你和林修一样。"

"谁给你做证？青梅竹马？我和林修可是同进同出，亲朋好友人人见证。至于你和李筠，传出的只有绯闻吧。"有绯闻，却从来不去澄清，要说没有古怪，谁会相信。

陈戎点点头，但不是讲他和李筠的事，而是说："你也知道你和林修同进同出。"

"那是因为我和林修光明磊落。"

"天冷了,是该给他送一条围巾,我也怕他梗着脖子被冻僵。"

"不要故意岔开话题,我问的是李筠跟你。你说你们是青梅竹马,你的同学能做证吗?"

"不需要我的同学,我直接跟你去见李筠,问个究竟就是。"

"算了。"倪燕归一只手往裤袋里拿手机,"我问问林修。"林修仿佛是靠山。

"你信他,不信我。"陈戎看着她拨打电话。林修在她通信录的前排,不用翻页,一下子就拨过去了。

她说:"旁观者清。"树叶盖住月光,手机亮起的屏幕灯照在她的脸颊上,泛着幽冷。

那边接通了。倪燕归没好气地说:"喂。"

对方还没有回话。

陈戎说:"就让他旁观吧。"他低头吻住了她的唇,他今晚很粗野,咬了一口她的下唇。

倪燕归正满腔的质疑,也有脾气。她一样地咬回去,比他更用力,听见他发出"咝"的声音。他捧起她的脸,手指揉了揉她的耳垂,她今晚懒得戴饰品,于是他可以捏住她的耳垂,慢慢施力。倪燕归抱住他的肩,将情侣间的唇舌交缠吻得像是泄愤。

电话那头,传来了甘妍丽的声音:"燕归,林修在洗澡啊。"

停了两三秒,甘妍丽又说:"你说什么?阿姨这边比较吵,听不到你的声音。一会儿林修洗完澡,我让他给你回个电话,好吗?"

又听了一会儿,甘妍丽回头,冲着自己的丈夫吼一嗓子:"干吗呢?把你的摇滚乐停一停,让不让人听电话了?"

音乐声立即变小了。

甘妍丽仍然听不见话,她念叨说:"燕归这孩子,不会是睡着了,无意识按了电话吧?"

最后,甘妍丽挂了电话。

倪燕归的手机早已经不在耳边,她放进了自己外套的口袋。万一被长辈听出她这边的动静,终归不大好。

校道上有同学嬉笑的声音传来。如果这几个同学用心地向路旁两三米的深处望一眼,就能看见两个交缠的人影,不过无人留意。

他捏她的耳垂,她掐他的脸颊,互不手软,唇下却交缠得紧紧不放,过了好一会儿才稍稍分开,各自喘了喘。

校道有女生走过,正说着表白墙上的陈戎。一个笑着说:"我现在才知道,陈戎这种才是新好男人啊。"

"我咬死你。"倪燕归用牙齿咬住陈戎的下唇,真的咬。

陈戎的眼里暗得看不见光,阴沉沉的。他扣住她的后脑,像是要撞进她的齿间,把她吞噬。

一男一女,皆不甘示弱,不知道是谁不放过谁,是谁要咬死谁。